Contemporánea

Sergio Ramírez nació en 1942 en Masatepe, Nicaragua, y su primer oficio como narrador, desde la adolescencia, fue el de cuentista. Forma parte de la generación de escritores latinoamericanos que surgió después del boom, y tras un largo exilio voluntario en Costa Rica y Alemania abandonó por un tiempo su carrera literaria para incorporarse a la revolución sandinista que derrocó a la dictadura del último Somoza. Ha sido galardonado con numerosos premios, entre los que destacan el Premio Miguel de Cervantes (2017) «por su capacidad por reflejar la viveza de la vida cotidiana en sus obras, convirtiendo la realidad en una obra de arte»; el Premio Internacional Carlos Fuentes a la Creación Literaria en Idioma Español (2014); el Premio Iberoamericano de Letras José Donoso (2011); el Premio Alfaguara de novela (1998) por *Margarita, está linda la mar*; y el premio Dashiell Hammett por *Castigo Divino* (1990). Su obra ha sido traducida a más de quince idiomas. Desde los géneros que ha cultivado –del cuento a la novela, de las memorias al periodismo–, Ramírez considera que su mirada es parecida a la de un testigo de cargo con la misión de exponer e iluminar todo aquello que pueda trastocar la vida cotidiana, sea el miedo, la inseguridad, la violencia o la corrupción.

PREMIO CERVANTES

Sergio Ramírez

Un baile de máscaras

DEBOLS!LLO

Primera edición en Debolsillo: septiembre de 2018

Printed in Spain – Impreso en España

ISBN: 978-84-663-4573-6
Depósito legal: B-10.911-2018

Impreso en Novoprint
Sant Andreu de la Barca (Barcelona)

P 3 4 5 7 3 6

Penguin
Random House
Grupo Editorial

A Pedro, a Luisa, juntos,
adonde ahora duermen

And the end of all our exploring
Will be to arrive where we started
And know the place for the first time.

T. S. ELIOT, *Four Quartets*,
«Little Gidding, V»

Tarda en venir a este dolor adonde vienes,
a este mundo terrible en duelos y en espantos...

RUBÉN DARÍO,
«A Phocás el campesino»

Odi tu come fremono cupi
Per quest'aura gli accenti di morte?

G. VERDI, *Un Ballo in Maschera*,
Atto Secondo

1

RECAPTURAN LOS CHINOS LA CIUDAD DE HUNAN obligando a los japoneses a retroceder en dirección sudeste hasta Ling, mientras los aviones norteamericanos arrojan bombas de gran tamaño sobre Linchwan «Cuchillas» Durham Duplex *las que Ud. esperaba para complacer su barba se las ofrecen* Carlos y Rodolfo Cardenal *establecidos en Managua y Granada.*

DESESPERADA SITUACIÓN DE LOS RUSOS EN EL FRENTE SUR después de los éxitos obtenidos por los alemanes que tras cruentos combates casa por casa informan haber capturado la ciudad de Voroshilovsk.

REÑIDA LUCHA EN LAS MÁRGENES DEL DON aunque las fuerzas soviéticas frustran todos los intentos nazis de cruzar el río, utilizando nutrido fuego de artillería con piezas de gran calibre *Licorera* San Ramón *participa a sus estimables clientes con pedidos pendientes de su famoso y exquisito licor de frutas* Pisco *que gracias a Dios ya estamos en condiciones de atenderlos, oficina y bodega Mercado San Miguel, teléf. 448.*

¿ATENTADO ANTISEMITA? Desde Buenos Aires (por el cable): El intelectual judío Waldo Frank ha sufrido un atentado contra su vida, después de haber sido amenazado por las autoridades argentinas con la deportación, aunque éstas condenan el hecho criminal y prometen una exhaustiva investigación *Doctor Laureano Zelaya, dentista americano de la Universi-*

dad de Vanderbilt, elegante e higiénico consultorio frente al costado sur del Gran Hotel, el único en Nicaragua que toma placas de rayos X en su boca.

BELLA DAMA ABSUELTA EN MATAGALPA POR EL JURADO (de nuestro corresponsal Tijerino, por el telégrafo): En medio de gran entusiasmo compartido en todos los estratos sociales, fue absuelta por el tribunal de jurados sorteado al efecto, doña María Luisa vda. de Oliú. La gentil dama, quien pese al cautiverio sufrido luce siempre bella y juvenil, como pudo comprobarlo la nutrida concurrencia que se dio cita en el juzgado, fue procesada por asesinato en la persona de Jerónimo Montes, quien a su vez había asesinado al marido de doña María Luisa debido a una vieja enemistad por asuntos de negocios. Hace tres meses, esta última le disparó toda la carga de un revólver que llevaba oculto en su cartera cuando el jurado de conciencia conocía del proceso contra Montes por el asesinato del señor Oliú; la viuda, desconfiando de la justicia, la tomó por su propia mano y ahora fue absuelta entre nutridos aplausos y los parabienes de sus amistades, a los cuales se agregan los nuestros *Le dernier cri de la mode americaine* lo encuentra en LA CASA DE LOS BOTONES, *calle de Candelaria: preciosidades en botones de fantasía y adornos para vestidos de señoras, señoritas y niñas.* PASAJEROS DEL AIRE: en el avión de la Taca llegaron ayer los siguientes pasajeros: de El Salvador, Juan Wassmer; de Tegucigalpa, Edward C. Walterman; se fueron a San José, Dora Santisteban y una niña; Francisco Amighetti, Flora de Amighetti *¡JUSTICIA SOCIAL!: Señor Empresario, hágase Ud. cargo de los tiempos que corren y proteja adecuadamente la salud de sus empleados y operarios mandando instalar un filtro de agua a presión de la marca sin par* Engelberg *que distribuye don Ángel F. Morán, teléf. 535; así lo ha hecho ya el señor Gerente del Banco Nacional, don Vicente Vita, lo mismo que el señor Recaudador General de Ingresos, don Agenor Lola, con los más óptimos resultados* QUINTA DE RECREO VENDIDA Don Adán Guerra compró a don

Marcelo Ulvert una confortable casa quinta en la pintoresca y fresca zona de Las Nubes, aledaña a la ciudad capital; trato que fue celebrado con alegre tenida en el Jardín de las Rosas de la Cervecería Xolotlán *L. M. Richardson & Cía. ofrece llantas para ejes y ruedas de carretas de tracción animal, carretillas de mano, vidrios planos azogados para espejos, cortados a la medida de su necesidad* DE PLÁCEMENES Hoy cumple años la distinguida dama doña Blanca de Buitrago Díaz, esposa del señor magistrado doctor Francisco Buitrago Díaz, motivo por el cual será agasajada en el Club Managua con un *bridge party* por un selecto grupo de damas SOMBREROS SOMBREROS: *sombreros de paja y fieltro para señoras y niñas. Sombreros aludos en los estilos más lucidores, última novedad, acaba de recibir* El Chic Parisien *de Chila Ch. de Solórzano* PENSIÓN DE GRACIA Cinco córdobas mensuales a una madre por cada hijo muerto acordó ayer la cámara de diputados. Se trata del caso de cinco hermanos, soldados del general Crisanto Zapata, que fueron muertos cada uno en distintos combates durante la revolución de 1926, y cuya madre indigente, Deogracia Alvarado, oriunda de Nandaime, ha sido favorecida con pensión vitalicia de veinticinco córdobas mensuales DOS EN UNA: MIDO SU TERRENO Y LE INSCRIBO SU ESCRITURA. *Doctor Manuel J. Morales Cruz, abogado e ingeniero topógrafo, en la misma oficina del doctor Gustavo Manzanares, calle de Candelaria.*

¿FALLECIÓ ACASO EL PITCHER COSTEÑO JONATHAN ROBINSON? Se rumora que murió en Costa Rica el gran pitcher Jonathan Robinson, pero no hay ninguna confirmación de esta triste noticia, que de ser veraz quitaría a Nicaragua uno de los mejores brazos del deporte rey *¿Quiere discos* Víctor *nuevos? ¿Tiene discos rotos o viejos? Nosotros se los recibimos reconociéndole un buen descuento al comprarnos discos nuevos, salga de sus discos pasados de moda, rayados, sordos, etc., visite* La Voz del Amo, *calle 15 de Septiembre, frente adonde fue la cantina de Chico Pupusa.*

MUJER HOLANDESA EJECUTADA Londres (por el cable): La Agencia Aneta hace referencia a una información publicada en el diario sueco *Svenska Dageblatt* al anunciar que ha sido ejecutada en Amsterdam por las autoridades alemanas la primera mujer acusada de cometer actos de sabotaje ZAPATOS DE HULE, *apropiados para viajes al mar acaba de recibir* Casa Riguero *sea prevenido, no arruine su paseo, evite la picadura de una mantarraya* CARTELERA DE HOY Margot *Mujer comprada* con Maureen O'Sullivan Tropical *Yo acuso a mi mujer* con Walter Pidgeon Colón *El gato y el canario* con Paulette Godart Triunfo *La venganza del ahorcado* con Boris Karloff *La Noticia Diario de la vida nacional* Director: Juan Ramón Avilés *Vale 15 ctvs., año XVII Núm. 4762, Managua, Nic., miércoles 5 de agosto de 1942.*

Como todas las tardes, salvo los domingos que no hay periódico ni llega el tren, viene tu abuelo Teófilo leyendo *La Noticia* por la mediacalle, de regreso de la estación del ferrocarril que queda ahora atrás envuelta en el humo de la locomotora, aunque la estela de vapor se extiende rastrera más allá de las barandas y parece perseguirlo con bocanadas hambrientas.

Sin esperar a que Inocencio Nada le lleve a su casa el periódico, va él personalmente a traerlo a la estación. Ya viene, ya me tengo que ir, dice cuando su oído bueno oye pitar el lejano silbato de la máquina que apenas estará saliendo de Niquinohomo; y aunque es difícil entenderle porque el huevo de mármol que pone dentro de la boca para abultar la mejilla enjabonada le dificulta el habla, tu abuela Luisa sí le entiende a las mil maravillas.

Ella, que hierve la leche en lo hondo de la cocina, grande de perderse en ella esa cocina, se asomará al corredor donde él termina apresuradamente de rasurarse, y le preguntará, como cualquier otra vez: ¿cómo es que podés oír pitar de tan lejos ese tren? Y él, mirándose con intriga al espejo mientras repasa por última vez la navaja Solingen en la badana de cuero que cuelga al lado del aguamanil, pues no cambia navaja por cuchillas, sean Durham Duplex o de cualquier otra marca, aunque las anuncie el periódico y sea amigo de novedades, se quedará sin responder lo que siempre se guarda para sí: no hay ruido, ni voz, ni risa, ni llanto, aunque venga del fondo de la tierra, o se esconda en cualquier confín, que yo, con el oído que me quedó bueno, no pueda oír.

Porque pescando una vez guabinas con candela de dinamita en la laguna de Masaya, una que está en el fondo de un cráter a la orilla del manto de lava que se extiende desde la falda del volcán Santiago, cuando era soltero y todavía no sabía nada de Martín Lutero y su fiel amigo Jacobo, explotó antes de tiempo la candela, le ardió el pellejo de un brazo y mano, le sollamó una ceja, y lo que es el oído del lado izquierdo, se le murió.

Va, pues, ahora de regreso por la calle real, y cualquiera que esté acodado en el alféizar de su ventana, de pie en el vano de su puerta, sentado en la grada de su acera, asomado al cerco de piñuelas de su patio, lo verá pasar; y quien vaya por esa misma calle de viandante, trote a lomo de bestia, monte bicicleta o arrastre un carretón, se lo encontrará, vestido siempre de dril gris, confección a la medida de Juan Cubero el sastre, la misma tela chaqueta y pantalón, la chaqueta de cuatro bolsas, abotonada al cuello: así luce Josef Stalin en los fotograbados, una moda ruda que sólo él se atreve a copiar; aunque por justicia debe explicarse que no usa bigote frondoso como Stalin, y el cabello, lejos de ser abundante, lo lleva rasurado a la número cero, de modo que entre los troncos de pelo siempre podados puede verse brillar el sudor.

Responde a los saludos, sin dejar por eso su lectura, los labios en movimiento de rezar. ¿Lee, o eleva plegarias a algún santo? No rezan plegarias a ningún santo los protestantes; y quien por forastero no sepa que tu abuelo Teófilo es evangélico porfiado que no cree en imágenes de bulto ni de estampa sino sólo en Jehová creador de los cielos y la tierra, fundador él mismo de la Primera Iglesia Bautista de Masatepe, que vaya y se lo pregunte al padre Misael Lorenzano.

Saluda, pues, alzando la mano, con sobrada distracción; y como al saludar a veces olvida que de ese mismo lado lleva su bastón cabeza de perro prensado bajo la axila, se le zafa el bastón, por lo que, muy enojado, se detiene; vuelve a todos lados la mirada; y si nadie se acerca en su auxilio, porque es tu abuelo Teófilo de quienes piensan que todo el mundo está en deberles auxilio y consideraciones, sin más remedio se agacha y por sí mismo tiene que recogerlo. El bastón es de madera de guayacán, muy dura de tornear, pero no hay madera difícil para la habilidad de su mano ni para su torno de pedal; y la cabeza de perro en el pomo, él mismo la labró a cuchillo, fauces abiertas, los ojos acuciosos, orejas en punta, tersa la nariz.

Ya se sabe que al llegar el paquete en el tren de las cuatro recibe el periódico de manos de Inocencio Nada, un albino que de pies a cabeza parece bañado en leche, pelo, bigote, pestañas, cejas, como la cal, capaz de brillar en la noche oscura como un fanal de lumbre blanca; y si en el pueblo lo malnombran Nada, es porque así le puso Pedro el tendero quien inventa todos los apodos desde el mostrador de la tienda que tiene en su misma casa frente al parque, esquina opuesta a la iglesia parroquial: simplemente Nada, porque de tan blanco Inocencio Nada parecería no existir.

Igual que Inocencio Nada va a quedar el periódico que lee tu abuelo Teófilo al final de aquel lento recorrido, blanco el papel de tan leído, tan blanco que bien se podría ocupar para otra cosa cualquiera, escribir recados o recetas, facturas de su despacho de gasolina, envolver mercaderías de su botica, clavos de su ferretería, ya sin ninguna letra encima, todas desaparecidas, borradas por completo, absorbidas por sus ojos las grandes y medianas de los títulos, las de los textos de columna, y hasta las menudas de las cédulas judiciales y los avisos de remate del Monte de Piedad.

Mientras lee sin dejar de andar, no sólo sufre distracciones a consecuencia de saludos, sino también de impertinencias, si es que así se las puede llamar, como esta vez la de Ireneo de la Oscurana el excavador de tumbas, pozos, excusados y botijas, que se tropieza con él, cegato todavía, porque viniendo de las profundidades de donde viene aún no se acostumbra a los fulgores del sol, y cubierto de tierra como fundido en cobre, así como Inocencio Nada parece bañado en cal. Ya va a verse de qué impertinencia se trata.

Es que a esa hora, las cuatro pasadas, Ireneo de la Oscurana, que así le puso también Pedro el tendero, acaba de terminar su fajina, dedicado a excavar un pozo en el solar de Filomela Rayo, la que duerme en el día y vela en la noche. Y cuando reconoce a tu abuelo Teófilo, le dice: o me dio usted mal las indicaciones, o esa agua a saber a qué hondura se hallará, dos meses llevo cavando y paleando tierra, un día de tantos no va a haber mecates suficientes para añadir y ya no me van a poder sacar.

Y es cierto que fue tu abuelo Teófilo, usando su péndulo, porque también es rabdomante probado, quien le dio las orientaciones magnéticas, aquí mismo Ireneo de la Oscurana, en este punto, porque aquí se acaba de detener el péndulo, aquí se debe excavar. ¿Nada, ni olor a humedad se siente? Nada, don Teófilo, ya pasé la talpuja, pasé la arena, pasé la roca, y desde el fondo de donde vengo, adonde ya he llegado, se oyen cantar gallos, no me lo va usted a creer.

—¿Gallos? —se sorprende tu abuelo Teófilo, y hasta dobla el periódico; se quita los anteojos e inclina la cabeza del lado de su oído bueno para escuchar mejor.

—Y gente. Se oyen voces extrañas de gente que habla en otro idioma; y campanas repicar, más sonoras que las campanas de Camilo el campanero volador.

—¿Y qué gallos y qué gente, qué campanas serán?

—Los gallos que cantan al otro lado, don Teófilo, la gente que se está despertando a saber en qué lugar; las campanas de la primera misa del alba, esos sonidos han de ser.

Recoge Ireneo de la Oscurana su balde, su barra, su pico, su pala, su polea y su rollo de mecate, y su figura fundida en cobre, cargada bajo todo aquel peso, se va sin despedida.

¿Y no es que con tu oído bueno podés oír cualquier ruido, canto, voz o sonido, aunque venga del fondo de la tierra o de cualquier confín? Ya ves, te ganó Ireneo de la Oscurana, que ése sí oye cantar los gallos de la Cochinchina, y vos, apenas alcanzás a distinguir de largo el pito de un tren, ya se figuraba a tu abuela Luisa celebrando la ocurrencia, una señora parca de palabra pero como muy poco salía a la calle, se entusiasmaba cuando él le llegaba contando cualquier novedad.

Porque hay novedades para oír. No sólo goza su marido de fama merecida por descubrir fuentes de agua bajo la tierra y escuchar ruidos y voces que nadie más puede escuchar; también se le respeta por el don de su potencia mental desde la noche en que sentado en la primera fila de luneta bajo la carpa de Paco Fuller, el mago adivinador, puso en peligro el número estelar y, como va a verse, la suerte de toda la función.

Se empeñaba el mago adivinador Paco Fuller en leer con los ojos del pensamiento los títulos de una herencia antigua que Juan Cubero el sastre había llevado a la carpa dentro de un tubo de hojalata, herencia de la que luego se va a saber; mas tuvo que darse, al fin, por vencido, exclamando: hay aquí presente alguien que tiene un poder mental mucho más grande que mi propio poder, y a fin de que me deje continuar mi número le ruego a esa persona me haga el favor de abandonar este lugar, pues de lo contrario me veré obligado a suspender el espectáculo y devolverle el valor de su boleto a todo el mundo, en cuyo caso mañana ni yo, ni las bailarinas, ni los malabaristas, ni la mona ni el cabro vamos a tener de qué comer.

A lo que tu abuelo Teófilo, muy sonriente, satisfecho y contento, se levantó de su asiento y se marchó, entre el murmullo de expectación del público, y así el mago adivinador

Paco Fuller pudo leer de cabo a rabo los pergaminos antiguos de Juan Cubero el sastre, y resolver tranquilamente, además, los otros casos de adivinación: el señor aquel de palco, el del sombrero badana azul, sí, usted, está usted pensando en este mismo momento en su amada, ¿le doy sólo sus iniciales, que son A. G., o quiere el nombre completo? ¿No? ¿Tiene miedo? No lo culpo, ella es su vecina, y además, es casada. Señorita de la tercera fila, la del sombrero con redecilla, la carta de su pretendiente, que tiene usted en su cartera, la recibió hoy por mano de una amiga de los dos, ¿quiere que le diga cómo empieza? Querido amorcito mío. ¿Correcto? ¿Quiere que le diga qué le proponen? ¿Se atreve? Claro, cómo va a atreverse, si es el marido de su propia hermana y lo que le propone es irse de huida con él mañana en la noche. Y siguió, así, sin más tropiezos, ni estorbos, ni sobresaltos, la función.

Igual que todas las tardes, al llegar al fin a su casa, porque es lento su paso con aquel leer y caminar, lo espera al cabo de las gradas en el petril de la acera Perfecto Guerrero, alias el Emperador Maximiliano, cuello duro de baquelita y corbata de etiqueta, pero sin camisa por debajo del chaqué de casimir, todo él como si fuera una estatua de oro de alta ley: rubia la pelambre del pecho y rubios los vellos del dorso de las manos y del empeine de los pies que lleva descalzos, rubios los rizos de la cabellera, y la barba de dos alas rubia también, como la del Maximiliano de Austria retratado en los pomos de brillantina La Paloma fabricados por Leo S. Goldoni & Son, Albany, N. Y.

Otra vez, venía el Emperador Maximiliano a venderle el mar:

—Don Teófilo, ¿cuántas caballerías de mar me va a comprar al fin?

Ahora, en semejante facha, el Emperador Maximiliano vendía de puerta en puerta el páramo azul del mar, desde la reventazón de las olas hasta la última lontananza que alcanzara la vista; pero los desatinos que empezaron a descalabrar su cabeza habían aparecido de una manera que no podía saberse entonces si eran avisos de locura o apenas galantería cerril. Montado en un animalito mostrenco sin estampa ni alzada, que arrendaba con garbo y altanería como si se tratara de uno de aquellos corceles de belfos ansiosos y crin flamígera del carrusel, entraba a la sala donde las hijas de tu abuelo Teófilo, entonces solteras, pasaban en reclusión sus vacaciones, y a cada una le entregaba una gladiola del manojo empapado que llevaba apuñado contra el pecho, en tanto la humilde bestia cómplice, sofrenada con gracioso ardid, se contenía de causar destrozos, y muebles, adornos y floreros quedaban intactos en su sitio cuando el caballero, tras cumplir de aquella manera sus lisonjas, saludaba airoso con el sombrero, bajaba por las gradas de la acera y se iba al trote abierto, el caballito dejando su rastro fresco de cagajones y levantando tras de sí una gran polvareda.

—Mañana, mañana cerramos el trato —le dijo, otra vez, tu abuelo Teófilo quitándose los anteojos que puso en su estuche y metió luego en uno de los bolsillos de los faldones de la chaqueta de dril.

Desde el aposento, al escuchar las voces y reconocer ambas, la del Emperador Maximiliano, que para colmo es tartamudo, y la del marido que suena paciente y divertida, tu abuela Luisa va a decir: ya mandaron, Teófilo, a avisar de donde Pedro que puede ser hoy el parto de Luisa, me estoy alistando. Pero se contiene para no romper su costumbre de nunca alzar la voz delante de extraños, aunque se trate de un quebrantado de la cabeza que tiene por hacienda propia el mar.

Mientras tanto se va el Emperador Maximiliano tu abuelo Teófilo entra, encuentra a tu abuela Luisa en el aposento frente al ropero abierto, y le cuenta ella lo que le tiene que contar, solos los dos en la intimidad de sus voces que parecen arrullos de palomas torcaces, tan sosegadas que si pudieran reflejarse en la luna del espejo del ropero parecerían fantasmas de voces.

—Ojalá sea varón —está diciendo él.

—Mi Señor Dios, Yahvé, lo quiera —suspira y se sonríe ella.

Pero otra voz llama desde la botica, que es también ferretería y despacho de gasolina, con un buenas tardes lejano, y sale a ver, molesto, tu abuelo Teófilo, porque no son momentos de que lo vengan a interrumpir; aunque, muy buenas tardes, es don Vicente Noguera el telegrafista, que si está allí en persona algo muy importante debe traer.

¿Radiograma de la Tropical Radio?, le pregunta, con mal escondida ansiedad, sacando del estuche los anteojos mientras quiere y no quiere sonreír; pues si de ordinario sabe más que bien esconder sus emociones como en el fondo de un pozo hondo y oscuro, más hondo y oscuro quizás que el pozo que no termina de excavar Ireneo de la Oscurana, esas emociones amenazan en este momento con salir muy libres y campantes a la superficie.

No, no es ningún radiograma de la Tropical Radio, lo desengaña don Vicente Noguera el telegrafista: telegrama nacional, y se lo entrega, sabedor del porqué las emociones de tu abuelo Teófilo han subido desde el fondo del pozo para agitarse un momento en su rostro en aquella sonrisa que no pudo ser; y él mismo se pone triste ante la tristeza, ya impasible, ya lejana, con que lo ve abrir el telegrama, otra vez las aguas oscuras regresando en lo hondo a su quietud. Si se asomara ahora don Vicente Noguera el telegrafista al brocal de ese pozo, sólo encontraría otra vez la oquedad sin fondo ni fin.

El telegrama que lee ya tu abuelo Teófilo, y no es que le disguste su lectura, lo copió por dos veces en la esquela don Vicente Noguera el telegrafista con su letra de colas frondosas, pues la primera se le manchó ya en el último renglón al zafarse la plumilla del empatador:

depositado en: *Managua* el: *4 de agosto de 1942* a las: *6.30 pm*
recibido en: *Masatepe* el: *5 de agosto de 1942* a las: *2.30 pm*
Dichoso comunicarte Doctor Vicente Vita coma Gerente General Banco Nacional coma confíame primera misión punto voy mañana (el telegrama fue puesto en Managua ayer, de modo que mañana es hoy) *vía aérea minerales Siuna encargado liquidación planilla Neptune Mine Company punto mi regreso espero noticias feliz parto queridísima hermana Luisa coma dígale espero sea varón punto abrazos mamá punto*

Teófilo Mercado hijo

Tu tío Teófilo, de veinticuatro años de edad, recién graduado de contador público, tiene talante de artista de cine según el juicio del padre Misael Lorenzano, que sabe de artistas porque su hermano Milton Lorenzano fue doble de Rodolfo Valentino, según se hablará después.

Una tarde de hace tiempos pasaba tu tío Teófilo frente a la iglesia en su motocicleta, llevando a su hermana Luisa, soltera ella entonces, como pasajera en el sidecar, y el padre Misael Lorenzano, de pie entre los músicos de la Orquesta Ramírez que mataban las horas sentados en las gradas del atrio, comentó con infinita tristeza, mientras se dejaba envolver en el humo de su cigarrillo, que aquel Robert Taylor se iría, sin remedio, de cabeza a los infiernos por seguidor de Lutero y Jacobo; a lo cual le dijo tu tío Edelmiro el cellista: échele entonces su bendición aunque sea de lejos, tal vez así lo ayude a salvarse. Y el padre Misael Lorenzano, bendiciendo como en un adiós: no se salva, qué va a salvarse, pero se la echo de mil amores sólo por la estampa y el porte que tiene.

Como puede notarse, el telegrama ese está escrito con el timbre de albricias que don Vicente Noguera el telegrafista percibió en el punto raya punto raya raya cantarín de la llave al recibir el mensaje; porque él sabe, y quien más sino él lo va a saber, que hay telegramas que gorjean de contento, y hay otros que se oyen piar adoloridos; y según las noticias que traigan de poste en poste por los alambres, van dejando, unos y otros, alumbrados de alegría o nublados de pesares los cafetales, cerros, potreros, cañadas y hondonadas por donde pasan cantando o llorando.

No es, se miran y se dicen con la mirada los dos, tu abuelo Teófilo y tu abuela Luisa, otra vez solos en el aposento cuando don Vicente Noguera el telegrafista ya se ha ido y va por la calle repitiéndose también en silencio: no es. Porque en el martillar de la llave del telégrafo conoce él la intención de todas las voces, oye derramarse todas las lágrimas, copia en su oído congojas y suspiros, y recoge todos los secretos; y así sabe que nunca llegó ni va a llegar un radiograma vía Tropical Radio desde San Francisco de California firmado por Victoria Mercado.

Tu tía Victoria es una de aquellas hermanas que recibían una gladiola del Emperador Maximiliano montado a caballo dentro de la sala. Nadie pudo haberle dicho entonces, cuando ensayaba sus primeros tacones altos, que el designio más terco de su vida sería, pocos años después, desaparecer para siempre de la memoria de su familia, borrando ella misma sus huellas con calculado rencor.

No le había negado los zapatos de tacones en punta tu abuelo Teófilo, cosa extraña a sus severidades, cuando los escogió ella del figurín de Tobías el Encuerado, el zapatero que tomaba las medidas a domicilio y regresaba el día siguiente mismo a entregar el encargo, enseñando, de lejos, con sonrisa triunfal, los zapatos recién acabados, porque en aquel menester de zapatero elegante se sabía sin desafío.

Así le había puesto Pedro el tendero, Tobías el Encuerado, no sólo por su oficio de trabajar el cuero sino porque ya borracho, y hastiado del jolgorio, salía desnudo en cueros y cuchillo de zapatero en mano a ahuyentar a los convidados de sus fiestas de vísperas del día del patrono de Masatepe, el cristo negro de la Santísima Trinidad, siempre en disputa Tobías el Encuerado por la mayordomía aunque terminara preso todos los años por ebriedad y escándalo dentro de su propia casa y ya no pudiera presenciar, encerrado en la bartolina por órdenes expresas del teniente Sócrates Chocano, la alborada de juegos pirotécnicos frente al atrio de la iglesia, rosas giratorias, castillos, pérgolas, cascadas, que le habían costado lo que no tenía, preso y empeñado.

Pues una mañana de marzo, en tiempo de vacaciones, cuando esperaba a tu tía Victoria sólo un año más de internado, llegó una mujer en el tren a Masatepe, sombrero de velillo bordado de margaritas tapándole ojos y nariz, vestido negro de floripones rojo maravilla hasta el calcañal, su hijo de pecho en el regazo, gorro de encaje y faldellín bordado como si fuera a recibir ese día óleo y crisma del bautismo. La niñera la seguía, desprendida, por lo que se ve, del cuido del niño, llevando por encima de la cabeza de la mujer una sombrilla tornasolada; y debajo de la axila, bajo estricta custodia, una cartera de charol. Así las vieron pasar por la calle real, la misma calle que tu abuelo Teófilo recorría de vuelta de la estación leyendo el periódico, y quién no recuerda a la mujer deteniendo su procesión en las esquinas para preguntar en qué casa vivía Victoria Mercado.

Apareció la mujer del sombrero de velillo, con niño y niñera, en la botica que era además ferretería y despacho de gasolina; y fue de recordar que la niñera, aun ya bajo techo, mantuvo abierta la sombrilla, no se supo nunca por qué. Rompió a llorar el niño apenas entraron, con llanto difícil de contentar aunque la mujer lo arrullaba, lo baileteaba en sus brazos, baileteando toda ella con él mientras preguntaba: ¿es cierto que aquí vive Victoria Mercado?; y al escucharse ella misma pronunciar aquel nombre, copiando a la criatura empezó también a llorar; y tu tía Victoria, que acodada en una vitrina apuntaba en un cuaderno nombres y precios de las medicinas de patente, al oír su nombre y oír el llanto se escapó rauda hacia adentro dejando regado en el aire el clamor culpable del incierto taconeo de sus zapatos obra y gracia de Tobías el Encuerado.

Se cerraron con aparato de aldabas y picaportes puertas de sala y negocio pues consideró tu abuelo Teófilo, por el llanto y por la huida, que algo grave y delicado se iba a ventilar, y todas las demás hijas fueron advertidas de mantenerse en sus aposentos, ya tu tía Victoria entre ellas, y los hijos, que se fueran al patio, a los corrales, a la calle si querían, al vecindario, a cualquier otro lugar de su libre elección.

Pasaron a la sala porque a pesar de los graves augurios no iban a perderse las cortesías; y hubo allí en la penumbra del encierro reclamos, quejas y más lloros, que tu abuela Luisa oyó muy paciente, sentada en el borde del sofá al lado de la quejosa, y que oyó tu abuelo Teófilo, un tanto alejado de la escena, pues si bien quería estar allí, tampoco quería. Y fueron mostradas cartas de sobres rasgados extraídas de la cartera de charol, la mujer sin soltar al niño y la niñera sin soltar cartera y sombrilla, cartas que tu abuela Luisa no quiso leer: no señora, no soy curiosa de la correspondencia ajena, cortante, aunque bien pudo haber dicho: perdone, no hay suficiente luz; y fotos con dedicatorias en el reverso que tampoco quiso leer, pero de lejos reconoció quién aparecía en las fotos y de quién era la letra, igual que reconoció la letra del sobre de las cartas, en sobres y fotos la misma letra, muy fluida y sin manchones, en tinta verde mar.

Se fue la reclamante cargando al niño que ya por fin dormía, la niñera empuñando la sombrilla con más cara de ofendida que la propia dueña del agravio, que si dejaba en manos de la otra sombrilla y cartera con las pruebas del delito amoroso y se reservaba al niño, sólo era porque quería realzar su condición de madre engañada, nada de aquello se le escapó a tu abuela Luisa, muy serena en sus juicios, y así, callada como era, capaz de calar hondo a la gente y apuntar con letra menuda en sus adentros.

Tu tía Victoria fue llamada entonces a comparecer en la sala, los hijos siempre alejados y las demás hijas siempre encerradas, las puertas sin abrir aunque los clientes se cansaran de golpear y de llamar, tu abuela Luisa interrogando y tu abuelo Teófilo, dueño de la sentencia final, callando: ¿conocés a esa señora que entró aquí? No. ¿Y al marido de ella? No. ¿Le escribiste cartas a un hombre? Sí. ¿Y le dedicaste fotografías? Sí. ¿Quién es ese hombre? No sé. ¿Quién es? Profesor del colegio. ¿Te da clases? No sé. ¿Te da clases? Sí. ¿Clase de qué? No sé. ¿Clase de qué? De francés. ¿Sabías que ese hombre era casado? No. ¿Te has visto con él personalmente? Sí. ¿Adónde? En el aula. ¿Y fuera del aula? En el patio. ¿A qué horas? En el recreo. ¿Y fuera del colegio? No. ¿En ninguna otra parte? No. ¿Nunca has estado sola con él? No. ¿Y él te ha escrito cartas? Sí. ¿Cartas de enamorado? Sí. Cartas con versos en francés. ¿Y vos le has contestado? Sí. Cartas con versos también. ¿En francés? No, en español. ¿Le has dedicado fotografías? Sí. ¿Y esas dedicatorias eran también con versos? No, dedicatorias que yo inventé.

Las respuestas, como puede verse, fueron cortas, aunque dichas en un tono altanero, y no le gustó esa soberbia a tu abuela Luisa, qué era eso, estaba siendo juzgada y se atrevía a tanto. Pero la sentencia, contra su criterio, fue desproporcionada. Y fatal. No volvería tu tía Victoria al colegio, se quedaba en la casa, que buscara oficio, que se hiciera costurera. ¿Por unas cartas nada más? ¿Por unas fotos dedicadas? Yo no la mandé a seducir profesores, ni a meterse con hombres casados, ni a que me pusiera en vergüenza con visitas de esposas celosas, se queda aquí, para siempre de vacaciones, búscale un dedal, hilo y aguja, y se acabó.

—Y además —dijo ya por último tu abuelo Teófilo—, me le quitas esos zapatos de tacones altos. Que nunca más se los vuelva a poner, nunca más los quiero oír sonar.

Aguja y dedal le dio, pero en eso de los tacones ya no quiso obedecer tu abuela Luisa. Y una mañana no amaneció tu tía Victoria, desapareció subida en sus tacones altos. Una hoja arrancada de un cuaderno escolar encontraron en el piso junto a la puerta entreabierta, nadie sintió cuando jalaban el picaporte, cuando quitaban el pasador, y la letra en tinta verde mar, muy fluida y sin manchones, decía nada más: «no quiero que me busquen ni que se acuerden más de mí». La habían visto comprar en la taquilla de la estación un boleto de segunda, la habían visto montarse en el tren; Juan Cubero el sastre, que iba por telas ese día a Managua, la vio apearse, perderse sola en el bullicio del andén. Pero de allí en adelante, todo rastro suyo se empezaba a borrar.

¿Qué era eso? ¿Decencia? Una señorita que se va sola, sin permiso, por capricho, sola se queda y que le vaya bien. Pero ahora sube el arrepentimiento desde el fondo oscuro del pozo, si ella quisiera, él la podría perdonar, aunque es ella la que no quiere dar ni recibir perdón; se marchó a California, dijeron, a veces le llegaban a tu abuelo Teófilo noticias de su paradero, San Diego, Pasadena, Los Ángeles, Sacramento, San Francisco, ¿cómo hizo para salir de Nicaragua, cómo ajustó para su pasaje, a sus años, de qué podía vivir allá?

Ya no le envían más cartas sus hermanas, ya están casadas, volvieron hace tiempo del colegio, se acuerdan de ella, claro, pero, ¿qué hacer frente a semejante terquedad? Regresaban unas veces esas cartas con el sello mortuorio de persona desconocida, y otras veces casi la sentían huir oyendo alejarse el ruido de sus tacones, nueva dirección no declarada, una perseguida aun dentro de los confines de una misma ciudad, cambio de domicilio, el padre Misael Lorenzano fue el último en venir contando que le había parecido verla bajarse de un tranvía en San Francisco, perderse en una esquina en las cercanías de Hyde Street, era azafata de un avión Clipper-Constellation que viajaba de Los Ángeles a Sacramento, contaban también.

Y tu abuela Luisa, antes de que el marido empiece a leerle en voz alta el telegrama de tu tío Teófilo, se dice: está triun-

27

fando en su empeño, no quería que la buscaran ni que se acordaran de ella y ya pronto lo va a conseguir puesto que va a llegar el día en que ante el nombre Victoria Mercado nadie va a saber quién es o quién fue.

Irá ella a pie desde su casa a la de Pedro el tendero, y sépase que tardará en llegar porque su paso es de mucho sosiego y dignidad, y la distancia, de alguna consideración. Tu abuelo Teófilo, que sale a despedirla a la puerta, le dice: apenas cierre las cuentas que tengo pendientes en el libro de contabilidad, llego yo; y esto quiere decir que le tomará por lo menos tres horas, calcula ella. Salvo, continúa él, que se adelante el suceso, y entonces, inmediatamente me mandás a llamar, ¿me oís? Ya te oí, se sonríe ella.

Y vuelve a sonreírse, ya de camino, oyéndolo decir, otra vez, en su pensamiento: ¿me oís? Un me oís que es cuidado, delicadeza, preocupación; y si se sonríe tu abuela Luisa es porque bien se acuerda cuánto se opuso tu abuelo Teófilo a ese casamiento de Luisa la grávida con Pedro el tendero que sólo defendió Teófilo, su hijo menor, el que a estas horas irá volando sobre las montañas rumbo al mineral de Siuna.

Adiós, doña Luisa, se oyen venir los saludos desde el fondo lejano de las casas a través de estancias y corredores, desde los jardines floridos, los patios arbolados y las cocinas de paredes ahumadas, y desde las puertas adonde, más de alguno, el serrucho en la mano, y más de alguna, sosteniendo la paila que se ha traído del fogón, se salen a verla pasar, pues que tu abuela Luisa ande en la calle es asunto de cierta novedad. Y asomada a su ventana abierta de par en par, la Aurora Cabestrán, su pelo negro derramándose en cascadas por fuera de la ventana hasta alcanzar la acera, también le dice, pero llorosa: adiós, doña Luisa, que Dios la lleve con bien.

Acerca de esta Aurora Cabestrán hay que empezar por decir que un día, cuando era ella aún soltera de quince años, llegó a Masatepe el agente comercial de la casa Lahmann &Kempf, un judío jorobado que se llamaba Josué Armagedón, a colocar sus productos de tocador para la mujer higiénica; y al pasar por la calle real cargando su valija y verla acodada en su ventana con su cabellera derramada, todo fue detenerse y proponerle que se dejara retratar para poner su figura en la caja del Tricófero de Barry, de cuerpo entero, vuelta la cabeza y de perfil, de modo que se viera bien cómo el pelo descendía ondulante por sus hombros y espalda y reptaba a sus pies. Y así fue. Trajo el agente un fotógrafo de sociedad desde Managua, se tomó ella la foto en el patio de la casa y desde entonces quedó la Aurora Cabestrán eternizada en la caja del Tricófero de Barry.

Pero el jorobado Josué Armagedón quería más. Quería que se fuera con él, a la ventura, de población en población, en propaganda del Tricófero de Barry, sin admitir ninguna compañía ni resguardo, sin prometer fecha de regreso, sin dar señas de las casas de pensión donde la hospedaría y sin suministrar itinerario cierto, por lo que se le dijo que no, Dios libre, de parte de su madre Castalia viuda de Cabestrán según consejo del padre Misael Lorenzano, quien fue del parecer que la intención de aquel judío jorobado, lépero, labioso, adulador y matrero, era gozarla y dejarla después perdida en algún lupanar.

Aunque ella lloró y lloró queriendo que sí mientras se secaba las lágrimas con el manto negro de su pelo, porque aquel Josué Armagedón le había despertado ambiciones de fama y no le bastaba ya con verse copiada de cuerpo entero en las cajas de tricófero alineadas en los estantes de las boticas; quería más, quería los aplausos desgranados que le regalarían en las estaciones de trenes, en los kioscos de los parques, en los atrios de las iglesias, en las barreras de toros, en el redondel de las galleras, muchos más aplausos de los que recibiera un día al volar por los aires Camilo el campanero volador.

¿Y por qué se muestra llorosa ahora? Porque Ulises Barquero su marido, tendero también como Pedro el tendero, y muy amigos de juventud los dos, debe andar otra vez fugado de la casa, dipsómano que es el pobre, bebiendo quién sabe en qué cantina, olvidado de atender la tienda de telas y artículos de la moda para el caballero y la dama elegante que le puso su padre don Salomón Barquero, cavila tu abuela Luisa mientras avanza.

Y en la casa vecina, detrás de una tapia florida de bugambilias, oye que la muy gorda Amada Laguna ensaya el aria de entrada de Lisa en *La Sonnambula*, porque va a cantar esta noche en el baile de disfraces que ofrece como todos los años Saulo Regidor el teñidor de trapos en ocasión del cumpleaños de su esposa, la gorda todavía más gorda Adelina Mantilla:

> *Tutto è gioia, tutto è festa*
> *Sol per me non v'ha, contento*
> *e per colmo di tormento*
> *son costretta a simular...*

Esa muy gorda Amada Laguna, que ensaya pulsando la guitarra con una uña de conchanacar, de tan gorda tendrá que ser llevada a la fiesta en hombros de cuatro cargadores forzudos, sentada en su taburete de sólido guayacán, pues ya se conoce que es resistente y fuerte esa madera, útil también para hacer bastones. Y asimismo, sentada, la suben al escenario cuando va a cantar en las veladas de beneficencia del Club de Leones, el club que Pedro el tendero fundó ese mismo año de 1942 por mandato supremo que recibió desde Chicago, Illinois, de parte del presidente mundial de Lions International, el benemérito Melvin Jones.

Al baile de disfraces que se menciona, tu abuelo Teófilo y señora están invitados. Todos los años, aunque nunca asisten, los invitan de rigor. Van los nombres de los convidados en una lista escrita en papel de oficio, y al lado del nombre debe anotarse: «con todo gusto», después que Inocencio Nada el albino repartidor de periódicos, en oficio de pregonero, de pie en el umbral de la puerta, ha recitado el encabezado de la invitación. Pero hay quienes, para su desgracia, se quedan de fuera, con las telas compradas, o sus disfraces a medio hacer; porque por semanas Saulo Regidor el teñidor de trapos y su esposa la gorda todavía más gorda Adelina Mantilla discuten con voces que se escuchan en todos los confines, capaces de atravesar puertas y paredes, quiénes deben ser tachados y quiénes no. Y son pleitos de oírse. Uno acusa y la otra defiende, o viceversa; achacan agravios, señalan defectos, remueven antipatías, recuerdan ofensas, y los que están siendo juzgados, escondidos en sus aposentos oyen aquellos debates, y tiemblan, esperando su condena o su salvación.

Tu abuela Luisa disimula ahora otra sonrisa, que esta vez es burlesca, aunque no haya nadie tan cerca como para verla sonreír: Teófilo su marido en un baile de enmascarados, suficiente con lo que ya dicen, que es Josef Stalin en persona. ¿No es aquél por sí mismo un disfraz? Nunca se ha reído de él ni en pensamiento, salvo ahora, que lo imagina, no vestido como Josef Stalin, que eso es ya cosa común, sino de oso bailarín de los gitanos, de domador de fieras chasqueando su látigo, del cacique Mazaltepelt, medio desnudo y pintarrajeado, coronado de plumas, amenazando con disparar sus flechas, o algo así.

Pero no, no sólo esta vez le ha causado risa el marido, va recordando, mientras escucha a la muy gorda Amada Laguna elevar en la quietud de la tarde su voz; también cuando le ofreció en su casa una tenida al agrónomo italiano Eneas Razzetto, a la que nadie llegó, e invitante e invitado tuvieron que brindar solos; pero ésas son circunstancias que luego se van a referir.

Lo que es Pedro el tendero, su yerno, ése sí tendrá que disfrazarse y asistir a ese baile, aunque Luisa la grávida esté por dar a luz. Tu abuela Luisa lo sabe y lo comprende, porque hay azares de por medio, asuntos espinosos que el yerno, vestido de beduino del desierto como Rodolfo Valentino, debe arreglar esa noche, en el baile, con Telémaco Regidor, una calamidad de individuo, si no será iniquidad suya haberle quitado la esposa a un fakir mientras ayunaba el fakir encerrado en una urna bajo triple candado.

Tu abuela Luisa pasa y escucha el aria. No entiende la letra y no hace mucho caso, pues no la atraen músicas profanas, ni tiene ella voz, ni tiene oído, y si acompaña en el templo evangélico los himnos que señala el pastor, es sólo por razones de su deber. Aunque muy cerca de allí, en su cárcel, también está oyendo entonar el aria tu tía Leopoldina la prisionera, que sí sabe de música; y tantas veces se la ha oído en fiestas y veladas a la muy gorda Amada Laguna, que herida por la tristeza del canto terminó por aprenderse la letra sin conocer su sentido.

Pero Eneas Razzetto, el agrónomo italiano, el mismo que fue agasajado en soledad por tu abuelo Teófilo, se la dio traducida al reverso de una hoja de calendario una de aquellas tardes de sus visitas furtivas al callejón de los besos del Jardín Botánico; y en la soledad de su cárcel del aposento, repite ahora, el rostro contra la almohada: «todo es dicha, todo es fiesta, sólo para mí no hay, no hay contento, y para colmo del tormento tengo que disimular...»

Irá también ella al baile, vestida de terciopelo negro bajo el disfraz de Ana Bolena, el tajo sangrante del hacha del verdugo pintado con anilina en el cuello; e irá, por las mismas razones que obligan a ir a Pedro el tendero, quien llegará disfrazado, ya se sabe, de beduino del desierto.

Soy la Petroccelli, se decía antes, vestida de gitana andaluza en el escenario del cine Darío, un guindajo de monedas en la frente, golpeando la pandereta contra la rodilla, quiero gozar, reír, bailar y cantar. Y al desleírse por los cielos el aria de la muy gorda Amada Laguna, se dice ahora: soy Lisa la hostelera postergada, segundona en una ópera en la que ya nunca la querrá su galán; soy Ana Bolena la prisionera vestida de negro, condenada a morir antes del alba bajo el tajo del hacha del verdugo encapuchado; soy Cathy la desgraciada de *Cumbres borrascosas* que sólo encontrará en el otro mundo al amado fantasma de Heathcliff. Pero nunca más la Petroccelli repartiendo entre candilejas besos y rosas por doquier.

Y mientras tu abuela Luisa va a su propio paso por la calle real; mientras la muy gorda Amada Laguna se calla y aparta su guitarra; mientras la Aurora Cabestrán recoge su pelo y cierra su ventana; y mientras tu tía Leopoldina la prisionera vuelve a empezar por séptima vez la lectura de *Cumbres borrascosas*, el único libro que tiene consigo en su encierro y que un día le regalara aquel que hoy es causa de sus males, amarillas sus páginas como embebidas en orines y después secadas al sol: «1801 —Acabo de regresar de una visita a mi arrendador, el único vecino con quien compartiré mi soledad...», encontremos, por fin, a Pedro el tendero en su tienda, que ya se sabe, está ubicada al lado del parque, esquina opuesta a la iglesia parroquial.

2

La tienda se sume en la oscuridad porque Pedro el tendero termina de pasar la aldaba a la última de las cuatro puertas para irse a un entierro. Huele a kerosín en esa tienda, a jabón de lavar, zapatos asoleados y manteca de cerdo. Un rayo solar que se filtra por las tejas recién encajadas del techo, pues la casa es nueva, da cierta lumbre de carbones encendidos al gran retrato en colores de Winston Churchill que cuelga de la pared del fondo, en un claro entre los estantes donde se exhiben las piezas de tela.

No hubiera querido cerrar la tienda hoy miércoles, a media semana, pero las hechiceras eran clientas fijas suyas, qué se le va a hacer, no hay más remedio, darles el pésame, acompañarlas aunque sea un trecho, le había insistido a Luisa la grávida las veces que entró a darle una vuelta al aposento, a ver cómo se sentía, si todavía no era mucho el dolor; pues conoce bien la repugnancia declarada que tiene ella por aquellas hechiceras, y lo que llama sus trapacerías, engaños y embustes: repugnancia que apoyo y comparto, parecía decir la Mercedes Alborada, esponjando la boca, muy severa, en guardia junto a la cama, allí en el aposento de paredes que huelen a argamasa acabada de mezclar.

Odia la Mercedes Alborada a las hechiceras, no porque descrea de sus poderes sino porque de verdad cree que los tienen, y le sobran pruebas y le sobra razón: la hechicera madre Diocleciana Putoya, a la que hoy entierran y ojalá los diablos se la lleven de arrastrada en alegre algarabía hasta el plan de los mismos infiernos, bajo paga de muchos reales favoreció en contra suya a las hermanas Clotilde y Matilde Potosme, mujeres ya maduras y dueñas de la cantina Las Gallinas Cluecas en el barrio de Nimboja, entregándoles en cuerpo y alma, para que se lo repartieran, a Camilo el campanero volador.

Se lo robaron, lo apartaron de sus brazos con maleficios, y ahora vive en la cantina como un dócil garañón que no alcanza a darse abasto, cada vez más seco y enjuto de tanto esfuerzo repetido a que lo someten, y tan despojado de voluntad que es capaz de bebérsele los orines en el cuenco de las manos a las hermanas cantineras, una en la cama con él mientras la otra atiende la cantina, y cuando una termina, la otra entra, sin dejarlo nunca en paz al punto de mantenerse cañambucas y así no perder tiempo en quitarse los calzones a la hora de gozar su turno. Y para colmo de maldades, llegan juntas a comprar percales estampados a la tienda de Pedro el tendero únicamente por ver si se encuentran a la Mercedes Alborada barriendo y gozarse en su propia cara de haberle quitado, para lucro de su sevicia, a aquel que subido al campanario le repicaba alegres sones de campana al divisarla pasar por el parque diciéndole te quiero con sus repiques; y no sólo eso. En sus afanes de conquistarla, también había aprendido a volar.

Le repicaba las campanas en son de amores, y como los repiques no habían sido suficientes para que la Mercedes Alborada se decidiera a aceptarlo, supuso él que logrando algo más grande no habría modo de que continuara ella en su rechazo. Comenzó así ensayando a agitar los brazos subido a la rama de un espino de uno de los cuadrantes del parque, saltó de allí a la rama de un guarumo, de allí a la de un malinche, y cuando vio que ya podía andar ligero por los aires, se atrevió una tarde a lanzarse desde el ventanal del campanario.

Centenas de curiosos se habían juntado en el atrio para animarlo, y entre vivas y aplausos logró dar vuelta a toda la fábrica de la iglesia perseguido a la carrera por el padre Misael Lorenzano que le gritaba que bajara, que no fuera estúpido en creerse con alas, que aquello de volar no era oficio de la gente sino de los pájaros. No lo escuchó; y dueño ya de más valor y práctica, sobrevoló otro día la casa de Pedro el tendero a la hora muy temprana en que la Mercedes Alborada solía bañarse en una caseta sin techo entre los naranjos del patio, en la intención de contemplarla desnuda.

Contrario a sus intentos, el aire díscolo, que aventaba en ráfagas aunque estuviera el cielo sereno, lo empujó ésa y otras veces sobre otros techos y solares que no le interesaba visitar, viendo desnudas a otras que no le interesaba ver; y la Mercedes Alborada, haciéndose la desentendida, pero muy halagada, retardaba en vano el fin de su baño mientras pasaba él por encima, demasiado alto, estorbado siempre por los soplos traicioneros que le impedían girar suavemente, aletear sin espavientos, descender, y detenerse por fin encima de la caseta aquella.

Aburrida de tanta maniobra fracasada, la única vez que llegó a volar bajo, apenas estuvo a tiro lo alcanzó ella de una pedrada muy certera hiriéndolo en la frente. Y si al fin no le sirvieron sus vuelos para convencerla, al menos otros los aprovecharon para sus propios menesteres, pues empezaron a pagarle por hacer mandados, de una parte a otra del pueblo, y aún a pueblos vecinos como Nandasmo, Niquinohomo y Catarina, llevar recados, algún medicamento, una carta, una valija de ropa, una alforja, un espejo, un vestido de novia, un bacín, la corona de algún santo, un aguamanil, cosas que no fueran de mucho peso y él pudiera soportar. Bocina en mano anunciaba desde el aire los precios de las telas del baratillo ambulante del turco de la Sirenaica, Abdel Mahmud, padre de la princesa está triste, Magalí Mahmud; y alguna vez cargó a Inocencio Nada, que por albino era liviano como una barra de tiza, para que no le cogiera la noche repartiendo el periódico.

Y en esas de transportar correo andaba Camilo el campanero volador cuando lo sorprendió en lo alto de los cielos oscuros una tormenta, y se perdió. Empujado por los vientos que se lo llevaron en volteretas entre la centella de los rayos y el fragor de la tronazón, fue a aparecer, derrotado y desquebrajado de un brazo, en una playa de la isla del Tigre en la costa hondureña del golfo de Fonseca. Lo recogieron unos pescadores de Amapala que le dieron abrigo y sustento; y embarcado en un bote primero, para cruzar los meandros del golfo, y luego andando por veredas, desde allá volvió, amurriñado y con el brazo en tablillas, que quiere decir, con un ala rota. Por lo que, al quedar lisiado, se le acabó para siempre aquello de volador.

Pero entonces, la Mercedes Alborada, al saberlo de regreso, lo buscó arrepentida, lo amparó, lo curó y lo quiso al fin; y tras ampararlo, cuidarlo y quererlo, fue que vino la madre de las hechiceras, la Diocleciana Putoya, a entregarlo en los brazos de Las Gallinas Cluecas, las hermanas Matilde y Clotilde Potosme que lo usan sin darle tregua, ya se sabe en qué. Y no sale de la cantina si no es escoltado por una de las dos birriondas para subir al campanario y tocar las campanas, jalando el mecate que pende del badajo con su brazo bueno que es el izquierdo, porque el otro, que es el derecho, por consecuencia de su caída se le fue secando y se le murió; como a ojos vista va secándose también de todo su cuerpo, por el abuso tan repetido que hacen de él.

A tientas llega Pedro el tendero a la puerta, entre los estantes, que da a los interiores de la casa (arriba se queda Winston Churchill, la mano en la cintura reteniendo el faldón del saco, visible la leontina dorada que pende sobre su chaleco) y va al aposento a vestirse, otra vez, de leva, anudándose a la carrera la corbata frente al espejo del chifonier que sólo copia el blanco de las paredes desnudas, recién encaladas.

Ni un cuadro, ni un adorno, ni una capotera hay en ese aposento ni en ninguna otra parte, porque, ¿no estaban acaso recién pasados de pocos meses a esa casa levantada por él con sus primeras ganancias comerciales, al punto que su primera hija, la Luisita chiquita, no había alcanzado a nacer allí, sino en otro lado, en una casa de alquiler? ¿Y la foto a colores de Winston Churchill, entonces? ¿No es un adorno ése, extraño en una casa tan nueva, aún sin cuadros, ni fotos familiares en las paredes? Eso es otra cosa; se trata de un regalo. Ya se explicará después.

Se pone, otra vez, ya se dijo, la leva, y se quita el azahar que aún lleva en el ojal de la solapa, pues con ese mismo traje asistió por la mañana al casamiento de tu tía Adelfa: una boda, un entierro ese día; más tarde, un baile de disfraces. Luisa la grávida, que lo ve hacer desde la cama, le reprocha haber cerrado la tienda, ella podía levantarse a atender a los clientes; pero él, que no, qué disparate, allí se quedaba acostada, cuidado iba a atreverse. Entonces, que se hiciera cargo la Mercedes Alborada: tampoco, ella no puede despegarse ni un momento de tu lado. Y la Mercedes Alborada asiente muy conforme. ¿Y la niña, la Luisita?, pregunta entonces Luisa la grávida: no hay ninguna novedad, le contesta Pedro el tendero, que ahora se pasa la bellota entalcada por la cara para quitarse el brillo del sudor: estaba bien la Luisita, había mandado razón tu abuela Petrona, ni se acordaba de ellos; lo único es que había llegado la Adriana a derramar la leche.

Es que en aquellos tiempos, una Adriana lunática que no tendría veinte años, vestida siempre de sayal blanco, un zarzal la cabellera, entraba descalza a las cocinas en afán de derramar la leche y nadie se apercibía de sus visitas hasta que se escuchaba el ruido de las cacerolas y trastos de guardar la leche estrellándose contra el piso, luego, nada más la cascada de su risa vertiéndose tras la cascada silenciosa de la leche, y así, riéndose, se perdía por los solares.

Ya salía el entierro de la iglesia, tenía que apurarse. Hasta el aposento llegaban los ecos broncos de la bombarda y la tuba demorándose en el aire cargado de lluvia de la tarde nublada. Es doble la ocupación que tiene este día tu abuelo Lisandro con sus músicos de la Orquesta Ramírez, un baile de disfraces en la noche, un entierro de gala ahora mismo, con marchas fúnebres todo el trayecto, como lo habían querido y costeado las tres hermanas hechiceras para dar un último adiós rumboso a la hechicera madre, Diocleciana Putoya, en el que no faltan los cohetes disparados de esquina en esquina.

Voy a ese entierro, aunque sea yo el único, le había dicho, ya de último, a Luisa la grávida. Y ahora que estaba ya en la calle y el cortejo bajaba las gradas del atrio, vio que no era ninguna exageración la suya, porque muy poca gente, para no decir nadie, acompañaba a las hechiceras; Juan Cubero, el sastre, que asistía por regla a todo entierro, temeroso de que fueran a dejarlo solo en el suyo; Ireneo de la Oscurana porque era su oficio excavar tumbas, y los cargadores del ataúd y los músicos, aunque, unos y otros, no figuraban allí por su gusto, sino por la paga.

Las tres hermanas herederas de la hechicería se llamaban, por orden de su edad, Altagracia, Deogracia y Engracia, bautizada esta última por Pedro el tendero la Guabina debido a sus ojos saltones, en recuerdo de un pescado muy común de las aguas de la laguna de Masaya. Caminaban las tres tomadas de los brazos, envueltas en sus trapos de luto recién cosidos, detrás del ataúd que se mecía, rechinando, en hombros de los cuatro a quienes les tocaba aquel oficio pagado de cargar; y esos cuatro, embargados de temor, ya hubieran deseado ir más rápido pero el compás de la música, retardado por lo solemne, no los dejaba llevar el paso a su libre voluntad. Porque, verdaderamente, soportar en los hombros los despojos mortales de aquella hechicera madre de la que aun muerta se podía esperar algún maleficio, era asunto de la mayor osadía y temeridad.

No iban mujeres a entierros en Masatepe, y aunque hiciera alguna el intento desaforado de desbocarse detrás del muerto, ya se sabía que era vano ese intento porque había quienes estaban listos para detener a la díscola por la fuerza, y ella misma, pese al alarde de sus ímpetus, dispuesta a dejarse sofrenar. Pero no hay varones para presidir el duelo en esa familia, y si las tres hechiceras, Altagracia, Deogracia y Engracia la Guabina no fueran allí, no habría a quien presentarle las debidas condolencias.

Aunque, como ya se vio, no tienen muchas condolencias que recibir, salvo las que va a darles, pronto, Pedro el tendero; y las que les ha dado ya el sastre Juan Cubero, separando un poco de su cabeza el sombrero y mirándolas a los ojos, como diciéndoles: fíjense bien en mí, yo vine a acompañarlas; cuando yo me muera, ¿me van a acompañar? Si no es así, no adelanto un paso más en este cortejo.

No hay varones en la familia doliente, ya se advirtió. Salvo que consideremos doliente a Macabeo Regidor quien, de todos modos, no ha hecho presencia en el funeral; o a tu tío Edelmiro el cellista, que por tratarse de un entierro va tocando el redoblante, y al que los otros músicos le dan el pésame, en sorna y por lo bajo, por las razones que más tarde será no sólo bueno, sino también necesario explicar.

Alzada sobre sus tacones de punta afilada que al clavarse entre los pedruzcos la hacen tropezarse, va la menor de las tres hechiceras, Engracia la Guabina, el bocio que le aprieta el cuello hasta saltarle los ojos, que de otro modo serían hermosos, oculto en las vueltas de su mantilla negra; y fíjate bien, le dice tu tío Alejandro el flautista a tu tío Edelmiro el cellista: fíjate cómo suda la Guabina envuelta en esos trapos negros, más bien parece que destilara veneno en vez de sudor. Y dice tu tío Edelmiro el cellista, que en un descanso de la banda marca en el parche del tambor el paso de funerala para una invisible tropa de granaderos: dejen en paz a la mujer, respeten su dolor. Qué dolor ni qué cuartos, dice entonces tu tío Eulogio el violinista, que lleva los platillos: se le saltan los ojos de puro amor cuando vuelve a mirar para acá. Y tu tío Alejandro el flautista, que prepara ya su flauta, porque de nuevo van a empezar con otra marcha fúnebre: se le saltan los ojos porque es pescada guabina, no por ningún amor. Con el bolillo en la cabeza te voy a dar si no me dejás de joder, lo amenaza tu tío Edelmiro el cellista.

Guabinas quiso tu abuelo Teófilo pescar en la laguna, una noche, siendo aún soltero, y poco paciente para tender una atarraya y esperar, lanzó una candela de dinamita pensando que sólo era cosa de recoger muertos los pescados en la superficie del agua a la luz de su lámpara de carburo, aventados desde el fondo del abismo por la explosión; y por lanzar mal la candela, ya vimos el percance ingrato que le ocurrió, el pellejo sollamado, una ceja chamuscada y un oído para siempre perdido.

Era cierto lo dicho por tu tío Eulogio el violinista. Los ojos de pescado de la Guabina tornaban a mirar con insistencia hacia los músicos en busca de tu tío Edelmiro el cellista, que anda en enredos de amores con ella, asunto que representa un doble peligro y no debía prestarse a jugarretas de palabra como las que entretienen a los hermanos músicos: porque es hechicera de mucho cuidado esa mujer, heredera de hechicerías, y porque está casada con Macabeo Regidor, el que no vino al entierro, y por eso mismo que no vino, ya se saca lo extraño y difícil de su carácter, a veces retraído y muy hosco, en otras hiriente y corrosivo, tanto que Pedro el tendero lo ha bautizado con el sobrenombre de Vitriolo; y hasta agresivo de disparar balazos, de lo que han sido testigos los propios músicos de la orquesta.

La Guabina es un apodo que también le vale a ella por lucia, porque son lucios esos peces laguneros, difíciles de atrapar, igual que mujeres desnudas y enjabonadas que se escapan de las manos. Tu tío Eulalio el clarinetista, el menor de los hermanos, que a los catorce años toca ya el clarinete y anda suelto además por todas partes, la ha visto desnuda y enjabonada, revuelta de blanca espuma la pelambre de la gran comadreja, porque la tiene de tamaño que podría llamarse sobrenatural, llamar con siseos a Macabeo Regidor desde la puerta de la caseta del baño en el fondo del patio; lo llama, en tanto restriega con mano rijiosa la comadreja peluda como para erizarla y babearla, hasta que provoca al otro a correr en desafuero al encuentro de la animala desdentada que le ofrece la hechicera, sólo para que ella se le escurra al último momento, piernas, lomos, nalgas y tetas lucias de jabón, se meta a la caseta y le tranque la puerta riéndose en burla mientras le canta desde adentro en tres por cuatro de Juanita Picott:

> *Esto que ves aquí*
> *Nunca lo vas a tener*
> *Esto que viste aquí*
> *Nunca lo vas a gozar*
> *Ni te lo voy a prestar,*
> *prestar.*

Todo eso lo ha presenciado en no pocas ocasiones tu tío Eulalio el clarinetista, escondido entre el ramaje de un guarumo del solar vecino. Y por andar en los solares, subido a guarumos, malinches y almendros, asomándose donde no debe, es que ya se lo llevaron preso una vez.

Sucedió que el teniente Sócrates Chocano, el comandante militar de la plaza que era algo gordiflón y gacho de un ojo, tomaba su baño al descampado en el patio del cuartel, mientras Juan Castil, preso siempre por amigo de lo ajeno y reo de confianza, y en un tiempo dueño del papel de Jesús de Nazaret en la representación de la Judea, le enjabonaba a mano pelada la espalda y más abajo.

Columbró a tu tío Eulalio el clarinetista un soldado raso, lo apearon del árbol hecho prisionero, y el teniente Sócrates Chocano, por mostrar condescendencia, fue él mismo a poner al hechor en manos de tu abuelo Lisandro, diciéndole: lo que este muchacho vio que no lo repita para que no se preste a maledicencias ni equivocaciones, que yo soy varón sin tacha, como el que más, y una mala interpretación me puede perjudicar en mi oficio militar.

Aquella ocasión sirvió, ofrecidas ya todas las seguridades del caso, para que el teniente Sócrates Chocano se acercara a tu tía Azucena, se prendara de ella y de allí en adelante pasaran a novios, olvidándose las desgracias del incidente aquel; cuando lo veamos a él de Poncio Pilatos, Juan Castil el ladrón ratero sin redención, en pos suyo, llevándole ánfora y jofaina, será momento de verla a ella vestida de Scarlett O'Hara.

¿Gozará tu tío Edelmiro el cellista de la comadreja que abre con hambre fingida su boca roja que es toda encilla y ningún diente?, ¿acariciará, al menos, su pelambre enjabonada? Aquí las dudas se callan sin expresarse, aunque todos los hermanos desearían que la hechicera no fuera tan ingrata con él como lo es con Macabeo Regidor. ¿Será que no le gusta a ella el gusto, o sólo juega a que no le gusta?, ¿será que su ingratitud es sólo para el marido, pero para tu tío Edelmiro el cellista no? Porque de verdad, y no sólo por lo que cuenta que ha visto tu tío Eulalio el clarinetista, se sabe que Macabeo Regidor jamás ni nunca ha podido empezar ni acabar con ella nada de aquello que te conté.

Le dio el pésame Pedro el tendero a las tres hermanas hechiceras, Altagracia, Deogracia y Engracia la Guabina; acompañó el entierro cosa de una cuadra, y volviendo lo más rápido que pudo, divisó desde el parque abiertas las puertas de la tienda. Supo entonces que tu abuela Luisa ya estaba allí. Muy diligente y hacendosa como era, sabía ella que el tiempo y la oportunidad no se podían desperdiciar, porque así rezaba la cartilla y credo de tu abuelo Teófilo: negocio cerrado en día hábil, es colmenar sin labor.

Y lo recibió tu abuela Luisa, muy tranquila y reposada, ya dueña del mostrador, pesas y vara de medir, con estas palabras: por el momento, allá adentro no hay ninguna novedad.

Entonces se metió él allá adentro, que allá adentro era el aposento, puso la mano en la frente de la esposa, no fuera a tener fiebre, y no tenía; luego, abrió el chifonier, sacó el disfraz de beduino del desierto, y volviéndose hacia la cama, dijo: por si después me coge la tarde en las visitas que tengo pendientes, mejor voy a disfrazarme de una vez. Aunque sabía ella de la necesidad de esas visitas, eso de vestirse de beduino del desierto con tanta anticipación, e irse así disfrazado a la calle, a Luisa la grávida no le pareció del todo, pero se calló.

¿Y cuáles eran esas visitas que debía cumplir Pedro el tendero ya disfrazado de beduino del desierto? En primer término, una visita a su servicial amiga Amantina Flores, la que velaba enfermos y ponía inyecciones de casa en casa, y que por su hermosura bien podría seguir figurando de ángel como había figurado cuando niña. Ésa era una visita muy crucial, y de lo que hablara allí con ella dependía el éxito de todo su plan.

Sabría si Telémaco Regidor asistiría al baile, y de ser así, cuál sería su disfraz; porque de asistir, es que estaba dispuesto a concertar un arreglo, para lo cual le había mandado a proponer, con la misma Amantina Flores, una conversación de los dos, en medio baile. Concluido en buenos términos el arreglo, se daría entonces una señal; ya se verá luego cuál es esa señal. Y no sólo porque se fuera a las calles en semejante facha callaba Luisa la grávida su disgusto. Si aquel plan, urdido tan en el aire, fracasaba, a su casa volvería él, ya sin baile de por medio, y humillado; y entonces, de todos modos, ¿para qué disfraz?

Y la otra visita, al consultorio del doctor Santiago Mayor el partero para averiguar si estaba ya de vuelta, como le había prometido, porque tu abuela Luisa no podría valerse sola si llegara el caso, una señora muy aseñorada para ocuparse con sus manos de menesteres de parto, cortar ombligo y amarrar el nudo, lavarle a la criatura la sanguaza, fajarla bien después. La Mercedes Alborada, demasiado muchacha, tenía sólo papel de ayudanta, llevar el agua hervida, los paños limpios, sacar las sábanas y trapos ya ocupados, botar los algodones y gasas sucias, y por último, enterrar la placenta en el fondo del solar.

El doctor Santiago Mayor había ido por el día a Masaya a dar sepultura a su esposa Priscila Lira, la tercera que se le moría, de pronto, bajo sospechas de mano asesina, sospechas que, sobre sí mismo, él mismo se ufanaba en levantar. Otra vez, la noche anterior, como en los otros dos velorios, había dejado flotar en las conversaciones una que otra frase, a modo de acertijo, para que los circunstantes fueran cayendo en la cuenta de que en el deceso había algo que no era natural; causaba la duda, sembraba el asombro, despertaba susurros, y se retiraba de la rueda, restregándose las manos, con semblante de misterio y aire de resignada satisfacción.

Invenciones de su cabeza eso de que mata a sus esposas como quien retuerce pescuezos de gallinas, decía tu abuelo Teófilo; lo salva que es un buen partero y, por desgracia, agréguese, un buen charlatán; que si matara su lengua, allí sí estaríamos en presencia de una verdadera mortandad. Porque se mostraba tu abuelo Teófilo precavido de gente dedicada a fantasear, como esos escritores de novelas donde corren desbocadas las aventuras imposibles, y lo que corrientemente no sucede, por virtud de sus ardides suele suceder; precavido de libros donde se retratan, para holganza de los ociosos, a amantes femeninas siempre sufriendo por un engaño, ahora una promesa, mañana una traición; opiniones que tu abuela Luisa, y no es que ella creyera en mentiras ni leyera novelas, prefería no discutir: con tu tía Victoria que se había ido para siempre subida a sus tacones altos, bien sabía que la vida era como las novelas de los novelistas, y más.

Acertaba, a lo mejor, tu abuelo Teófilo al afirmar que el doctor Santiago Mayor no era capaz de poner en obra sus fantasías asesinas. Pero sí fantasías de otra factura. Por experiencia ya muy propia sabía el partero que transportar un féretro de un pueblo a otro requería de un permiso que sólo el general Anastasio Somoza podía otorgar desde la capital, y que ese permiso telegráfico no llegaba ni en un día, ni dos, por lo que el velorio se volvía un incordio sin fin, puertas abiertas toda la noche, aguantar gente que se orinaba en las palmeras del jardín hasta salir los orines en cascada espumosa a la calle, jugaderas de naipes y dados en la acera, con apuestas cantadas a gritos, rebatiñas y discusiones violentas entre los jugadores, amenazas de muerte a cuchillo, y de otro lado, las carcajadas en celebración de los cuentos y aventuras de Quevedo contados por Lucas Velero, amanuense del juzgado y músico trompa de hule que toca la bombarda en las procesiones y entierros, y la viola en fiestas y funciones de iglesia; y dueño, además, del papel de Satanás el tentador en la Judea de tiempos de cuaresma del padre Misael Lorenzano.

Estos cuentos y aventuras son de tales tonos subidos, sobre todo aquellos en que aparecen juntos Quevedo y Jesucristo, que si provocan ruidosos alardes de risas en los otros, hacen sonrojarse a Eleuterio Malapalabra, el músico de la tuba y el trombón de vara, a pesar de que el padre Misael Lorenzano no crea un bledo en la sinceridad de esos sonrojos.

Pero es, de verdad, hombre tímido y apocado ese Eleuterio Malapalabra, en nada orgulloso de la abundancia de dotación que justifica su apodo, y que si en algo pone su empeño, cuando no sopla su instrumento de viento, es en rellenar los crucigramas de todos los periódicos y revistas que caen en su mano, sabio en significados de palabras que nadie, sino él, conoce; ciudad de los caldeos: Ur, apócope de santo: san, sentimiento de atracción: amor, interjección de dolor: ay. Y al llegar al punto de rellenar una de estas dos últimas palabras en el crucigrama, se le salen las lágrimas debido al recuerdo porque guarda en su pecho un amor sin esperanza por tu tía Leopoldina la prisionera.

Aquello de mezclar en cuentos y aventuras sacrílegas a Jesucristo con un alma negra como Quevedo, hizo que una vez el padre Misael Lorenzano abordara el asunto en un sermón que conmovió a la feligresía e hizo llorar de arrepentimiento al hechor y a sus cómplices de risas, sermón que luego se pondrá entre estas páginas, en algún lugar. Fue para los tiempos en que aún volaba por los aires, haciendo mandados, Camilo el campanero volador; pero a pesar de aquel llanto arrepentido y de sus promesas, no escarmentó Lucas Velero el amanuense músico trompa de hule que toca la bombarda y la viola, y sigue campante en sus blasfemias, como bien se ve.

Por eso de no querer otra vez una vela de muchas noches sin saber cuándo sería la última, es que el doctor Santiago Mayor le solicitó al teniente Sócrates Chocano que lo dejara transportar a la muerta sin necesidad de aquel permiso, pero el otro se negó:

—Me duele en el alma, doctor, pero si usted intenta acarrear ese féretro en forma ilegal, antes de que me jodan a mí, echo preso al féretro, y lo echo a usted también.

Entonces, decidió el doctor Santiago Mayor llevarse sentado el cadáver de su esposa Priscila Lira en el vagón de primera del tren de las once, como si se solazaran los dos en un viaje de descanso y placer. Suelta la noticia, toda una romería se formó esa mañana en la estación para ver a la mujer, elegante y serena tras el vidrio de la ventanilla en aquel su último viaje en ferrocarril, sombrero aludo de pluma erguida y chaqueta de hombreras pronunciadas, maquillada con todo primor.

Estaban en el andén tu abuelo Lisandro y varias de sus hijas que llegaban a despedir a tu tía Adelfa recién casada, que se iba en viaje de luna de miel a Niquinohomo con su esposo Cecilio Luna el camandulero, participando todos ellos de la novedad en medio del gentío; y no querían los novios montarse en el mismo vagón con una muerta, aunque se tratara de aquella Priscila Lira tan servicial y buena en vida, y nadie va a reprocharles eso; por lo que tuvieron que subirse al vagón de segunda.

El doctor Santiago Mayor, al descubrir a tu abuelo Lisandro entre la multitud, abrió la ventanilla, y sacando la cabeza y medio cuerpo, le gritó:

—Dígamele a Pedro que no se preocupe por el parto, que el entierro va a ser rápido y en el tren de las cuatro estoy de nuevo aquí, y que si acaso me deja el tren, me vuelvo en un caballo de alquiler.

—Qué va a volver —dijo tu tía Azucena—. Se queda en Masaya buscando novia para casarse con ella y tener otra esposa a quien envenenar.

Sale, pues, Pedro el tendero a la tienda, ya disfrazado de beduino del desierto; y tu abuela Luisa, que es prudente, no osa reírse en su cara pero aparta la vista mientras se retira hacia el aposento, no vaya a ser el diablo que con sus tentaciones todo lo arruina y corrompe. El disfraz lo ha copiado del cartel de una película de Rodolfo Valentino. Un haik de zaraza, listado en negro y amarillo, le cubre la cabeza, sujeto alrededor por un grueso cordón de manila trenzada; la túnica sarracena, muy holgada, es de bogotana blanca, orlada de arabescos de sotache en la boca del cuello, mangas y guardapolvo, y el manto, que baja ampliamente a sus espaldas, de popelina verde. Metido bajo el fajón de la cintura porta un alfanje de palo, forrado en papel de estaño del que traen los paquetes de cigarrillo; pero además, para fingirse verdadero beduino, ha oscurecido su cara con colorete marrón.

Apenas había dado la vuelta tu abuela Luisa, cuando descubrió el beduino el rostro inmóvil de Macabeo Regidor enzarzado en el enjambre florido de letras de plata del espejo en que se anunciaban los jabones Reuter, la lumbre del cigarrillo, prendida en sus labios, inmóvil también.

El beduino, que era hombre pacífico, enemigo de pleitos y discordias, sintió que le palpitaba en la boca el corazón porque Macabeo Regidor jamás había puesto los pies en la tienda; y si llegaba en busca de camorra, podía haber varias razones, todas temibles por igual: porque quisiera reclamarle de mala manera por aquel sobrenombre de Vitriolo, que era obra suya, y con el que se le conocía en toda la cristiandad; por cualquier burla cruel que, en venganza de aquello, quisiera hacerle el otro debido al asunto todavía no resuelto entre tu tía Leopoldina y su hermano Telémaco Regidor; o porque llegara a cobrarle a él, sin culpa propia, la cuenta pendiente que tu tío Edelmiro el cellista le debía por causa de la Guabina.

De ser así, podría sobrevenir, cuando menos, un forcejeo, en el forcejeo algún empujón o patada que fuera a quebrar el vidrio de una vitrina, o un cruce de trompones, si no es que se pasaba a hechos de envergadura mayor; y pensaba el beduino del desierto con mucha razón que, en tal caso, el alfanje de palo que cargaba en la cintura de poca o ninguna defensa le iba a servir.

De por medio los agravantes, apenas tres días atrás, tu tío Edelmiro el cellista había cometido una imprudencia de borracho al llevarle serenata a plena orquesta a Engracia la Guabina, sonsacándole los músicos a tu abuelo Lisandro al final de un rezo en Nimboja, el mismo barrio de indios donde vivían y despachaban sus bebedizos las hechiceras y se hallaba también la cantina de Las Gallinas Cluecas.

Despertó Engracia la Guabina a los acordes melosos de los violines, mas sin dar señales, pues no encendió luces ni se asomó a la puerta; algo que, si se ve bien, fue muy atinado de su parte, no iba ella a arriesgarse en demostraciones de halago ante homenaje de tanta osadía como aquél. Quien salió, en cambio, fue Macabeo Regidor, su marido, de manera inadvertida, pistola en mano, por la tranquera del solar. Cinco tiros disparó al aire, a espaldas de los músicos, y no necesitará explicarse que la orquesta se desbandó en carrera desenfrenada, como ya se verá que por razones muy diferentes, habrá de desbandarse pronto, otra vez, este 5 de agosto de 1942.

A los balazos, fue grande el pavor y la confusión, unos músicos corriendo en desafuero, bombarda, bombo y contrabajo a cuestas, otros metiéndose de cabeza en las casas, allí donde alcanzaron a divisar la lumbre de alguna puerta abierta, y tu tío Eulalio el clarinetista, el menor de todos, que en la oscurana, huyendo por un patio, cayó en una letrina abierta y se hundió en los excrementos; gritó, hasta que llegaron a auxiliarlo, alumbraron el hoyo con lámparas de carburo, le tiraron una cuerda, y al fin lo pudieron sacar, impregnados él y su clarinete de una tufalera colosal que por días nada ayudó a disipar, ni creolina ni ninguna clase de jabón.

Lloverá esta tarde, enredada en atrasos como anda la canícula de agosto. Los truenos ruedan alejándose hacia el volcán y las vitrinas de la tienda se estremecen, alumbradas por los relámpagos. Macabeo Regidor ya no está en el espejo y cuando el beduino lo busca, lo descubre junto al mostrador de los zapatos, encendiendo un cigarrillo con la colilla del que termina de fumar. ¿Y si por acaso anduviera armado de aquel revólver con el que asustó a los músicos, o de algún cuchillo o navaja?

—¿Qué se te ofrece? —le pregunta, fingiendo desafío.

—Nada —le contesta Macabeo Regidor, sin alzarlo a ver.

Nada, no quería comprar nada, nunca compraba nada, zapatos y calcetines, sus pañuelos, las camisas, todo lo que andaba encima se lo regalaban, tenía quien le regalara. Los cigarrillos que me fumo, paquete tras paquete, me los regalan. Y se rio con risa dilatada, una risa de ecos cavernosos, la risa de un fumador empedernido, risa como la de un espectro, la risa del fantasma del ahorcado en la película de Boris Karloff.

Se asustó aún más el beduino con aquella risa, indefenso como se sentía, aunque al mismo tiempo, y a pesar de sí mismo, pensaba: todo se lo regalan, claro; ¿y quién más le va a regalar que Engracia la Guabina con todo lo que gana en sus hechicerías, aunque ni esposa suya de cuerpo sea porque no le hace nada ya que ella no se deja?

—Te disfrazaste de balde, porque la fiesta se va a suspender por duelo —le dijo Macabeo Regidor después de un rato de silencio, llevándose el cigarrillo a la boca, con extremada lentitud.

Y aquello de que habría duelo y por lo tanto no habría fiesta, no lo explicó, pero lo repitió varias veces mientras estuvo allí, remachando el clavo con otro y otro martillazo de lúgubre monotonía, que no va a haber fiesta porque va a haber duelo, te repito que no. Tiró la última colilla al piso, aún encendida, y, sin decir nada más, se fue.

Se quedó el beduino meditando un rato en el porqué de aquella notificación, pero al fin regresó su mente al punto y lugar al que por cualquier camino siempre regresaba, tu tía Leopoldina la prisionera encerrada desde hacía meses por culpa de Telémaco Regidor, hermano de Saulo Regidor el teñidor de trapos que daba esa noche la fiesta de disfrazados, y hermano de Macabeo Regidor, aquel Vitriolo corrosivo que se acababa de ir; y por esas vueltas y revueltas andaba cabalgando su cabeza cuando apareció don Avelino Guerrero, embozado en una toalla de listones que si algo le dejaba asomar, era la nariz. Así, embozado, salía siempre a la calle, ya fuera en protección del sol, o por temor del sereno.

El anciano llegaba, por tercera vez en el día, a discutir con él el precio de las candelas de esperma.

—Ya voy a cerrar —le dijo, de mal modo, el beduino, en previsión de sus regateos. Pero en sus adentros, se reía: si faltaba un beduino para hacer pareja conmigo, aquí está el otro, ya somos dos; aunque a éste, la toalla, que es su haik, no alcanzaría a taparle semejante nariz en medio de una tormenta de arena en el desierto.

—¿Y qué es ese disfraz? —le preguntó, burlesco, don Avelino Guerrero, sin quedarse en miramientos como los que antes había tenido tu abuela Luisa.

—Voy para el baile, ¿no quiere hacer comparsa conmigo? —le contestó el beduino.

—¿Así vas a salir a la calle? Te van a seguir los perros, por estrafalario —le dijo don Avelino Guerrero.

—No lo siguen a usted, que siempre anda en facha —le contestó el beduino, que ya se empezaba a fastidiar.

—Te disfrazaste de balde, no va a haber baile —le dijo don Avelino Guerrero, ya con gravedad.

—¿Cómo lo sabe? —le preguntó, intrigado, el beduino.

Y don Avelino Guerrero vino y le contestó: Macabeo Regidor me lo pasó avisando, toda la tarde se ha dedicado a notificar de puerta en puerta a los invitados que ese tal baile, por causa de un duelo que no explica qué duelo es, no se va a celebrar; y vino el beduino, y le dijo: pues aquí a la tienda se me apareció con el mismo cuento, lo que significa que ya las hechiceras le dieron algún bebedizo para enfermarle de locura la cabeza. Y don Avelino Guerrero: tu hermano Edelmiro que tenga cuidado porque lo van a dejar loco también, o tontoneco, por andar en libertinajes con esa Engracia la Guabina, y es lo menos que puede pasarle, meterse en amoríos licenciosos con una que se ha hecho de reales traficando embrujos, significa peligro mortal.

—Y usted, ¿qué pierde? No se meta en lo que no le importa —le dijo el beduino.

Y entonces, don Avelino Guerrero, olvidándose de disfraz, baile, duelos en ciernes y peligros que corría tu tío Edelmiro el cellista, volvió a lo que venía desde un principio, que si el beduino le iba a dejar al fin las candelas a medio real. Y el beduino, sin tantas ganas de pelear, le dijo: mil veces le he explicado que el real ya no corre. ¿Cuántas veces se lo voy a tener que repetir?

Las candelas de esperma las quiere don Avelino Guerrero para un altar sagrado donde se consumen día y noche, igual que se consume tu tía Leopoldina la prisionera en su cárcel de amor. Desde las puertas de la tienda bien se pueden divisar las candelas prendidas, en el corredor exterior del caserón al otro lado del parque, donde permanece enflorado el altar para que quien pase se pueda detener a rezarle o implorarle de rodillas al santo calvo, de tez cobriza, que allí está entronizado en fotografía de cuerpo entero, el tricornio bajo el brazo, la casaca bordada de mirtos, la espada al cinto, muy erguido y altanero, aunque corto de estatura, en su uniforme de general.

Aquel retrato enflorado es el retrato de Emiliano Chamorro, jefe supremo del partido conservador, llamado el Cadejo por el don de ubicuidad que tuvo en las batallas, capaz de presentarse en distintas trincheras al mismo tiempo; pues es ese cadejo un perro embrujado que aparece y desaparece a su antojo, se materializa si quiere, y si quiere se borra de la vista; y, además, pero eso es aparte, se pone de noche en persecución de los adúlteros a la hora en que van o vienen en sus correrías.

La primera vez que subió el Cadejo a la presidencia por un golpe de Estado, que dio varios, se acordó de aquel Avelino Guerrero, su fiel barbero de campaña en la guerra contra los liberales, emprendida para destituir al general José Santos Zelaya, y lo escogió senador de la República. Fue un gran favor el que le hizo, y no lo olvidó el beneficiado, pues atravesaba por entonces la más galopante lipidia. Tahúr empedernido, tras perder en el juego las riquezas de su esposa Tadea Toribio, había terminado por jugarla a ella misma a la taba. Echó culo, y también la perdió.

Pasaron esos tiempos de senador, pero no dejó él de sacar a asolear a la baranda del corredor, cada mañana, el traje de gala de las sesiones solemnes, para evitar que cogiera moho en el encierro del cofre, o se le fuera a pudrir; hasta que su hermano Perfecto Guerrero el Emperador Maximiliano se apoderó de aquellas prendas, y ahora, extraviado de entendimiento, sale descalzo y vestido de chaqué por las tardes a ofrecer en venta cualquier cantidad de caballerías de mar.

—Entonces, ¿mis candelas? —insiste don Avelino Guerrero.

—Ya viene el agua, ya viene la noche, se va a mojar, y a su edad, usted no aguanta un catarro aunque ande la cabeza tan bien envuelta, mañana hablamos —le dice el beduino, buscando como el anciano se vaya de una vez.

Y es cierto que da ya la noche, y hay señales de que puede llover, ya oímos antes los truenos rodando hacia el volcán. Hasta la tienda llega un rumor sosegado, y no se sabe si es el viento que en presagio de lluvia menea los eucaliptos en el parque, o voces de mujeres que rezan en la iglesia parroquial.

—No te vuelvo a comprar nada —dice, entre dientes, don Avelino Guerrero; da la vuelta para irse, y se va.

Ni yo pienso venderle nada, iba a decirle el beduino a sus espaldas; pero ya no dijo, porque en eso aparecía tu abuela Luisa bajo el retrato de Winston Churchill, y no era propio estarse peleando con un viejo maniático delante de una señora de tanta serenidad.

Ya se podía ir a cumplir las visitas que tenía pendientes antes de la hora del baile, ella se quedaba con todo gusto viéndole otra vez la tienda, a eso había llegado, a ayudar, le daba sus vueltecitas en el aposento a Luisa la grávida, y regresaba a instalarse tras el mostrador por si alguien buscaba alguna compra; además, allá adentro siempre quedaba la Mercedes Alborada, le está diciendo ahora tu abuela Luisa. Y sería una entrometida si también le dijera: yo sé bien cuál de esas visitas es la que no podés postergar ni dejar, la visita a tu razonera la Amantina Flores; pues averiguar si el doctor Santiago Mayor ya ha regresado de Masaya tras el sepelio de su esposa Priscila Lira, es sólo asunto de que vaya la Mercedes Alborada al consultorio y vuelva con la razón.

Aquellos amores de tu tía Leopoldina la prisionera con Telémaco Regidor, que obligan ahora al beduino a salir en busca de su razonera la Amantina Flores, nacieron en los ensayos de una velada de beneficencia montada por Luisa la grávida en el escenario del cine Darío en el mes de febrero de ese año de 1942, porque siendo el marido presidente fundador del Club de Leones, pasó a ser ella presidenta de las Damas Leonas, y recoger fondos para obras de caridad y ornato era uno de sus deberes capitales, sin que la segunda barriga que ya para entonces cargaba la estorbara ni la pudiera detener en los preparativos de la docena de números de que constaba el programa de la variedad.

Esos dos que decimos, Telémaco Regidor y tu tía Leopoldina, debían bailar en la velada *El dueto de los paraguas de Cherburgo*, y en los ensayos, que tenían lugar en el corredor de la casa de Pedro el tendero, aún a medio construir, al agarrarse de la mano para avanzar y retroceder empezó la cuestión aquella que siguió al manipular los paraguas para ocultarse, pues así estaba escrito en el libreto, que debían ocultarse; y ya al amparo de los paraguas, primero fue mirarse a los ojos, después rozarse los labios y por último besarse a su gusto, sin dejar por eso de bailar, mientras tu tío Edelmiro el cellista, distraído o no distraído de aquellos quehaceres, les marcaba la pauta con el cello, y Luisa la grávida se asomaba, decía algo sobre la soltura de los pasos y se iba al otro cuarto aún sin tejas a comprobar si estaban ya todas las voces y completas las mandolinas para iniciar el ensayo de una barcarola a bordo de una barca simulada que era sólo un costado de barca fabricado por Josías el carpintero.

Pero si Telémaco Regidor había sido capaz de llevársele la mujer a un fakir que ayunaba encerrado bajo triple llave en una urna de vidrio, tal como venía acordándose por la calle tu abuela Luisa, ¿qué otras vilezas no podía cometer? Y es por eso que después que pasó lo que pasó, fue muy difícil para tu tío Edelmiro el cellista, por muchos esfuerzos que hizo, alegar distracción.

Sucedió que uno de aquellos años, a comienzos de la cuaresma, llegó a Masatepe un fakir esmirriado, puro hueso y pellejo como son todos los fakires, desnudo el pobre, cubiertas apenas sus partes nobles con un pañal y en la cabeza un turbante, sucio de no quitárselo nunca, en la sola compañía de su esposa, una miniatura de mujer ojona, bocona y bonita, que si levantaba tres palmos del suelo era mucho, pero más llamativa por sus senos frondosos, muy a punto de romperle la blusa, aunque en lugar de agobiarla con su peso la hacían andar de manera desafiante.

El espectáculo del fakir consistía en encerrarse en la urna de cristal que ya se dijo, una urna como la del santo entierro, transportada de pueblo en pueblo en una carreta de bueyes, y estarse allí inmóvil sin comer ni beber mientras tuviera quien pagara por entrar a verlo, pues para eso existía un plato al pie de la urna donde los curiosos depositaban sus óbolos, que la esposa se encargaba de recoger y guardar cuando se había llenado el plato.

Fue instalada la urna en el salón de chalupa con el debido permiso de Auristela la Sirena, una de la que ya luego se hablará; y en medio de un molote de gente se acostó el fakir, colocaron la tapa, y el propio teniente Sócrates Chocano fue comisionado de ajustar la cadena alrededor de la urna, una cadena muy gruesa que se cerraba con tres candados, llevándose consigo las llaves en depósito al comando.

Si nunca llegó a saberse en Masatepe el nombre del fakir, que fakir es suficiente porque fakir son todos los fakires, el de su esposa sí fue de recordar, Zelmira, pues así aparecía impreso en el sello de los pomos de ungüento oriental para hacer crecer los senos, asunto nada más de frotar y esperar, que ella fabricaba y vendía de manera furtiva a las mujeres aplanadas, o magras de tetas, que bajo pretexto de admirar al fakir inmóvil en su urna, tan inmóvil que ni se le notaba el resuello bajo la armazón de las costillas, llegaban en busca de la mercancía bienhechora que olía de lejos a azufre y trementina.

Telémaco Regidor, sin otro oficio conocido más que beber en las cantinas, leer novelas de amor y luego salir de artista bailarín en las veladas de beneficencia, se trasladó desde el primer día al salón de chalupa de Auristela la Sirena bajo el pretexto de vigilar que no fuera a hacer trampa el fakir comiendo alimentos que le pasaran a través de algún hueco secreto de la urna, pero con el designio verdadero de burlarle la mujer, y porque había apostado con Ulises Barquero, uno de sus dos amigos principales, que era capaz de hundirse entre aquellos senos más tiempo del que tardaba con la cabeza metida en el agua cuando, en tiempos ya viejos, fondeaba en la laguna de Masaya, que en eso había sido campeón; asunto de ociosidad esa apuesta porque ningún juez iba a estar allí a la hora llegada y quién iba a saber si después decía verdad o no.

De la contemplación descarada de los senos turgentes —HÁGASE USTED SEÑORA, SEÑORITA, DE SENOS TURGENTES EN UN SANTIAMÉN, decía el sello de los pomos del ungüento oriental— pasó Telémaco Regidor al franco asedio amoroso ante la impotencia del fakir que encerrado dentro de la urna desesperaba en lágrimas por el adulterio que tomaba cuerpo frente a sus propios ojos.

Un día de tantos desaparecieron los dos de su vista, y debido a aquella infamia se quedó el fakir verdaderamente sin alimento que comer ni agua que beber porque ya se supone que al amparo de la oscuridad debía ir la tal Zelmira a darle su bocado abriendo en secreto la urna con la copia de las llaves que guardaba escondidas entre sus senos, el abismo donde Telémaco Regidor andaría ahora sumergido probando la resistencia de su respiración.

Adonde se llevó Telémaco Regidor a Zelmira la miniatura de los senos soberanos no se supo ni a nadie le importaba ya, pues la preocupación general empezó a ser la suerte del fakir que daba gritos pidiendo que lo sacaran porque si lo dejaban allí librado a su suerte iba a perecer de sed y de hambre, gritos que fueron advertidos sólo por sus gestos desesperados, ya que era muy grueso el cristal de aquella urna, tan grueso como para resistir el ajetreo de los malos caminos si debía la urna transportarse en una carreta de bueyes.

Acudió entonces el teniente Sócrates Chocano a abrir los candados, salió el fakir, y no vaya a creerse que lo primero que hizo fue preguntar por su esposa traidora, a qué lugar se la había llevado Telémaco Regidor, ni nada por el estilo, sino pedir de comer y de beber; y hubo que alimentarlo de caridad, ya que el dinero depositado en el plato, en medio del alboroto y al quedar sin vigilancia ninguna, se lo habían robado todo.

La noche de gala en que les tocó hacer su número a Telémaco Regidor y tu tía Leopoldina, con el cine Darío lleno, fue que se descubrió lo que entre ellos andaba oculto, y se supo, al fin, la verdad. Porque Telémaco Regidor tenía, entre muchas, una enamorada perdida, Magalí Mahmud, hija del turco de la Sirenaica, Abdel Mahmud, aquel del baratillo ambulante que cargaba de puerta en puerta sus valijas vendiendo al fiado retazos de telas; pues todo fue robársele la esposa al fakir, y las mujeres, por dipsómano que fuera, en fila, dispuestas a rendirse a sus pies.

Tras terminar *El dueto de los paraguas de Cherburgo*, y alzado de nuevo el telón, debía aparecer Magalí Mahmud en el papel de la princesa está triste del poema «La Sonatina», recostada muy lánguida en su trono, peluca de bucles de oro y diadema de pedrería coronando su frente, mientras la declamadora Rosario Espina, acompañada en melopea por el violín de tu tío Eulogio el violinista, recitaría los versos que irían siendo representados en cuadro viviente.

Así, cuando dijera: «los suspiros se escapan de su boca de fresa, que ha perdido la risa, que ha perdido el color», la princesa haría un alarde de suspiros que fuera visible de las últimas filas de la luneta; cuando dijera: «y, vestido de rojo, piruetea el bufón», entraría Maclovio el enano, el mandadero del doctor Santiago Mayor, vestido de rojo y dándose volantines; y cuando dijera: «el feliz caballero que te adora sin verte, y que llega de lejos, vencedor de la Muerte, a encenderte los labios con su beso de amor», entraría Telémaco Regidor, el tiempo debidamente calculado por Luisa la grávida para que el bailarín del dueto tuviera tiempo de desvestirse de su traje tipo Fred Astaire y vestirse de nuevo de príncipe de Golconda o de China en los camerinos improvisados en la casa contigua, que era la misma casa a medio construir de Pedro el tendero, desde la que se llegaba al escenario del cine Darío a través del solar.

Ese beso de amor, que no había logrado en los ensayos, la princesa Magalí Mahmud esperaba recibirlo, hasta encenderle de verdad los labios, en pleno escenario. Y así de ansiosa aguardaba su número, paseándose tras bambalinas, cuando descubrió que aquellos dos se besaban al amparo de los paraguas desplegados, y el beso, cómo habrá sido, porque corrió la princesa al escenario arrastrando la cola de su manto de armiño, se detuvo en vilo la Orquesta Ramírez, apartó ella, furiosa, los paraguas de las caras de los bailarines, y se volvió hacia el público partida en llanto, señalando culpables con el índice a los que sin reparar en nada seguían besándose, un beso intenso y sin medida que nunca se volverá a repetir. Sólo mucho rato después los aplausos frenéticos del público los despertaron de su letargo, y avergonzada tu tía Leopoldina, que él era un descarado, hubo de utilizar su paraguas para esconderse de nuevo mientras el telón, coleando, subía y volvía a bajar.

Nadie iba a preguntarse a esas horas al ver llorar a la princesa: ¿qué tendrá la princesa?, pues era más que patente el motivo de su llanto; y todavía seguía derramando amargamente sus lágrimas la princesa está triste Magalí Mahmud, cuando Luisa la grávida ordenó a los teloneros que se dejaran de juegos y bajaran definitivamente el telón.

La velada, tan esperada y preparada, cayó a partir de allí en mala fortuna, aunque a quién iba a echarle Luisa la grávida la culpa: *El dueto de los paraguas de Cherburgo*, interrumpido en la forma que acaba de verse; el cuadro vivo de «La Sonatina», ya no se pudo representar; y el número que seguía, la Amada Laguna con su guitarra, programada para cantar la primera entrada de Lucia de Lammermoor, *Quella fonte, ah!... Mai senza tremar non veggo...*, fracasó también porque el público, que había de todo en aquel cine, se alborotó en frensí de silbidos al ver aparecer por el pasillo a la diva montada en el taburete, una gran papisa de turbante y capa azul tachonada de lentejuelas, los cuatro cargadores sudando bajo el agobio de aquel peso, y ya fue un desorden de carcajadas cuando flaquearon los cargadores a pesar de su fuerza y costumbre de bajar y subir mercancías de los vagones del ferrocarril; se precipitó hacia adelante el taburete, y la Amada Laguna, al ver consumada su desgracia, sólo alcanzó a gritar: ¡agárrenme el instrumento!, a lo que se oyeron voces de chabacanería, de ésas sin pudor ni recato: ¡yo te lo agarro!; y mientras caía, lanzaba la guitarra, que a eso se refería, sobre las cabezas del público, con lo cual se salvó el instrumento, pues hubo quien lo agarró al aire, pero no la Amada Laguna de los severos golpes que en la frente, la nariz y la boca recibió, para su mal, en la caída.

Ya estaba preñada para entonces tu tía Leopoldina. Su perdición vino cuando, tras los ensayos de cada tarde para aquella velada, aceptó escaparse en paseos secretos al Jardín Botánico. El agrónomo italiano Eneas Razzetto, contratado por el Ministerio de Agricultura para experimentar la siembra de canela, comino, clavo de olor y pimienta de Cayena —el mismo a quien ofreciera una tenida fracasada tu abuelo Teófilo—, había creado allí mismo un parque inglés con galerías formadas por cipreses podados de su mano, dándose el arte de entrelazar las ramas para que se juntaran en bóvedas. A una de esas galerías umbrías, la más larga, la llamó el callejón de los besos.

Por ese callejón sin fin se perdían Telémaco Regidor y tu tía Leopoldina hasta que llegaba el crepúsculo y reaparecían, despeinados y asustados de sus propias hazañas, dos siluetas temblando como en el fondo de un estanque de aguas violeta, que ése era el color de la atardecida, mientras Eneas Razzetto, su único cómplice, de pie en el porche de la casa, vestido de cáñamo, los despedía de lejos con el sombrero de pita, una mancha blanca quedando atrás de sus pasos apresurados de amantes que huyen de la noche porque no tienen noche ni la pueden usar.

Fue una de esas tardes que la llamó, ya cuando se iban, para entregarle la traducción de la letra de la entrada de Amina en *La Sonnambula*, copiada en el reverso de una hoja de calendario, porque desde el callejón de los besos había oído ella la ópera en el gramófono, que siempre había un disco de ópera puesto en el gramófono que el agrónomo solía instalar bajo un emparrado; reconoció el aria que solía cantar la Amada Laguna, y se la pidió traducida.

Eneas Razzetto, y aquí se va a contar ya lo referente a la tenida fracasada, había enviado a *La Noticia* un artículo titulado «La técnica rusticana», en el que alababa a tu abuelo Teófilo por haber inventado una carreta de volquete. Esta carreta, muy útil en tiempo de cosechas, descargaba el café directamente en la pila del beneficio: los bueyes, en reculada, tiraban de la carreta hasta el pretil de la pila, se quitaba una estaca del camastro, y el camastro se volteaba en ángulo inclinado hacia la pila que recibía en lluvia continua las cerezas del café, sin necesidad ninguna de manipulación.

Muy envanecido por aquel inesperado elogio en letra impresa, decidió tu abuelo Teófilo que la mejor manera de mostrar su agradecimiento al agrónomo era ofreciéndole una tenida en su casa, agasajo que mucho extrañó en la población; y a pesar de venir la invitación de quien venía, se quedaron las viandas en la mesa en sus azafates y platones y los licores servidos en sus copas.

Tu abuelo Teófilo, que a pláticas rebajadas no se avenía, ignoraba, por eso, que aquel Eneas Razzetto fuera tenido por persona de costumbres invertidas; se lo hubiera preguntado a tu tío Esaú el finquero, el mayor de sus hijos que se ocupaba de vigilar todas las labores agrícolas, y suficiente; pero andaban los dos para entonces distanciados, viviendo bajo el mismo techo sin cruzarse palabra, pues en dureza de trato y carácter, bien que se emparejaban.

Una noche, teniendo tu tío Esaú el finquero al italiano por vecino de asiento en el cine Darío, mientras sollozaba

Greer Garson en *Niebla en el pasado*, sintió en la oscuridad una mano fría y sudorosa que caminaba, se detenía y volvía a caminar por su pierna, haciendo altos pero con rumbo definido; y cuando advirtió que llegaba ya demasiado cerca de su objetivo, descargó sin contemplaciones un puñetazo a ciegas contra el dueño de la mano, que aunque fue a ensangrentarle el hocico, aquél aguantó sin un gemido.

Modales equívocos y extrañas maneras notó tu abuelo Teófilo en el agrónomo mientras departían solos, en espera de los convidados que nunca aparecieron; pero fue un extravío suyo el pensar que así se comportaba su homenajeado porque los italianos son, de naturaleza, melodiosos al hablar y pegajosos de trato, tal como se lo confesó después a tu abuela Luisa, que mientras más seria se ponía al oírlo, más escondía la risa.

De manera que nada sospechó, aunque por la acera pasara y volviera a pasar la gente asomándose en plan de diversión y chacota: don Teófilo, tan serio, había encortinado las puertas de su sala para darle agasajo a un mamplora; y él, ya se sabe, que no andaba en dimes ni se ocupaba en diretes, con sus orejas frías, mandando a preguntar al barrio, a sus vecinos más próximos, qué pasaba que no llegaban a brindar. Y quién de todos aquellos chúcaros montaraces se atrevía, la peste era mejor que compartir viandas y bebidas con un pervertido que podaba y enlazaba en forma de gruta los cipreses para esconderse en tales oquedades con sus donceles, mozalbetes y mancebos.

3

Ahora que tu abuela Luisa se ofrece de manera tan gentil para quedarse otra vez al cuido de la tienda mientras va él a sus visitas, piensa el beduino en cómo cambian los tiempos, porque ni tu abuelo Teófilo ni ella pusieron los pies en aquella casa sino hasta que nació la primogénita, la Luisita chiquita, la tercera Luisa.

No les había parecido que la hija, la primera mujer que obtenía un título de bachiller en ciencias y letras en la historia del pueblo, graduada tras un internado de cinco años en el Colegio Bautista de Managua, un colegio de yanquis protestantes, rectos y severos de nunca probar licor ni fumar, se casara con quien viniendo de una familia de filarmónicos no tenía bienes de fortuna, o sea y mejor dicho, ni donde caer muerto.

Ya se sabe que no hay músico con fortuna, y para tu abuelo Lisandro no pasaba de ser una necedad, igual al vuelo de un moscardón que ronda impertinente el pabellón de la oreja, aquella frase de que el arte por sí mismo es un tesoro. Tesoro, esos músicos pobretones de la Orquesta Ramírez jamás tuvieron ninguno. Aunque, una vez, creyeran que ya lo tenían.

Porque sucedió que había buscado tu abuelo Lisandro a Ireneo de la Oscurana, aquel que en el fondo de la tierra oía cantar los gallos de la Cochinchina, para que le excavara una letrina en el patio de la casa; y ya iba el hombre por mitad de su acometida, cuando descubrió que al golpe de la barra se repetían ecos de vacío, como si allí abajo hubiera alguna gruta o cavidad. Dejó entonces la barra, salió del hoyo y entró a la casa en busca de tu abuelo Lisandro que, para variar, y entiéndase la ironía, se encontraba ocupado en componer un vals, que de partituras de valses, y no de ropa, desbordaba su ropero.

Se acercó Ireneo de la Oscurana al pupitre, y sacudiéndose la tierra que lo cubría de pies a cabeza, le dijo, mientras aquella tierra de su cuerpo caía en lluvia cernida sobre el papel pautado: don Lisandro, venga conmigo a ver, que allí donde estoy yo excavando hay algo enterrado, y si no me equivoco, lo que está escondido en su patio desde quién sabe cuándo, es una botija llena de bambas de oro de esas del tiempo español.

Fue tu abuelo Lisandro a ver, fue tu abuela Petrona, fueron todos los hijos, se metieron ellos al hoyo, golpeó cada uno con la barra y comprobaron que, en efecto, por debajo resonaba una oquedad.

—Bueno, don Lisandro, ahora sí que nos remendamos —dijo Ireneo de la Oscurana—. Ciegos podemos quedarnos, si no tenemos cuidado, cuando veamos todos esos tostones de oro relumbrar.

—¿Nos remendamos? ¿Nos remendamos quiénes? —le dijo entonces tu abuela Petrona—. Esto ya no es asunto tuyo, aquí está tu pago que se te entrega, muchas gracias, y adiós.

—¿Cómo que no es asunto mío? —reclamó, ofendido, Ireneo de la Oscurana—. El dueño del suelo y quien encuentra un tesoro van mitad y mitad; así está escrito en la ley.

—Pero vos nada has encontrado porque el tesoro sigue todavía escondido. Se te paga el trabajo completo, como si hubieras terminado de excavar el excusado, y se acabó —lo cortó tu abuela Petrona.

Y vinieron y cercaron entre todos a Ireneo de la Oscurana, y muy a pesar de sus protestas lo obligaron a abandonar el solar; y ya iba por la calle, cargando su barra, balde, macana, pala y cordel, la boca llena de las peores injurias y reproches, cuando lo alcanzó corriendo tu abuelo Lisandro, advertido de pronto de que estaban cometiendo un desatino del que luego se podían arrepentir. Y al aparearlo, le dijo: ve, Ireneo de la Oscurana, vos sabés que soy hombre honrado. Mañana temprano venís, y de lo que se saque de la huaca, yo algo justo te voy a dar. Pero a nadie vayas a contarle de las ollas repletas de bambas de oro, porque entonces para los ladrones va a ser el festín. ¿Quedamos, pues, en ese quedar?

—Sí —le respondió Ireneo de la Oscurana—. Quedamos en ese quedar.

Y esperaron entonces a que llegara la noche, una noche de luna menguante, antes de seguir con la excavación. Repartió tu abuelo Lisandro las tareas entre los hijos varones, uno a meterse en el hoyo con el pico y la pala, ése fue el mayor, tu tío Eulogio el violinista; otro a jalar los baldes de tierra, ése fue tu tío Edelmiro el cellista; uno de centinela en la puerta de la casa, por si llegaba alguna visita inoportuna, para despedirla advirtiendo que nadie estaba, ése fue el menor, de apenas seis años entonces, tu tío Eulalio, ahora el clarinetista; otro centinela de guardia en la tranquera, ése fue Pedro, el que sería tendero, pues instrumento jamás aprendió a tocar ninguno; y otro en el linde trasero del solar, ése fue tu tío Alejandro el flautista. Mientras tanto, todas las mujeres quedaron encerradas en un aposento, bajo órdenes estrictas de no salir ni hablar en alta voz.

Tu tío Eulogio el violinista excavaba a la lumbre de una linterna colgada de un mecate que tu abuelo Lisandro mismo sostenía, de pie junto a tu abuela Petrona, al borde del hoyo que seguía creciendo mientras tu tío Edelmiro el cellista jalaba, desde arriba, a puro pulso, balde tras balde de tierra. Hasta que se oyó, allá en el fondo, la voz de tu tío Eulogio el violinista: ¡se hundió en falso la barra, ya está!

Había en la fosa una botija de barro muy grande. La sacaron amarrada, con sumo cuidado, no se les fuera a quebrar. Y ya arriba la botija, con el mismo primor la llevaron cargada a la casa y la colocaron en el piso de la sala, pasando aldabas y cerrojos a puertas y ventanas después que habían entrado todos, vigilantes y excavadores; y a todos, padre y madre, hermanos y hermanas, porque ya estaban allí las mujeres liberadas de su encierro, rodeando también la botija, les batía contra las costillas el corazón: si serían doblones, bambas, macacos, tostones, soles de oro, cuánto y qué no se podría con aquel tesoro hacer y tornar.

Y fue tu tío Edelmiro el cellista el que, recogiéndose la manga de la camisa, se atrevió a meter la mano por la boca de la botija ante las voces atemorizadas de tus tías, no fuera a haber allí adentro, en custodia del tesoro, alguna culebra o animal ponzoñoso que lo fuera a morder. Metió la mano, la apuñó, y ya fuera la mano, despacio y con mucho tiento, la abrió.

—Maíz —dijo tu tío Edelmiro el cellista, una vez examinado de cerca el puñado de granos que había recogido—. Maíz tostado es lo que hay.

—Maíz de los tiempos de los indios, que ponían en las tumbas para que comieran los muertos —dijo Pedro el tendero.

—¿Cómo sabés vos? —le preguntó tu tía Adelfa.

—Por boca del padre Misael Lorenzano lo he sabido —le respondió—. A lo mejor, y quien quita, vivimos encima de la propia tumba del cacique Mazaltepelt.

—Tanto trabajo para ni mierda —dijo tu tío Eulogio el violinista.

—Y ahora, ¿qué vamos a hacer? —preguntó, muy tristemente, tu tía Leopoldina.

—¿Qué vamos a hacer? —respondió tu abuela Petrona, que ya se reía—. Pues comernos nosotros el maíz, y no dejárselo al indio muerto que en ese hoyo enterraron.

—Menos la parte que le toca a Ireneo de la Oscurana —dijo tu abuelo Lisandro—. Palabra es palabra, y hay que guardarle su ración.

El beduino del desierto, el único que no fue músico en aquella familia de músicos sin más tesoro que una olla de maíz tostado desenterrada en una noche de luna menguante, suave de modos pero decidido en sus atrevimientos como era, había resuelto enfrentar de cualquier manera el rechazo de tu abuelo Teófilo a sus pretensiones de noviazgo. Y dígase si no era atrevido, que fue a solicitarle la mano de Luisa la grávida durante una procesión funeral.

Ese funeral de unos niños gemelos, que tuvo lugar en el mes de noviembre de 1938, llevaba también música de viento como el de esta tarde de agosto de 1942; pero la diferencia está en que la Diocleciana Putoya, la hechicera madre, va en andas de cargadores pagados rumbo al cementerio, con poco o casi ningún acompañamiento; mientras que la concurrencia de aquel funeral de los gemelos fue muy nutrida, la más nutrida que se hubiera visto en muchos años.

No alce nadie las cejas en señal de extrañeza porque se aluda aquí de dos entierros, ya que, vistas bien las cosas, la duplicidad viene a ser imprescindible: el entierro de la fundadora de la dinastía de hechiceras ocurre en una fecha que para Pedro el tendero es crucial, y por ser parte de los muchos sucesos de ese día, no puede obviarse; y de aquel otro entierro, el de los gemelos, nada menos que el de la petición de mano, es imposible dejar de hablar.

Si Pedro el tendero se vio forzado a emboscar a tu abuelo Teófilo, fue porque el cometido se le hacía imposible en ninguna otra circunstancia o lugar; visitarlo en su propia casa, ni se mencione. Y como celada, resultó una celada muy bien puesta, pues no podía tu abuelo Teófilo hacerle escándalo, ni amenazarlo con su bastón cabeza de perro, ni correrse hacia ningún lado. A paso de entierro debía seguir tras el féretro, al compás de la marcha fúnebre, y escuchar lo que le tenían que pedir.

El general Macedonio Barquero, que era de Masatepe, había mandado abrir en 1929, durante su período presidencial, una carretera que bajara por la falda del cráter de la laguna, empleando zapadores de los cuerpos de marina americanos, ocupantes por entonces del país, para que hubiera allí un balneario al que llamó Venecia y donde luego hizo construir un chalet de estilo morisco. Las detonaciones de dinamita, que hacían saltar hacia el abismo cascadas de roca, estremecieron las casas del pueblo por semanas.

Años después, en aquel noviembre de 1938, un automóvil Packard que bajaba la cuesta rumbo al balneario se despeñó al abismo estorbado por un hato de vacas que traían de aguar de la laguna. Los gemelos de que se habla, hijos del farmacéutico Diómedes Sabino, quien iba al volante y pudo lanzarse a tiempo, perecieron en la caída. Una bulliciosa romería acudió por días a presenciar las maniobras de salvamento de los cadáveres, al tiempo que se multiplicaban junto al parapeto las mesas de dados y los expendios de licor debajo de chinamos improvisados.

Si se le preguntara ahora a Luisa la grávida, mientras reposa y se estremece al sentir cómo la llaman desde dentro de su barriga con señales que ya conoce, diría que, ese mediodía de la desgracia, ya de vuelta ella en Masatepe, recién graduada en el Colegio Bautista, vio desde la puerta de la sala detenerse el Packard, insistente el mugido del claxon porque tu abuelo Teófilo se tardaba en salir a despachar la gasolina; que divisó por última vez a los gemelos, vestidos en trajes nuevos de marinero, tristes y aburridos tras el vidrio empolvado de la ventanilla, cargando en brazos sus balones de goma listados de colores; y que el farmacéutico Diómedes Sabino había terminado por extender su pañuelo para sentarse en la grada de la acera, seducido por las noticias que sobre la noche de los cristales rotos, que así bautizaban los cables el asalto de los comercios judíos perpetrado por los nazis en Berlín, le daba tu abuelo Teófilo mientras vertía en el tanque del Packard la gasolina tornasol, el pico de pájaro del bidón de hojalata pegado al embudo.

Pedro el tendero se había metido al cortejo fúnebre como quien se lanza a una corriente peligrosa por embravecida, rehuyendo a tus tíos, que tocaban en pelotón a la cola del entierro, para no encontrarse con sus burlas, porque ése era el comportamiento habitual de aquellos músicos ante la fatalidad, burlarse, sin importarles circunstancias de duelo. Y no necesitaban ser sajurines para adivinar a lo que iba el terco hermano enamorado, a estrellarse contra la fatalidad. Tu abuelo Lisandro, claro también de las intenciones del hijo que se abría paso a codazos entre la multitud, alzó la cabeza de la partitura que le sostenía un niño descalzo, y sólo acertó a mirarlo con piedad, por encima de los lentes.

Tu abuelo Teófilo advirtió de reojo acercarse al pretendiente, y empuñando el bastón cabeza de perro con mayor altanería, quiso apurar el paso; pero en eso, Juan Cubero el sastre, que no sólo acompañaba por regla todo entierro sino que también, si era notable el entierro, tomaba la palabra, empezó a pronunciar un discurso en postrer homenaje a los gemelos despeñados, subido a una mesa que de una casa habían sacado a la acera. Tuvo, por lo tanto, que detenerse a escuchar al orador, como tuvo que detenerse quien lo acechaba, a pocos pasos de su presa. Pero cuando el cortejo empezó a moverse otra vez, la persecución continuó, tan implacable como antes.

Buscó refugio, al azar, el perseguido, metiéndose entre un grupo de concurrentes entre los que iban don Vicente Noguera el telegrafista, Inocencio Nada el albino repartidor de periódicos y Tobías el Encuerado, aquel de oficio zapatero que suele ponerse en cueros; y allí improvisó, para su resguardo, una plática que Pedro el tendero adivinó sin necesidad de tener sus palabras al alcance del oído, las exequias solemnes de Atatürk, las minucias del rito fúnebre musulmán en la mezquita de Estambul, de qué otra cosa iba a hablar tu abuelo Teófilo, TURQUÍA ENTERA LLORA LA MUERTE DE MUSTAFÁ KEMAL ATATÜRK rezaba el encabezado de *La Noticia* de esa

69

tarde. Después, seguiría con los demás titulares y ya el perseguidor podía esperar hasta que sonara la trompeta del arcángel Gabriel.

Otro funeral, ya son tres: el de la hechicera madre, el de los gemelos despeñados, el de Kemal Atatürk en Estambul; pero si se menciona este último, es sólo porque había salido en *La Noticia* y era ahora tema de conversación de tu abuelo Teófilo. Si en su poder hubiera estado, manda prohibir la lectura de periódicos en Masatepe para darse el gusto de comunicar él solo todas las novedades nacionales y mundiales, según piensa Pedro el tendero mientras camina detrás del parlanchín, aguardando por su oportunidad, que por mucho que se proteja el otro, ya lo tiene casi al alcance de la mano.

Tu abuelo Teófilo, y no vaya a decirse que no se mostraba nervioso por la acechanza, explicaba cómo el hijo primogénito recibe el privilegio de iniciar el oficio funerario recitando los versículos del Corán donde se promete a los elegidos los goces carnales del paraíso; ¿goces de mujeres?, le preguntó, muy lascivo, Tobías el Encuerado el zapatero. Y él, con un tanto de azoro en sus palabras: pues, sí, mujeres que siempre vuelven a quedar vírgenes. ¿Vírgenes vírgenes, así como que nunca nunca?, volvió a preguntarle Tobías el Encuerado el zapatero. Y ante su sola afirmación de cabeza, pues se le subió el color al rostro y ya no quiso decir palabra, Inocencio Nada el albino, quien entre tanto traje negro parecía más despintado que de costumbre, apenas un hueco entre la gente, comentó: si es así yo quiero ser de esa religión.

Y él, metiéndose por distinta vereda para no seguirse rebajando a pláticas malsanas: en el rito hindú, el privilegio del primogénito es encender la pira funeraria de madera de sándalo, y arde esa pira hasta quedar en cenizas el cadáver del padre. Esa noticia mató la alegría en los ojos de Tobías el Encuerado el zapatero y en los ojos de Inocencio Nada el albino, que ya veían aparecer más mujeres desnudas en el rito hindú; y hasta entonces habló don Vicente Noguera el telegrafista, para decir, con sorpresa y disgusto: no entiendo cómo un hijo puede ser capaz de pegarle fuego a su propio padre.

Fue ése, entonces, el momento que Pedro el tendero escogió para entremeterse con toda valentía:

—¿Usted cree, don Teófilo, que sea cierto eso de que antes de ordenar la invasión del territorio de los Sudetes, consultó Hitler con un astrólogo adivinador?

Los otros, sabedores de lo que había pendiente entre aquellos dos, se desbandaron con cautela. Tu abuelo Teófilo frunció el serio como si le molestara el deslumbre del sol, a pesar de que ya atardecía; quiso balbucear algo, pero calló, y su mano salpicada de lunares aferró el bastón cabeza de perro. Pedro el tendero olfateó su olor a jabón germicida y decidió que era el momento de clavar hondo los colmillos para no darle tiempo a moverse.

—Quiero pedirle la mano de su hija —le dijo con palabras que quisieron ser firmes pero, muy a su pesar, le salieron trémulas.

Tu abuelo Teófilo volteó a mirarlo con lentitud.

—¿Y tu instrumento? —le preguntó, mientras tendía la mirada desdeñosa hacia los músicos de la Orquesta Ramírez en la retaguardia del entierro.

Pedro el tendero caminaba a los acordes de la marcha fúnebre, las manos enlazadas a la espalda, y tu abuelo Teófilo, marcando el paso con su bastón, no podía dejar de hacer lo mismo.

—No toco ninguno —respondió, ya con garbo—. Soy sordo, pero no tanto como usted.

—¿Lo decís por este oído que se me estalló con la carga de dinamita en *illo tempore*? —lo interrogó tu abuelo Teófilo, con aire de ofendido, señalándose el oído malo.

—Déjese de melindres. Me refiero a su sordera de corazón —le respondió Pedro el tendero—. Pues bien se sabe que cuando usted quiere, con el oído que le quedó bueno oye hasta el pitazo del tren que sale de la estación de Niquinohomo.

No era para discutir sobre oídos sanos o enfermos, abiertos o cerrados, normales o sobrenaturales, que había venido Pedro el tendero a meterse al entierro de los hermanos gemelos despeñados; su propósito, bien se sabe, era otro. Pero ya no había, de todos modos, nada que discutir porque tu abuelo Teófilo se abría ahora camino entre la concurrencia, empuñando con fuerza su bastón cabeza de perro, tenso el entrecejo y encabritada la mirada, como advirtiendo: si alguien se atreve a interrumpirme el paso, aunque sea mucho el escándalo, aquí mismo lo voy a bastonear.

Se fue quedando atrás el solicitante, muy confundido, hasta verse de pronto en la cola del entierro, y pasó tu abuelo Lisandro tocando a su lado, la mejilla contra el violín, diciéndole con la mirada: te lo dije; y lo bordearon tus tíos, cada uno dedicado a su instrumento pero concertados en exhibir de algún modo sus ganas de burla, como se les notaba en la manera de tocar, una marcha fúnebre que sonaba festiva aun en el redoble del tambor, pues se insolentaban los bolillos en manos de tu tío Edelmiro el cellista perdiendo aquel redoble toda gravedad.

Al día siguiente mandó tu abuelo Teófilo a citar en forma perentoria a tu abuelo Lisandro: que se presente el día de hoy a tal y tal hora, sin valimiento de excusa ni retardo. Y apenas se había ido el recadero en su yegua, se hizo grande la consternación entre los de la casa, porque de aquella entrevista forzada nada lisonjero se podía esperar.

Todos muy acongojados, excepto tu abuela Petrona, quien sin dilación alguna fue a alistarle al marido el mismo traje de casimir del entierro, que era su traje de mejor lucir, pues no iba a presentarse en mangas de camisa a una casa de tanta estima, según se la oyó decir mientras ponía al fuego las planchas de hierro y rociaba de agua saco, chaleco y pantalón.

Se vestía tu abuelo Lisandro, acercándose ya la hora, y la congoja se volvió entonces rebelión de voces; alegaban, quitándose la palabra, tus tíos y tus tías: que no vaya, lo va a humillar, no tiene por qué ir, que venga él aquí si quiere plática, qué va a venir, no ven que está acostumbrado a hacer su gusto, por algo es gamonal. Yo lo acompaño, dijo en cierto momento tu tío Eulogio el violinista, que como se sabe era el mayor de todos, ensayando unos pasos hacia la puerta; y tu abuelo Lisandro, anudándose la corbata: que fuera yo solo fue lo que mandó a decir don Teófilo, no quiere a nadie más, ¿que no oyeron al recadero? Se alzaba el alboroto, recedía, y preguntaban entonces por Pedro el tendero, ¿qué se hizo, qué dice? Fue él quien enredó todo este ovillo, él es único dueño y responsable de esta calamidad.

Y tu abuela Petrona, sentada un tanto lejos de la bolina, con su tabla de fabricar puros sobre las piernas, la navaja en la mano, cortando las capas de tabaco, la única tranquila: no se metan con Pedro que anda haciendo un mandado al que yo lo mandé; ¿mandado?, ¿qué mandado?, se alborotaron tus tías, las más todavía solteras; las casadas habían llegado presurosas, chineando a sus hijos, al conocer la novedad. Un mandado, se cerró tu abuela Petrona. ¿Mandado, ya tan viejo?, dijo tu tío Alejandro el flautista; y tu tío Edelmiro el cellista: qué mandado, se cagó en la estampa, dejó la plasta y huyó de aquí.

Tu abuela Petrona, escondida en su sonrisa, dijo entonces: Alejandro, andá a la cocina y traéme almidón; y le extendió la cazuelita donde ponía el almidón que utilizaba para pegar la última capa de cada puro ya terminado de enrollar, una petición que calló y desconcertó a todos por peregrina, almidón en esos momentos de zozobra. Pero mientras tu tío Alejandro el flautista iba y volvía, tuvo tiempo de zafarse tu abuelo Lisandro, que es lo que tu abuela Petrona quería; y al regresar el flautista con la cazuelita de almidón, sólo le dijo ella:

—Mandado, y ya tan viejo.

La entrevista, como se había supuesto, en nada bueno ni grato resultó. Tu abuelo Teófilo, sin buenas tardes ni cómo está usted, sentó de entrada a tu abuelo Lisandro en el sofá de la sala, siéntese, pero lo que es él, se quedó de pie, y detrás de él, de pie también, tu tío Esaú el finquero; un sofá que ya tiene historia, pues allí se había sentado, si bien se recuerda, aquella penitente con su infante en brazos que llegó una tarde a enseñar cartas de amor y retratos dedicados del puño y letra de tu tía Victoria la desaparecida.

Quiero avisarlo nada más de dos cosas, dijo tu abuelo Teófilo: la primera, que mandé a mi hija de vuelta a Managua, encerrada al mismo internado aunque ya nada tenga que estudiar; la segunda, que su hijo no puede abandonar los linderos de este pueblo mientras ella permanezca en Managua, o hasta la debida notificación que yo le dé a usted. Si estos términos no son de su conveniencia, es éste el momento en que me lo debe decir, para ver, entonces, qué providencia en contra suya, y en resguardo mío, debo tomar.

La voz en un alto temblor, tu abuelo Teófilo blandía a media caña su bastón cabeza de perro. Detrás de él, machacando entre los dientes el puro, su casco de explorador de la jungla embutido en la cabeza, tu tío Esaú el finquero asentía, amenazante, a cada palabra de su padre; no sólo había pescozeado al agrónomo Eneas Razzetto en la oscuridad del cine, también había matado a balazos a un hombre, como ya se va a saber.

Tu abuelo Lisandro callaba, aguantando aquellas durezas de palabra, y hubo de oír varias veces la misma sentencia, hasta que al fin pudo decir: ¿ya terminó, don Teófilo? Ya terminé, ¿tiene algo que responder? Sí, tengo. Pues diga. ¿Usted es un hombre de fortuna, verdad? Respingó tu abuelo Teófilo: el dinero no lo ocupo yo para regalar. Y ya de pie tu abuelo Lisandro: nada le estoy pidiendo, se equivoca, limosnero no soy. ¿Entonces? Entonces sólo quería recomendarle que se aliste la bolsa porque mucho es lo que va a gastar. ¿Gastar en qué? En cercar el pueblo con alambre de púas para que mi hijo no se salga, que es la única manera de podérselo impedir.

Pues que se atreva, habló por la única vez tu tío Esaú el finquero. Y tu abuelo Lisandro, encaminándose a la puerta, ya sólo dijo: pasen buenas tardes los dos.

El hombre que había matado tu tío Esaú el finquero era un ladrón al que sorprendió una noche, al regresar del cine, dentro de la casa solitaria, pues, como era costumbre cada año al aproximarse el final de las vacaciones escolares, toda la familia estaba de temporada en San Luis, la finca cafetalera a dos leguas del pueblo, donde se había probado por primera vez la invención de la carreta de volquete.

Lo peor de todo había sido que teniendo amarrado ya al ladrón de pies y manos en un taburete de la cocina, en espera de la autoridad, entró de pronto en estado de furia, fue a buscar al ropero de su aposento la pistola, y sin qué ni para qué, le disparó a quemarropa.

Mandaron a buscar a tu abuelo Teófilo esa misma noche a la finca, y el teniente Sócrates Chocano, que ya lo esperaba dentro de la casa encendida y llena de una multitud de mirones, le dijo: don Teófilo, por consideración a usted, se queda su hijo con la casa por cárcel. Y él: de ninguna manera, yo mismo lo voy a conducir al cuartel; pero primero me van sacando sus soldados a este gentío, pues no tengo aquí en mi casa feria ni comedia, hágame el favor.

Salió a la puerta llevando al hijo por el brazo, entre los custodios armados; se detuvo por un momento en la acera para secarse una lágrima con la manga de su chaqueta de Josef Stalin, y luego, seguido de la gran procesión de curiosos, lo fue a entregar al cuartel donde permaneció preso hasta que lo absolvió el jurado, varios meses después.

Por días y noches sesionó el jurado en la casa del cabildo, un edificio de adobes ya viejo donde quedaba también el cuartel militar, al lado del parque, y mientras tanto no hubo un veredicto final se mantuvo allí otra multitud desbordada; la multitud afuera, en juegos de naipes y tomaderas de licor como si se tratara de la vela de un muerto, y adentro los del jurado, encerrados, sin permiso de salir hasta no acordar su veredicto, cada uno durmiendo en la tijera de lona y usando la bacinilla que habían llevado consigo de sus casas.

Cuando regresó tu abuelo Lisandro de la entrevista hubo de nuevo voces encontradas en revuelo, y apenas fue capaz de dar hilación a su relato porque lo interrumpían de manera incesante sin permitirle sentarse ni acabar de contar; pero tu abuela Petrona, que entretanto había terminado ya cinco atados de puros, se dedicó, otra vez, sólo a oír, y, de vez en cuando, a cantar, para sí, la tonada que cantaba siempre mientras trabajaba:

Se acabó el jabón,
qué vamos a hacer...

Le pusieron al fin una mecedora en el centro de la sala a tu abuelo Lisandro, apartando los demás asientos, y le preguntaban y le volvían a preguntar, le pasaba tu tía Adelfa un vaso de agua, le pedía tu tía Azucena quitarse el saco para que no se sofocara, agitados y con dolidos los hermanos, ya no se diga las hermanas, porque la altanería y el desprecio eran tan extranjeros en aquella casa siempre contenta donde los ensayos rutinarios de la Orquesta Ramírez se convertían en veladas líricas y terminaban en fiestas danzantes, duetos y coros de voces, un minué y un fado, un tango apache, una habanera, tu tía Leopoldina que ansiaba ser la Petroccelli repicando sus castañuelas, las parejas que se empujaban unas a otras en lo estrecho de las estancias hasta que en sus giros y rondas se tomaban la mediacalle, todo para que ahora, en esa misma casa, viniera a entonar su más triste melodía la calamidad.

¿Es cierto que le dijo lo del cerco de alambre de púas, papá, se lo dijo?, preguntaba tu tía Leopoldina, llorosa, y él, ofendido, empujándose con los botines al mecerse: ¿qué creés?, ¿que fui allá sólo para dejarme regañar y venirles a mentir? Y hubiera sido de nunca acabar, si desde el rincón apartado donde seguía haciendo sus puros, no llega la voz contenta de tu abuela Petrona:

—Pues ahora que se acabe el duelo y el quebranto y ya se sepa que el mandado que anda haciendo Pedro es casándose en Managua; en el tren de la mañana se fue, el mismo tren donde iba la novia, sólo que Pedro se adelantó, a caballo, muy oscuro, para agarrar el tren en Niquinohomo, y don Teófilo, por supuesto que ni cuenta se dio, qué cuenta se iba a dar, para eso fue el ardid; mientras él despachaba a su hija aquí, ya Pedro la esperaba allá.

Dejaron abandonado en su mecedora a tu abuelo Lisandro y corrieron los hijos a rodearla, que volviera a repetir despacio todo aquello, ¿cómo era eso? Sólo una vez más se los voy a repetir y pongan atención que no estoy para perder mi tiempo, les dijo, y se rio, muy gozosa, riéndose de tu abuelo Teófilo, ¿de quien más?

Se supo, pues, lo que tu abuela Petrona sabía, que los enamorados se casaban a esas mismas horas en la capilla del palacio episcopal de Managua, porque, además, sólo el arzobispo, monseñor José Antonio Lezcano y Ortega, podía celebrar un matrimonio así, bajo dispensas especiales; no debe olvidarse que Pedro el novio era católico practicante, y Luisa la novia, protestante bautista.

El único testigo dichoso de aquella boda era tu tío Teófilo, el que se parecía al astro Robert Taylor según el padre Misael Lorenzano, y que estudiaba para entonces contabilidad en Managua. Dichoso, porque no había dicha de su hermana Luisa que no fuera dicha suya, y viceversa, tan de cerca andaban los dos en sus tratos, confianzas e intimidades de hermanos.

Y vino y sucedió que ya frente al altar, el arzobispo se empeñó en que Luisa la novia renunciara a su religión bautista, y ella que no, de ninguna manera, Pedro el novio apoyándola, que por qué, y el arzobispo: si no renuncia, no habrá casorio, arrodíllese la novia y diga conmigo: sométome a la única autoridad de la Santa Madre Iglesia, sométome al pontificado de Su Santidad, el papa Pío XII, y rechazo de corazón toda otra religión por falsa y por impía, la rechazo con todo mi ser como obra del demonio. Pues ni se somete, ni se arrodilla, ni nos casamos, dijo Pedro el novio; la agarró del brazo, y se la llevó, mientras tu tío Teófilo los seguía muerto de risa, una risa toda dientes de nácar.

Para el tiempo en que Pedro el novio había sido vigilante del depósito fiscal de Diriamba, un tal padre Melico Bellorino era allí cura de la iglesia parroquial. Convivían ambos en la misma pensión, y se disputaban los favores de la muchacha que servía la comida a los pensionistas, una disputa solapada, porque no iba a ser pública la rivalidad entre un cura y un civil; pero no por eso dejaba el cura de revelar sus celos al quejarse ante la dueña, a la hora del almuerzo, de que la muchacha le ponía al otro dos huevos de gallina en el plato de sopa, cuando la regla era un solo huevo para cada comensal.

Pues al salir ya rumbo a la calle, muy ofuscado, llevando del brazo a Luisa la novia, sin atender los consejos de calma que le daba tu tío Teófilo, la risa dientes de nácar fulgurando ahora en sus ojos, se topaba en el vestíbulo del palacio episcopal con el padre Melico Bellorino, elevado al oficio de coadjutor del arzobispo, más sonrosado y rozagante que antes, sotana de casimir de abotonadura púrpura, zapatos de charol, y perfumado a la legua de agua de colonia 4711. Se saludaron, enteró al cura del fracaso de la boda, tendió el cura una mirada preventiva para comprobar que nadie estuviera viendo, solicitó a tu tío Teófilo que no repitiera nada de lo que iba a presenciar, hizo arrodillarse a la pareja en el piso desnudo, y les echó una rápida y furtiva bendición.

—Están casados, ya váyanse —les dijo.

—Y esto, ¿vale? —le preguntó Pedro el novio, aún de rodillas.

—¿Todavía pedís gusto? Ya levantate —le contestó el cura.

—Todo lo que es en favor del amor, vale —dijo entonces tu tío Teófilo, se rio de nuevo, ojos y dentadura todo fulgor, y se despidió de ellos, un abrazo para Pedro el novio, un beso para Luisa la novia.

Y ya cuando se iban por fin, casados de aquel modo, pero casados sin que Luisa la novia renunciara a su religión, le dijo todavía el padre Melico Bellorino a su antiguo rival: siempre me debés un huevo, Pedrito, no vayas a creer que ya se me olvidó.

Se puso Pedro el novio encarnado dos veces al oír la imprudencia, y cuando Luisa la novia le preguntó, ya en la calle, mientras buscaban un coche de caballos que los llevara al hotel Colón, qué significaba aquello del huevo que le cobraban, se le subió el color a la cara una tercera vez, y le dijo: no hagas caso, son cosas de ese cura, yo qué sé; pero para sus adentros, pensaba: que se conforme él con los dos que tiene, si les da buen uso, como creo que les da, sobre todo ahora que es coadjutor, porque sería demasiada alevosía y ventaja para un cura mujeriego como ése, que en lugar de dos, le colgaran tres.

—Me lo pudiste haber dicho antes —se quejó desde la mecedora tu abuelo Lisandro—. Me dejaste ir a que me humillaran sin necesidad.

—Esperate que reciba don Teófilo el telegrama que me dijo Pedro que le iba a poner —le respondió tu abuela Petrona—. Un telegrama de una sola palabra, para no gastar: «casámosnos». Y ya me vas a decir quién humilló a quién.

No era tu abuelo Lisandro hombre de sangre hirviente para maquinar venganzas catastróficas ni nada por el estilo; pero si tu abuela Petrona ya tenía la suya, con aquel casamiento secreto, él iría por la propia, sin mucho alarde. Así que una tarde, Lucas Velero, el amanuense del juzgado y músico trompa de hule que toca la bombarda y la viola, fue de casa en casa, previamente concertado con su director de orquesta para acometer el sainete, a citar por cédula a toda una lista de presuntos hijos naturales de tu abuelo Teófilo, pues a pesar de su condición de asceta protestante, se le rumoraban muchos; descarríos, claro está, extraños al conocimiento de tu abuela Luisa que por no salir a las calles vivía ajena a trajines y perversidades amorosas.

Entregó Lucas Velero cédulas a Josías el carpintero en su carpintería de ataúdes de Veracruz; a la Graciana Jilinjoche en su destace de cerdos de Jalata; a Eleuterio Malapalabra, el músico de la tuba y el trombón de vara, a Tobías el Encuerado el zapatero, a Ireneo de la Oscurana, y a muchos otros más, fueran o no fueran ciertas aquellas presunciones, que en unos casos lo eran, y en otros no; y en las cédulas se les mandaba presentarse a tal hora de tal día en la propia casa de tu abuelo Teófilo a fin de quedar en la parte de la herencia que debía tocarles y que recibirían en contante y sonante, sin más trámites y sin aguardar a la muerte del testador.

Cosa que fue de ver, la llegada de los herederos dichosos a la casa de tu abuelo Teófilo, cada uno vestido como si fuera domingo, y él que leía el periódico en su sala, viéndolos sentarse, en silencio, en espera de que empezara aquella reunión de las reparticiones, y ya era un gentío adentro cuando salió tu abuela Luisa a las voces de discusión y disgusto, porque aclarados los motivos y rechazadas las pretensiones, empezaron los reclamos, es cierto que usted es mi padre y no lo niegue, qué no me ve en el talante lo mucho que nos parecemos, a mi mamá usted la luchó sin su gusto cuando iba ella a lavar ropa a la laguna, y para qué nos mandó a llamar si no pensaba cumplirnos. Y no se hablará aquí de los trabajos y disgustos que pasó tu abuelo Teófilo para contentar de nuevo a tu abuela Luisa que echó a toda aquella gente de allí, sin miramientos, y tardó semanas sin devolverle mirada ni palabra a su marido.

En ésas seguían, suegra y yerno, y respondía el yerno en aquel momento que estaba bien, que se quedara ella al cuido de la tienda mientras volvía él de sus visitas antes del baile, cuando apareció el padre Misael Lorenzano.

No podía ver ni de lejos el padre Misael Lorenzano a los

protestantes. Él mismo se ponía a la cabeza de las procesiones de feligreses que sitiaban el templo bautista a la hora del culto, sitios que degeneraban en pedreas contra aquel templo, y no pocas veces en riñas, porque, ahora, los de adentro salían a defenderse, y ya no como antes, cuando no tenían templo propio y se juntaban a orar en la casa cualquiera de cualquier hermano, y debían salir huyendo del acoso por los solares; como fue muy al principio, que oraban en la casa de tu abuelo Teófilo, también sitiada y apedreada no pocas veces, para los tiempos en que fundó él la Iglesia Bautista de Masatepe, y cuando los primeros valientes soldados de Lutero y Jacobo, si los consiguió, fue entre arrieros, mozos y vaqueros de su finca quienes no podían decirle que no.

A tu abuela Luisa, el padre Misael Lorenzano la saludó con una inclinación de cabeza, y no sólo en señal de respeto apagó en su presencia el cigarrillo que traía encendido. Se sonrió ella, retadora, porque, aunque cautelosa, sabía ser retadora; y otra vez desapareció por la puerta entre los estantes, bajo el retrato de Winston Churchill.

Ese retrato colgaba allí porque, a comienzos de ese mismo año de 1942, Pedro el tendero le había escrito a Winston Churchill una carta en nombre del Club de Leones de Masatepe, que acababa de ser fundado, felicitándolo por su defensa de la democracia, y solicitándole, a la vez, un retrato suyo autografiado, con su vidrio y su moldura.

Cuando se supo que la carta había sido despachada, porque cada cosa era de saberse y comentarse en Masatepe, hubo mucha diversión a costillas del remitente, empezando por tus tíos los músicos, que habían trasladado ya sus tertulias del atrio de la iglesia a la tienda recién abierta, qué saben en Inglaterra dónde queda Masatepe si aquí es el culo del mundo, qué caso va a hacerte Winston Churchill, va a romper y botar esa carta, como que estuviera desocupado para ordenar que te manden su retrato, y pedís poco, con vidrio y moldura, si además, ni tiempo de retratarse tiene, que no sabés que están bombardeando Londres día y noche, y ponele que lograra tomarse la foto y te la mandara firmada, los submarinos alemanes hunden a cada rato los barcos aliados en el Atlántico, preguntáselo si no a tu suegro don Teófilo, así que, de todos modos, nunca lograría atravesar el mar ese retrato.

Una de esas tardes, la consabida discusión de los hermanos en la tienda de Pedro el tendero se interrumpió ante la imprevista aparición de dos ingleses feos, flacos, dientones y orejudos, pantalón corto y medias altas, con cascos de la jungla como el que usaba tu tío Esaú el finquero. Cargaban, con mucho cuidado, el retrato de Winston Churchill enmarcado, con su vidrio y su moldura. Y no sobra decir que el gentío en la calle y en las puertas de la tienda empezó a multiplicarse, y fue larga la fila para admirar de cerca la dedicatoria y la firma de Winston Churchill en el retrato, fila que todavía no acababa cuando los dos ingleses se despidieron porque debían alcanzar el tren de las cuatro.

¿Cómo me veo?, le preguntó el beduino del desierto al padre Misael Lorenzano, una vez que se hubo ido tu abuela Luisa; dio una vuelta sobre sus talones, se compuso el cordón del haik, se arregló la túnica y se acomodó el alfanje de palo en la cintura. Y el padre Misael Lorenzano, sacando de la bolsa de la sotana su encendedor y el paquete de cigarrillos que luego estrujó, pues ya no le quedaba sino un último cigarrillo, le dijo: por lo flaco, no hay duda que tenés figura de beduino del desierto de esos que no tragan más que arena. Pero si algo noto, es que te disfrazaste muy temprano, ¿a qué horas es el baile? ¿no es hasta las nueve?

Y el beduino del desierto va y le explica que todavía tiene pendientes ciertas vueltas, pasar viendo si ya regresó de Masaya el doctor Santiago Mayor el partero, que fue allá a enterrar a su tercera esposa Priscila Lira llevándola sentada en el vagón de primera del tren, y todavía una visita más que debe hacer, y por eso prefirió andar de antemano disfrazado, por si le cogía la tarde después.

—¿Y qué otra visita es ésa? —preguntó, como si no le diera importancia, el padre Misael Lorenzano.

—Cierta visita, por allí —se escabullía el beduino.

—¿Y cómo está Luisa? —le preguntó entonces, dejándolo escabullirse, el padre Misael Lorenzano.

—Preocupada, la muy sonsa, porque se recibió un telegrama de su hermano Teófilo donde informa que se va a las minas de Siuna montado en avión —dijo el beduino—. Ya le dije yo que para qué se preocupa, si a estas horas ya debe haber llegado.

—Ojalá llegue ese Teófilo Mercado, tan gallardo, con bien a su destino —suspiró el padre Misael Lorenzano.

—Lo que soy yo, ni loco me subiría en un avión —dijo el beduino.

—Es una maravilla volar en los aviones, no te equivoques —le dijo el padre Misael Lorenzano—. Y si acaso te mareás, delante de cada asiento hay una bolsa para vomitar.

—¿Usted cree, padre, que debo asistir a ese baile, dejando sola a mi esposa en su trance de alumbrar? —preguntó entonces el beduino.

—Ve a qué horas me consultás, si ya estás listo y disfrazado —le contestó el otro.

Ya hubiera querido el padre Misael Lorenzano, a eso había llegado, decirle de una vez: aunque no me lo hayas confiado ni me lo querrás confiar, sé que sólo estás esperando a que me vaya de aquí para zafarte en busca de tu razonera la Amantina Flores, a ver si ya te tiene la razón de Telémaco Regidor, con ella misma le mandaste a pedir que se presente al baile y así poder hablar, disfrazados, vos y él, creyendo que en ese coloquio de media fiesta, sólo por caso de vieja amistad, lo vas a doblegar, aunque yo te aseguro que no, no lo vas a doblegar, y qué disparate más grande el tuyo pensar que por disfrazados nadie los va a reconocer, si todos los invitados están pendientes de lo que ustedes van a platicar, muchos sólo por eso van, andan improvisando disfraces, ya es voz pública que la cautiva va a salir de su cautiverio y entrará al salón vestida de luto como Ana Bolena al pie del cadalso, y de arreglarse el asunto pendiente, hasta te puedo mencionar cuál va a ser la señal.

Pero, consciente de su cobardía, el padre Misael Lorenzano prefirió seguir dándose tiempo. Llegó hasta el estante, tomó un paquete de cigarrillos Valencia, abrió la gaveta del dinero, depositó un billete de dos córdobas, y mientras contaba las monedas de su vuelto, dijo: al fin tuvieron las tres hermanas hechiceras lo que querían. No les pude negar el réquiem solemne de cuerpo presente en la iglesia.

Usted qué pierde, padre, debió haberle dicho el beduino, de eso vive usted, para eso cobra; ¿o no le pagaron ellas al contado las exequias de la hechicera madre? Porque si les rezó el réquiem de balde, mejor cierre su negocio de *pater noster* y agua bendita. Pero la verdad es que andaba perdido en pensamientos muy lejanos a las exequias de la Diocleciana Putoya, a estas horas en que ya debían estarla echando en el hoyo. Claro que les había cobrado, y caro, le habría respondido, riéndose, el padre Misael Lorenzano. ¿Y recibió usted ese dinero, aunque sea dinero ganado en cebar sapos en las barrigas?, se habría reído también el beduino.

Entonces, después de dar una larga chupada al cigarrillo, el padre Misael Lorenzano habría dicho, ahora muy preocupado, que estaba prohibido por las leyes canónicas que ese cadáver, por ser el de una impía, pues era impiedad de las peores la hechicería, entrara a la iglesia; y si se daban cuenta en Managua, la curia arzobispal lo podía mandar a sancionar.

No se iban a dar cuenta en Managua, y además, mejor así, más convenía no echarse encima por gusto a aquellas tres, Altagracia, Deogracia y Engracia la Guabina, temibles de verdad no por hechiceras, sino por bocateras, muy capaces de difundir en contra suya cualquier cuento, calumnia o difamación, le habría él respondido, teniendo en mente no otra cosa que las alusiones que, por lo bajo, solían hacer tus tíos los músicos sobre lo que llamaban la debilidad del padre Misael Lorenzano.

Tu tío Edelmiro el cellista, a pesar de ser quien más puyaba en aquel asunto, siempre lo defendía, al final, diciendo: es cierto que es una debilidad pero no es como la debilidad del italiano Eneas Razzetto, que aquélla es una debilidad completa; la debilidad del padre Misael Lorenzano es una debilidad hasta cierto punto, pues está sólo en admirar portes y figuras de lejos, e incluso bendecirlas, como bendijo desde lejos el porte y figura de Teófilo Mercado hijo cuando pasaba frente al atrio de la iglesia en su motocicleta, llevando a Luisa su hermana, el pelo suelto al viento, en el sidecar. Y en otras ocasiones, esa debilidad suya consiste en ver de cerca, e incluso medir, pero allí su debilidad pasa a convertirse en fortaleza, fortaleza que está en nunca tocar. ¿Qué adivinanza es ésa?, le preguntaban. Y él, ya muy serio: no ando yo en juegos de adivinación.

En esos silencios estaban, cura y beduino, cuando entró corriendo, clarinete en mano, tu tío Eulalio el clarinetista, que ya se sabe es el menor de los hermanos músicos y anda subido a los árboles viendo lo que no debe ni le conviene; cogió apenas aliento, y dijo: en el portón del cementerio se rajó el ataúd de la hechicera madre. ¿Cómo es eso de que se rajó el ataúd?, le preguntó el beduino. Así no más, lo iban cargando, se oyó un ruido de la madera que se raja, y raaaaj, se rajó. ¿Y los cargadores? Los cargadores dejaron en el suelo el ataúd partido por la mitad y salieron en barajustada. ¿Y el cadáver? Allí está la hechicera madre en el suelo, tiesa y envuelta en su mortaja. ¿Y las tres hijas hechiceras? Junto al portón se quedaron, en un solo llanto.

Aquello de que la hechicera madre iba a salirse de su cajón partido por la mitad, camino del cementerio, ¿no es algo que vislumbra el beduino en el fondo del agua de su memoria, algo sabido, un recuerdo aposentado, un objeto ahora ondulante porque el agua se muestra estremecida? Buscaba una voz que un día se lo había anunciado, una voz dictándole una profecía bajo el deslumbre de una resolana junto a una laguna, pero la buscaba en vano porque no halló ya esa voz, no halló ya esa resolana ni esa laguna, y pasó a otra cosa.

¿Y los músicos?, preguntó. Los músicos habían corrido en gran desorden también, tu abuelo Lisandro a la cabeza, en la mano su violín, Eleuterio Malapalabra se había resbalado en la carrera y la tuba se le abolló, sembró Lucas Velero contra el suelo el floripón de la bombarda, rodaron por un barranco bombo y redoblante, fue el juicio, algo mucho peor que el percance de la serenata cuando Macabeo Regidor había aparecido de pronto, por detrás, tirando al aire aquellos balazos.

Entretenidos por la novedad, uno que contaba y los otros dos preguntando, tardaron en percatarse que don Avelino Guerrero estaba ya allí en la tienda, la toalla listada siempre cubriéndole la cabeza. Otra vez llegaba a regatear el precio de las candelas para su altar de Emiliano Chamorro el Cadejo.

—Usted tiene la culpa —le dijo, furioso, al padre Misael Lorenzano—. Un gran sacrilegio cometió al dejar que ese cadáver entrara en la casa de Dios.

—Y usted, que le encienda velas al Cadejo como si fuera un santo, eso sí que es sacrilegio —se encabritó el padre Misael Lorenzano, echando humo por la boca y las narices.

—Andan buscando otro ataúd —les informó tu tío Eulalio el clarinetista, todavía asustado, mientras sacudía la saliva del clarinete.

—¿Para qué van a esperar otro ataúd? Ya que la echen al hoyo así no más —dijo el beduino.

—Dios se nos muestra en ese acto sobrenatural para recordarnos que no anda en contubernios con hechiceras ni hechicerías —dijo el padre Misael Lorenzano.

—En contubernios anda yo sé quién. ¿No fue usted el que le rezó y cantó de cuerpo presente a esa hechicera dentro de la iglesia? —le dijo don Avelino Guerrero.

—¡Yo no puedo negarle un sacramento a nadie! —se exasperó el padre Misael Lorenzano.

—Le voy a poner una carta hoy mismo al arzobispo, denunciando lo que usted ha hecho —lo sentenció don Avelino Guerrero.

—¡Ve quién va a gastar en porte para una carta! —se mofó el padre Misael Lorenzano—. Primero le sacan un pedo a una estatua que a usted el valor de una estampilla.

Y en eso pasaba por la calle el nuevo ataúd, cargado a toda prisa por Josías el carpintero y sus tres hijos.

Debido a que en tiempo de cuaresma Josías el carpintero debía representar a Judas Iscariote en la Judea dirigida por el padre Misael Lorenzano, según el libreto de Pérez Escrich, se dejaba aquél, todo el año, la barba hirsuta y rebelde propia de la imagen del más grande traidor; sus tres hijos, que le ayudaban en la carpintería, hacían de Nicomedes, Samuel de Belibet y Simón Cirineo; y, por razón también de sus papeles, se veían en la necesidad de llevar siempre el cabello largo y rizado.

Ni siquiera habían alcanzado a darle maque al ataúd. Las huellas del cepillo eran visibles sobre la madera húmeda.

—¿Me vas a dar las candelas a medio real? —le dijo don Avelino Guerrero al beduino.

—Se sale un muerto de su cajón, y usted anda preocupado por candelas —le dijo el beduino.

—Tu oficio es vender, y no regañar a los clientes —le respondió don Avelino Guerrero.

El beduino iba a decirle que no había candelas, que no habían llegado de Granada, que dejara de joder, cuando notó que el anciano, como si alguien lo llamara, se acercaba a una de las puertas de la tienda, y giraba lentamente la cabeza en dirección a su casa que, ya se sabe, ocupaba toda una esquina al otro lado del parque, visible por entre el enjambre de troncos de los genízaros y guarumos el corredor donde solía exponer a la adoración de los transeúntes el retrato del Cadejo en su altar enflorado.

—¡El retrato! —exclamó, alarmado, don Avelino Guerrero.

De lejos se divisaba, en la penumbra de la anochecida, a alguien que llevaba el retrato del Cadejo sostenido por encima de la cabeza, con claras intenciones de desbarrancarlo por el pretil de la acera.

—¡Es su hermano, el Emperador Maximiliano! ¡Va a tirar el retrato a la calle! —le dijo tu tío Eulalio el clarinetista.

—Se quiere vengar, porque dice que yo me le robé las escrituras del mar —dijo don Avelino Guerrero, abriendo los brazos con aire desvalido.

—Mejor vaya a ver, tal vez llegue a tiempo de detenerlo —le dijo el beduino, y lo tomó del brazo forzándolo a bajar la grada.

Don Avelino Guerrero se fue, apurado. Quería correr, en ánimo de llegar a tiempo y salvar el retrato, pero sus pies no lo dejaban.

—La otra vez, por lo mismo de las escrituras del mar, el Emperador Maximiliano le quiso pegar fuego a esa casa —dijo tu tío Eulalio el clarinetista—. Con una candela del altar del Cadejo prendió la ropa de un ropero y las llamas por nada agarran el techo.

—Vos estabas allí, de seguro —le dijo el beduino—; siempre estás en todas partes a la hora de una desgracia.

Cualquier clase de desgracia, pensó el beduino. Fue tu tío Eulalio el clarinetista quien había llegado contando, sin reparar en que era hora de la cena, por lo que a todo el mundo se le atragantó el bocado, que había sorprendido a tu tía Leopoldina en el callejón de los besos del Jardín Botánico, implorándole de rodillas a Telémaco Regidor que se casara con ella porque estaba embarazada.

Qué andaba haciendo tu tío Eulalio el clarinetista tan largo del pueblo, solo y a esas horas, no fue objeto de averiguación ni reprimenda, porque lo que sobrevino no dio lugar a nada más, embarazada tu tía Leopoldina, perderse a esa edad la mayor de sus hijas, rondando ya los cuarenta, fue el reclamo más airado de tu abuela Petrona, y eso hizo más severo el castigo, peor que si se hubiera tratado de una adolescente. Encerrarla en su aposento, para nunca más salir.

—Ese perro del otro mundo, el Cadejo, ¿de verdad se le aparece en la oscurana a los hombres adúlteros, padre? —preguntó tu tío Eulalio el clarinetista.

—¡Adúlteros! ¿De dónde has aprendido esa palabra tan fea? —lo reprendió, sonriente, el padre Misael Lorenzano.

—Porque se mete donde quiera, y todo lo ve y todo lo anda oyendo, hasta vulgaridades que ni se pueden contar —dijo el beduino, acordándose del cuento de la comadreja enjabonada.

—Ojalá fuera cierto que existe el Cadejo, para que algunos adúlteros que yo conozco se sosegaran —dijo el padre Misael Lorenzano, que aludía, sin duda, a tu tío Edelmiro el cellista.

—Macabeo Regidor pasó avisando por aquí que no va a haber fiesta de disfraces —dijo entonces el beduino.

—¿A cuenta de qué? —preguntó el padre Misael Lorenzano.

—Por duelo —dijo el beduino.

—Un temático ese Macabeo Regidor —dijo el padre Misael Lorenzano—. Pero, ojalá, y sin que ocurra ninguna desgracia, esa fiesta se suspenda.

Y lo que quería seguir diciendo era: ese plan que has urdido ya es un fracaso antes de que lo comiences a hacer realidad, va a salir malherido tu orgullo, mucho me temo que Telémaco Regidor ni siquiera piensa llegar a ese baile y tu hermana Leopoldina va a resultar víctima de otro cruel desengaño. Lo que pasó, pues qué remedio tiene, ya está, pero no expongas a esa pobre mujer a más humillaciones.

—Hoy, al mediodía, Telémaco Regidor se estuvo burlando del honor de mi hermana Leopoldina en la cantina de Las Gallinas Cluecas —dijo, de pronto, tu tío Eulalio el clarinetista.

—¿Ahora ya entrás hasta en las cantinas? —lo regañó el beduino—. Bonito porvenir te espera.

—Déjalo —intervino entonces el padre Misael Lorenzano—, a ver, ¿cómo fue eso?

Pero tu tío Eulalio el clarinetista, muy enojado, dijo que nada de aquello estaba contando; y que no era cierto que él anduviera en cantinas, que nunca había puesto los pies en la cantina de Las Gallinas Cluecas. Ese nombre se lo había dado Pedro el tendero a las hermanas Clotilde y Matilde Potosme por bulungas y buchonas, porque cacareaban al hablarse entre ellas y corrían de mesa en mesa, esponjando las alas, para atender a sus clientes, mucho antes de que se repartieran por turnos en la cama a Camilo el campanero volador.

—Yo te creo que no andás en cantinas —le dijo el padre Misael Lorenzano—. ¿A quién fue que le oíste eso?

—A Eleuterio Malapalabra, ahora que estábamos tocando el responso de la hechicera madre en la iglesia —dijo entonces tu tío Eulalio el clarinetista.

—Pues ésos son inventos de Eleuterio Malapalabra, sólo porque la Leopoldina nunca le hizo caso a sus pretensiones —dijo el beduino.

—Espérate, déjalo a él que repita lo que contó Eleuterio Malapalabra —dijo el padre Misael Lorenzano.

Y lo repitió tu tío Eulalio el clarinetista, tal como se lo había escuchado a Eleuterio Malapalabra, que Telémaco Regidor, bien bebido, había estado diciendo en la cantina de Las Gallinas Cluecas que sólo iba a esperar que la tal Leopoldina pariera ese hijo natural que él le había puesto en la barriga para tener otro con ella, porque la vez que él la buscara sabía que la había de encontrar, sin esas necedades de velo y corona, pues de amantes que nunca se casaban y vivían a escondidas su tragedia amorosa estaban llenas las páginas de las novelas.

El beduino se quedó callado, con ganas de morderse el labio. De pronto se sintió sofocado dentro del disfraz; le estorbaba el haik en la cabeza, le daba escozor la túnica y le estorbaba la capa como si le pesara demasiado sobre los hombros. Y, mientras callaba, pensó que tu tía Leopoldina, a esas horas, empezaba seguramente a disfrazarse de Ana Bolena la enlutada del cadalso.

—Si va o no va, eso lo voy a saber muy pronto por mí mismo —dijo al fin—. No me puedo confiar en cuentos de músicos celosos.

—Muy bien, ya andate —suspiró, con tristeza y desaliento, el padre Misael Lorenzano—. Llegó la hora de tu visita a tu ratonera, la Amantina Flores.

Y no se sorprendió ni se molestó el beduino de que el padre Misael Lorenzano estuviera tan dentro del secreto, para eso tenían los curas sus beatas y su confesionario. Y de nuevo, sólo calló.

—Mejor guarda ese disfraz y te dedicás a atender a tu mujer —le dijo el padre Misael Lorenzano; encendió otro cigarrillo y la llama del encendedor alumbró de rojo su tez cenicienta—. Ése es mi consejo, si ahora lo querés oír.

El beduino seguía callado.

—¿No se casó tu hermana Adelfa hoy? Pues conformate con eso, Cecilio Luna es muy buen partido —le dijo el padre Misael Lorenzano.

—Ese Cecilio Luna no es ningún buen partido —dijo tu tío Eulalio el clarinetista—. Por nada se arrepiente de casarse ante el llanto de la Auristela la Sirena.

—Bueno, es cierto que el novio por nada se devuelve y se va con su antigua prometida —se rio el padre Misael Lorenzano.

—Préstame el encendedor, quiero ver cómo es que se saca la llama —le dijo entonces tu tío Eulalio el clarinetista.

El padre Misael Lorenzano no le hizo caso, y se guardó el encendedor en la bolsa de la sotana.

4

Cecilio Luna el camandulero, bien cabe explicarlo, era un santulón que alta ya la noche solía rezagarse dentro de la iglesia entregado a sus rezos y jaculatorias, humillándose delante de todos y cada uno de los altares, hasta que Camilo el campanero volador se veía precisado a espantarlo dando voces de que se disponía a trancar las puertas y dejarlo así encerrado en la oscuridad a merced de las bandadas de murciélagos, o, en fin, ya todas sus amenazas fracasadas, chuceándolo en las costillas con la lanza del apagavelas, si es que no venía a decirle que Auristela la Sirena, por su culpa, estaba llorando a mares otra vez.

Es que al enamorarse Cecilio Luna el camandulero de tu tía Adelfa, años atrás, había abandonado a Auristela la Sirena, la dueña del salón de chalupa que cuando no había orquesta tocaba el armonio en el rosario de las siete. Y tras aquel abandono, sólo era verlo ella de lejos en la iglesia, desde la balaustrada del coro donde estaba instalado el armonio, para convertir la música de los himnos a la virgen en dolientes fugas de amor perdido.

Después, se iba Auristela la Sirena a abrir su salón de chalupa donde ella misma cantaba las figuras que los jugadores se ocupaban en señalar con granos de maíz en sus tablillas; y si recibió aquel nombre fue por ser la más popular de esas figuras la sirena cola de pescado, todo por arriba, nada por abajo, que con su canto confunde a los navegantes.

Y sucede muy a menudo que, mientras las gallinas sueltas por el salón de chalupa picotean debajo de los bancos el maíz que cae al suelo, Auristela la Sirena empieza a derramar en silencio sus lágrimas al ir cantando las figuras del catrín bien peinado y acicalado, el borracho trastabillando con su botella, el valiente con su manta y su cuchillo en la mano desafiando a la muerte, pues le traen esas figuras el recuerdo de Cecilio Luna el camandulero aunque no sea él, ni por sombra, semejanza de ninguna de ellas.

Llora a mares Auristela la Sirena, y como por el llanto se detiene el juego se van muy airados los jugadores a la iglesia a pedirle a Camilo el campanero volador que saque a la fuerza de allí a Cecilio Luna el camandulero, y ya puesto en el atrio lo fuerzan a acompañarlos para que se siente a jugar entre ellos con su puño de maíz al lado de la tablilla, pues sólo verlo es suficiente para que a la despechada le vuelva el color y el contento y continúe cantando las figuras, la rosa encarnada que pincha con sus espinas pero que nos brinda su aroma y la luna que baña de luz en la noche azul el firmamento.

Muy temprano de la mañana de ese 5 de agosto de 1942, mientras tus tías se ocupaban de vestir a la novia, empezó a llegar por boca de distintos mensajeros la noticia de un suceso imprevisto. Cecilio Luna el camandulero salía de la iglesia de confesarse para poder recibir la santa comunión a la hora del casorio, cuando Auristela la Sirena había subido las gradas del atrio corriendo y llorando, el cabello desgreñado, descalza y aún en camisón de dormir, para detenerlo, implorante, al pie de la cruz del perdón.

Se había iniciado entonces un largo coloquio entre los dos que tenía todas las trazas de volverse eterno. La noticia de aquella entrevista pública, si había llegado ya a la casa de la novia, cundió al mismo tiempo por todo el pueblo, y mientras avanzaba la mañana, los curiosos, que dejaban sus quehaceres para acudir en bandadas desde todas partes, se multiplicaban en vigilancia un tanto lejana de la pareja, ella enzarzada en argumentos que se adivinaban desesperados por sus gestos de súplica; él, calmo y parsimonioso como era, respondiendo a cada reclamo con razones que contaba y volvía a contar con los dedos de la mano.

A cada nuevo aviso que llegaba, la alarma iba creciendo en la casa aunque no por eso dejaban de seguirse consumando los preparativos del casamiento; tu abuela Petrona, el velo nupcial desplegado en su regazo, se ocupaba de coser una perla de fantasía que se había soltado del casquete, sin dejar de cantar por lo bajo su cantinela de siempre, aunque reconociéndose preocupada:

> *Se acabó el jabón,*
> *qué vamos a hacer...*

Mientras, tu tía Adelfa, plantada frente al espejo, se conturbaba en amagos de llanto ante las voces de disturbio que hablaban desde la calle, subían por la acera, entraban, daban su noticia, salían por más, se alejaban, se iban y al momento volvían, las muy sediciosas, a soplar en sus oídos aquel ventarrón de malos decires.

Tus tías, aunque atentas a esas voces y a las lágrimas que ya veían aflorar en los ojos de la novia, cuidaban de que no faltara agua a los manojos de lirios, calas y gladiolas colocados por toda la casa en baldes de hojalata y jofainas enlozadas, pues aún no se daba la orden de enviarlos a la iglesia, no fuera a ser la figura del diablo colorado con su cola y su tridente que en todo lo dichoso de esta vida se entremete y donde sólo debe haber olor de azahares suele poner olor de azufre.

Lo peor de aquella situación enojosa es que tu abuelo Teófilo y tu abuela Luisa, que no asistían a ceremonias en templo católico por no verse en dificultades de desaires o rechazos, estaban desde muy temprano en la casa para ofrecer sus parabienes y, al salir el cortejo hacia la iglesia, retirarse; disipados por entonces los agravios, habían sido apuntados de primeros en la lista de las invitaciones que Inocencio Nada el albino debía leer, de casa en casa, en oficio de pregonero.

Nadie los hubiera querido allí, sin embargo, aunque se les agradeciera la cortesía, tu abuelo Lisandro obligado a rendirles los honores, darles plática, y al mismo tiempo pendiente del barrullo, habría o no habría boda, sonsacaría Auristela la Sirena al novio con sus mímicas y lloros, o no lo sonsacaría.

Entre amenazas dirigidas contra Cecilio Luna el camandulero, y bromas a tu tía Adelfa, que iba a quedarse vestida y peinada de moña frente al espejo, discutían los hermanos varones sobre el mejor camino a tomar; amenazas, bromas y argumentos en sordina, para no escandalizar a tu abuelo Teófilo y tu abuela Luisa.

Discutían, en aquel tono acallado, sin visos de ningún acuerdo. Porque si, por ejemplo, tu tío Alejandro el flautista proponía, por lo bajo, mandarle inmediato aviso al padre Misael Lorenzano de que ya no habría boda, que cerrara las puertas de la iglesia y que se fuera el santulón con la Sirena, a rezar o a jugar chalupa, como mejor les diera la gana, tu tío Eulogio el violinista proponía, por su parte, a *sottovoce*, que era mejor ir, todos, a pegarle al camandulero una soberana leñateada de la cual debería acordarse toda su vida; propuestas, unas y otras, que sólo servían para afligir más a tu tía Adelfa, entregada ya al llanto sin ningún recato, el espejo que copiaba aquel llanto humedecido y empañado de tantas lágrimas. Téngase bien en cuenta que son ya dos las que a estas alturas están llorando, la novia frente al espejo y la abandonada frente a la iglesia.

Hasta que se oyó decir a tu tía Leopoldina la prisionera, con voz de lejanía, muy sosegada: que vaya Pedro mi hermano a hablar con Cecilio Luna el camandulero, él es el único que puede convencerlo; sabida ella, y no es extraño que lo sepa, que aquel hermano suyo que mencionaba era de lo más paciente y esforzado en eso de procurar trato con galanes traidores.

Tu abuela Petrona dejó su cantinela, y miró por encima del tabique hacia el aposento oscuro desde donde se pronunciaba la cautiva, ordenándole en un siseo colérico que se callara, vos te callás que no tenés ningún derecho de opinar. Y, acto seguido, puesto que ya había terminado la labor de coser la perla desprendida, se encaminó a encasquetar el velo en la cabeza abatida de la novia.

Y por qué no va a opinar, saltó tu tía Azucena, hablando ya por mímicas, y la propia novia, tu tía Adelfa, a pesar de sus lágrimas, dibujando sus palabras con los labios frente al espejo pero sin emitir ninguna voz: no le faltes al respeto a mi mamá. Y la discusión, ya sólo de mímicas y voces mudas, fue entonces si tu tía Leopoldina opinaba o no opinaba, hasta que intervino Pedro el tendero para tratar de dominar aquella alharaca de gritos fantasmas, cada vez más desgobernada, haciendo como que escribía en el aire: tengan compostura; y retorció enseguida los ojos hacia el sofá donde estaban sentados tu abuelo Teófilo y tu abuela Luisa, uno a cada lado de tu abuelo Lisandro, los tres fingiéndose los desentendidos, muy callados y apretados como en espera de algún tren.

Tu abuelo Teófilo, que con su oído bueno ya se sabe oía hasta el fragor de las mareas cuando el mar estaba de llena y el rechinar de los goznes del globo terráqueo en su girar en noches de quietud, tenía adivinada desde el principio la disputa que se manifestaba en aquel desenfreno de sordinas y siseos, y ahora muecas y espavientos.

Se levantó entonces del sofá, y se acercó a los que en silencio discutían, muy seguro y sonriente, para dar su opinión. Y su opinión, ofrecida en los mismos gestos, señas y mímicas, pues sinceramente quería ayudar, y no sembrar el desconcierto, fue que se hiciera caso a la prisionera, y por lo tanto, que se enviara a Pedro el tendero en rescate del galán. Dijo así, galán, dibujando con sus manos una buena cara y un buen porte, lo cual causó sonrisas de desdén, porque ya se sabe que aquel Cecilio Luna el camandulero no era ningún galán; pero dijo más, siempre en muecas, como si tomara del brazo a alguien: me ofrezco yo a acompañar a Pedro, mi yerno, para que salde con bien su misión.

Salieron todos en cortejo a despedir al suegro y su yerno, salvo la prisionera, claro está, y tu tía Adelfa que seguía cabizbaja frente al espejo, sin moverse, como si sólo le quedara aspirar de por vida el perfume de su ramo de azahares apretado contra el corpiño, y como si aquella imagen suya en el azogue fuera su retrato de novia; un retrato que siempre podría llorar y más llorar.

Porque se le ocurrió a tu tío Edelmiro el cellista, las manos en bocina, gritarle a Pedro el tendero, cuando ya se perdían él y tu abuelo Teófilo a la vuelta de la esquina, tomados del bracete: ¡Y si ya lo convenció Auristela la Sirena y no se casa, pues decile a ese Cecilio tal por cual que se harte un huacal de mierda! Entonces, el retrato se agitó en llanto copioso como si el estanque de azogue hubiera sido estremecido por una pedrada.

De aquella imprudencia tuvo que arrepentirse de inmediato tu tío Edelmiro el cellista, porque lo aguijonearon sin piedad ni compasión los pellizcos de las hermanas, que corrieron luego a consolar a la novia, sonriéndole, al pasar, con sonrisa artificiosa, a tu abuela Luisa que seguía callada, en el sofá, al lado de tu abuelo Lisandro. ¿Y qué pensaba, allí sentada, la señora? Pensaba: quién entiende al sobrado de Teófilo mi marido, ya fue por sus propios pasos a meterse donde nadie lo estaba llamando.

Cuando el tumulto de gente congregado en el parque y en las gradas del atrio de la iglesia vio llegar a Pedro el tendero del brazo de tu abuelo Teófilo, un rumor de sorpresa voló de uno a otro lado, como un viento que bate los árboles y se entretiene entre las hojas. El padre Misael Lorenzano, ya revestido con la capa pluvial para celebrar la boda, de pie en el umbral de la puerta mayor, vio subir al yerno y a su suegro, los vio situarse en el descampado del atrio, los vio secretearse, maquinando su plan, vio adelantarse a Pedro el tendero, lo vio aparentar que pasaba de largo frente a la pareja, y lo vio detenerse a unos pasos, pero ya no supo por qué ni para qué, como no lo sabe la Mercedes Alborada, que vigila desde la puerta de la tienda para ir después a contárselo todo a Luisa la grávida al aposento.

—Si me detuve fue para pedirle a Cecilio la hora —le dice ahora el beduino al padre Misael Lorenzano.

—¿La hora? ¿La hora, por qué? —le pregunta el padre Misael Lorenzano, muy extrañado.

—Porque fue la recomendación que me dio don Teófilo cuando nos secreteamos, recordarle, de manera prudente, que a determinada hora tenía acordada una obligación —le dice el beduino.

—Estaba yo en el atrio, revestido, lo tenía de frente, y no iba a saber ese dundureco de Cecilio Luna que lo aguardaba una obligación, ya confesado y todo. Y qué clase de obligación, no me jodás —dice el padre Misael Lorenzano.

Cecilio, ¿me podías decir qué hora es?, le preguntó Pedro el tendero. Y Cecilio Luna el camandulero, distraído porque así era su ser, le contestó que no usaba reloj, como si el que pasaba y se detenía a su lado fuera un desconocido: siento mucho, mi amigo, no tengo reloj; y siguió dedicado muy sinceramente a la tarea de darle sus razones a Auristela la Sirena que, descalza y desgreñada, lloraba al pie de la cruz del perdón, más intrigado que antes el público curioso, intrigado el padre Misael Lorenzano en el atrio, intrigada la Mercedes Alborada que sólo había alcanzado a correr al aposento y decirle a Luisa la grávida: pasó frente a los dos, algo les dijo, y luego se alejó, espéreme que ya vuelvo a contarle lo demás.

Pedro el tendero regresó al lado de tu abuelo Teófilo por más consejo. De nuevo se secretearon, y tras la consulta, allá iba de nuevo, ahora con paso más decidido, a plantarse de una vez frente al novio. Se plantó, y le dijo: ya sé que no tenés reloj, muy baboso, ni real con qué comprarlo; pero por lo menos, mirá al reloj del campanario, te tenías que casar a las ocho, y ya van a ser las diez.

Auristela la Sirena, sin darle la cara a Pedro el tendero, se restregó los ojos, que los tenía enrojecidos de verter tantas lágrimas y de tanto no dormir; y, sin decirle tampoco palabra, bajó las gradas del atrio y se fue por una de las veredas del parque, la vereda de los malinches, seguida por los muchos jugadores de chalupa que había entre la multitud de curiosos. Y a su puerta se quedaron, fumando y conversando todo el día, preocupados en saber si saldría ella esa noche a cantar las figuras.

Preocupados, porque lo que es Cecilio Luna el camandulero estaría lejos, en su luna de miel, y nadie iba a poder traerlo obligado, como otras noches, para que se sentara en la banca, con su puñado de maíz al lado, a oír a la despechada, ya feliz, anunciando la figura de la paloma torcaz con su arrullo tempranero, el ángel con la bola de oro, el diablo con el sartén.

—Se ve que don Teófilo podría ser buen *coach* de mi equipo de basquetbol —se rio el padre Misael Lorenzano.

—Yo quisiera entrar en su equipo —le dijo entonces tu tío Eulalio el clarinetista.

—¿Te gustaría jugar al basquetbol? —le preguntó el padre Misael Lorenzano, muy entusiasmado—. Se ve que tenés buenas piernas.

—Si mi papá me da permiso —dijo, mirando al beduino—. Pero quién sabe si me quiere dar permiso. Todo el día me tienen encerrado en la casa, ensayando el clarinete.

—Qué mentiroso más grande —dijo el beduino—. ¡Encerrado en la casa!

—Mañana le hablo a don Lisandro —dijo el padre Misael Lorenzano, y le acarició a tu tío Eulalio el clarinetista la cara; confianza que no dejó de causarle un cierto disgusto al beduino.

—¿Y por qué no va usted, padre, a hablar con Telémaco Regidor? —dijo tu tío Eulalio el clarinetista.

—Quién te mete Juan Bonete —le dijo el beduino a su hermano.

—Yo, a ése lo caso por la iglesia, no sólo civil, como pretende Pedro —dijo el padre Misael Lorenzano, atragantándose de humo.

No, de ninguna manera, pensó el beduino. A él, y a nadie más, le tocaba arreglar ese casamiento, fuera sólo civil o no, como había arreglado el de la mañana, aunque ya ni siquiera brindis ni festejo hubo. Tenían que apurarse los recién casados en coger el tren de las once, y tu tía Adelfa, sin tiempo de cambiarse, se montó al vagón vestida de novia.

Aquél, ya se sabe, era el mismo tren de las once donde viajaba muy bien vestida y compuesta Priscila Lira, la esposa muerta del doctor Santiago Mayor, ella rumbo al cementerio de Masaya, los novios rumbo a una finca en Niquinohomo que les había puesto a la orden tu tía América Tiffer, esposa de don Gregorio Sandino, para que pasaran su luna de miel. El muerto al hoyo y el vivo al bollo, eso ya se sabe también.

—Tomá —le dijo de pronto el padre Misael Lorenzano a tu tío Eulalio el clarinetista—. Te regalo el encendedor en premio porque vas a entrar al equipo de basquetbol. Pero no se te ocurra aprender a fumar.

—¿Aprender? —dijo el beduino—. Le puede enseñar a usted.

—¿De dónde lo trajo? —le preguntó tu tío Eulalio el clarinetista, admirando el encendedor que pesaba en su mano.

—Lo traje de San Francisco, ahora que fui a visitar a mi hermano —dijo el padre Misael Lorenzano.

En junio de ese año el padre Misael Lorenzano había viajado a California. En la lista de pasajeros del aire, que publicaba todos los días *La Noticia*, apareció su nombre. En Masatepe fue despedido con repique de campanas, una romería marchó en pos suyo a la estación, y aún lo acompañaron muchos en el tren hasta Niquinohomo, donde ya sólo tu tío Edelmiro el cellista siguió con él a Managua.

Al día siguiente volvió contando que el padre Misael Lorenzano se había subido al avión de la Panaire en el aeropuerto Xolotlán, vestido de saco traslapado, clavel en el ojal, corbata floreada, sombrero borsalino, zapatos combinados y abrigo al brazo; y todo el mundo venía a interrogarlo: ¿es cierto que el padre Misael Lorenzano se subió al avión sin la sotana? ¿Vos mismo lo viste de corbata floreada? ¿Y eran nuevos sus zapatos combinados?

Y ya parecía feria afuera, en la calle, como si la orquesta estuviera en ensayo, la multitud incrédula preguntando si era verdad lo que sólo tu tío Edelmiro el cellista había presenciado, este Edelmiro que es bromista, Edelmiro que siempre le gusta inventar cosas.

—¿Cuál hermano? ¿Cuál país es ese que se llama San Francisco? —preguntó tu tío Eulalio el clarinetista. Probaba a sacarle fuego al encendedor. Ya se sabía el cuento aquel, pero lo quería volver a oír.

Y dijo el padre Misael Lorenzano: un hermano que era artista de cine y quedó paralítico. Y San Francisco no es país, es una ciudad donde suben por una cuesta empinada los tranvías sonando su campanilla, y fue de uno de esos tranvías que me pareció ver bajar a la desaparecida Victoria Mercado; y queda allí también el Golden Gate que es un puente colgante que sale, pletórico de luces, en las tarjetas postales. Y estuve también en otra ciudad llamada Los Ángeles, donde vivió antes mi hermano porque allí hacen todas las películas de cine.

Su hermano Milton Lorenzano, que se parecía a Rodolfo Valentino como una gota de agua a otra, había emigrado a California en busca del original del cual era copia perfecta, con la ambición de convertirse en su doble en las películas. Se fue de andarín por Tapachula, cruzó a México como pudo y llegó a Los Ángeles desde Tijuana escondido en un tren de carga; indagó, y tras mucho indagar fue al fin a dar con la mansión amurallada de Rodolfo Valentino en Beverly Hills, un palacio oriental en la cumbre de una colina sembrada de palmeras, bañado en las noches por reflectores de luz color azafrán.

Toca el timbre Milton Lorenzano, le abre Rodolfo Valentino en persona, mudo de asombro al ver que salía a abrirse la puerta a sí mismo, cómo es posible, balbucea Rodolfo Valentino, no lo puedo creer. Lo abraza emocionado, lo hace pasar, y esa misma noche duerme ya Milton Lorenzano en el palacio oriental, pues llama Rodolfo Valentino al mayordomo de corbatín de lazo y chaleco rayado, y le ordena: condúzcalo al mejor aposento. Y aquél era un aposento donde parecía que no había cama pero al tocar un botón eléctrico se abría una pared y una cama ya lista con sus sábanas, colcha y almohada bajaba de la pared.

Y se convirtió en el doble de Rodolfo Valentino, tal como era su ambición: salto peligroso o maroma arriesgada que no quería dar o hacer el otro, las luchas cuerpo a cuerpo con bandidos de toda laya, los desafíos desde el caballo, espada desnuda en mano, sus lances de beduino del desierto, todo eso era de su responsabilidad, salvo los besos apasionados, expresamente excluidos en las cláusulas del contrato, pues allí se establecía que a las artistas, estrellas refulgentes de la pantalla, no las podía besar.

Y todo iba tan bien hasta que filmando una escena en que escalaba el muro de una fortaleza de la legión extranjera en el desierto del Sahara, cayó Milton Lorenzano de lo alto del muro, y quedó para siempre sentado en una silla de ruedas. Se trasladó a San Francisco, y allí vive, a merced de la pensión que, hasta hoy día, le pasa, gracias a Dios, la Warner Bros.

Quien habita ahora aquel palacio oriental es Dorothy Lamour, el padre Misael Lorenzano fue a conocerlo, cuándo no. Hay visita los domingos para turistas, el ticket da derecho a recorrer los prados, acercarse a los estanques, ver los caballos de carrera en las cuadras, y por último, subir por las escalinatas de mármol al palacio en la colina, admirar de cerca los ventanales dorados, penetrar en los salones fastuosos donde se dan las fiestas de etiqueta, salones con estrados para diez orquestas diferentes y donde pueden bailar, cómodamente, hasta dos mil parejas.

Ese domingo, pasó la silueta de Dorothy Lamour por un ventanal lejano, y el guía, como si se tratara de una aparición, murmuró: allí va. Les fue prestando a cada uno de los visitantes sus anteojos binoculares, pero cuando le llegó el turno al padre Misael Lorenzano, sólo alcanzó él a enfocar los vuelos de la cola del vestido de la artista, que ya subía por una escalera de caracol, vuelos como de una ola espumosa que se retira en bajamar.

Que Milton Lorenzano había salido en películas como doble de Rodolfo Valentino, no había duda. Bastantes años atrás, tu abuelo Lisandro amenizaba con su violín las funciones de cine mudo, tocando valses, mazurcas y polcas a la luz de la luna, en un corral de vacas perteneciente a Domitilo Regidor, padre de Macabeo, Saulo y Telémaco Regidor. Una noche, tu abuela Petrona había acompañado al marido, cargando el violín para que no le cobraran a ella la entrada; y al ver en la pantalla un tranvía lleno de pasajeros que saludaban con la mano por las ventanillas, descubrió que el pasajero al que más se acercaba la cámara no era Rodolfo Valentino sino Milton Lorenzano, y le devolvió el saludo.

—¡Adiós, adiós! —se la oyó decir, entusiasmada, en la oscuridad—. ¡El padre Misael Lorenzano está bien, te manda saludos, aquí todos estamos bien...!

El que no se parecía en nada a Rodolfo Valentino era Pedro, demasiado flaco, insistió el padre Misael Lorenzano, con cierto orgullo reprimido, acordándose de los tiempos de gloria de su hermano Milton Lorenzano, ahora para siempre descalabrado en su silla de ruedas, sin más remedio que meter la paloma en una bolsa de hule cada vez que quiere orinar. Y dijo también: más que beduino, me luce Pedro como disfrazado para salir en la Judea en compañía de Josías el carpintero que hace el papel de Judas Iscariote; ¿no quisieras, Pedro, el año que viene, hacer el papel de Caifás?

—Con mucho gusto, si usted sale de Barrabás —le dijo el beduino.

Y algo se preparaba el beduino a agregar en jodarria referente a la Judea del padre Misael Lorenzano, la virgen santísima, por ejemplo, que un año se había fugado con Sebedeo dejando truncas las funciones, o Luzbel, el ángel rebelde, interpretado por Lucas Velero el amanuense del juzgado y músico trompa de hule que toca la bombarda y la viola, quien en la escena de la tentación del desierto interrogaba a un Jesucristo bastante pasado de tragos, Juan Castil el ratero sin redención prestado de la cárcel bajo permiso provisional del teniente Sócrates Chocano. ¿Me conoces, hijo del Hombre?, insistía en preguntarle el diablo al nazareno; para obtener, al fin, por respuesta: claro que te conozco por vulgar, Lucas Velero, si el diablo mismo se te queda corto en vulgaridades. Razón de más para que el padre Misael Lorenzano le quitara para siempre el papel del divino maestro a Juan Castil.

Pero ya no pudo agregar nada, porque en ese momento exclamó tu tío Eulalio el clarinetista:

—¡Allí vienen ya las tres hechiceras!

Y con la mano del clarinete señalaba a las tres hermanas enlutadas, Altagracia, Deogracia y Engracia la Guabina, que se acercaban por un callejón del parque, de vuelta ya del funeral, el mismo callejón de los malinches por el que se había alejado en derrota, esa mañana, Auristela la Sirena.

—¿Es cierto que se quebró la caja? —les gritó el beduino.

Ya no pensaba en su recuerdo fugaz, cuando le pareció que una voz invisible le había anunciado, alguna vez, aquel hecho, sino en provocar al padre Misael Lorenzano.

—¡No seas imprudente! —le susurró, asustado, el padre Misael Lorenzano.

—Déjeme, son amigas mías. Yo les vendo las botellas para sus remedios de amor —se ufanó el beduino.

—Qué amigas tuyas van a ser —volvió a susurrar el padre Misael Lorenzano—. Amigas del maligno son. Yo, les tiemblo.

—Buenas tardes, padre. Muchas gracias por todo —se oyó decir a Engracia la Guabina al pasar.

—No hay de qué. —El beduino se tapó la boca con el haik, y arremedó la voz del padre Misael Lorenzano.

—Y tenga cuidado con los locos disfrazados, que parece que hoy andan sueltos —dijo Engracia la Guabina, ya por último.

—Te la sacaste, por lengua larga —dijo, riéndose, el padre Misael Lorenzano.

Y ya cuando las hechiceras iban lejos, camino al barrio de Nimboja, tomó por el brazo al beduino, y se apartó con él unos pasos.

—Venite conmigo a la casa cural que te quiero enseñar algo —le dijo—; que se quede Eulalio tu hermano viéndote la venta un ratito.

—Ya sé lo que te quiere enseñar —dijo tu tío Eulalio el clarinetista, y sopló en el clarinete una nota burlesca.

—¿Qué cosa? —El beduino, sin saber por qué, o porque temía a la insinuación del clarinete, se avergonzó.

—El padre Misael Lorenzano le cambió el color al Cristo de Trinidad. Ya no es negro el cristo, ahora es rosado, igual que todos los demás santos —dijo tu tío Eulalio el clarinetista.

—¿Es verdad que cometió usted ese sacrilegio? —preguntó, lleno de asombro, el beduino.

—A este muchacho ya nadie lo aguanta, donde quiera se mete, todo lo oye, de todo se da cuenta —dijo el padre Misael Lorenzano; y le arrebató a tu tío Eulalio el clarinetista el encendedor que le había regalado, para encender apresuradamente otro cigarrillo.

Era cierto. El padre Misael Lorenzano había hecho llegar, en secreto, desde Granada, al santero Pío Galán, disfrazado de franciscano mendicante para no levantar sospechas. Y se pasó el santero por días lijando la madera y dándole después el nuevo esmalte a la imagen, encerrado en el mismo cuarto del fondo de la casa cural donde una noche, de la que ya pronto se contará, ganó un concurso Eleuterio Malapalabra, que es eso lo que se relaciona con aquella adivinanza de ver, medir y no tocar.

Y así como había entrado a la casa cural, en harapos de franciscano mendicante, así había salido el santero Pío Galán a coger el tren de las cuatro, apoyándose en su bordón, una vez concluida su obra, ese mismo 5 de agosto de 1942.

—¿Cómo jodido fuiste a darte cuenta? —le reclamó el padre Misael Lorenzano a tu tío Eulalio el clarinetista—. Ése era un secreto nada más entre el maestro Lisandro y yo.

Lo supo, confesó entonces tu tío Eulalio el clarinetista, y no había en él ninguna pena ni remordimiento, sino más bien mucho de presunción y descaro, porque había oído cuando tu abuelo Lisandro se lo estaba contando, de noche, en el aposento, ya la casa en silencio, a tu abuela Petrona, muy afligido de su complicidad porque el padre Misael Lorenzano lo había llevado a presenciar el trabajo del santero Pío Galán, que comía y dormía en el encierro y tenía allí una lata para aliviar sus necesidades, tanto mayores como menores.

—Devuélvale ahora mismo su color al cristo negro, se va a meter en un berenjenal con los indios de Nimboja —le dijo el beduino.

—¿Y por qué voy a dejarme llevar yo por el fanatismo y la superstición? —dijo el padre Misael Lorenzano.

—Ese cristo negro es el santo patrono de este pueblo —le insistió el beduino—; van a inventar que usted se robó la imagen verdadera, que la vendió, que la cambió por otra.

—Lo mismo me advirtió el maestro Lisandro —siguió en su despreocupación el padre Misael Lorenzano—: que van a decir los indios que sólo a eso fui a los Estados Unidos, a negociar la imagen con algún millonario yanqui.

—Pues ya ve que no le miento —dijo el beduino—. Le van a echar en motín las hechiceras a toda esa indiada que ellas manejan a su gusto y antojo, y amarrado por las calles lo van a arrastrar, si no es que buscan cómo colgarlo del guarumo más alto.

Y se cerraba el padre Misael Lorenzano como se había cerrado frente a tu abuelo Lisandro, qué cosas más inocentes las que estoy oyendo, iba a enseñarte el cristo antes de subirlo otra vez al altar mayor, porque ahora mismo es que lo voy a mandar a subir, para que a la hora del rosario de las siete ya esté otra vez en su nicho, pero, ahora, con las ganas te quedás, a vos sí que no te luce la ignorancia, Jesucristo no fue negro cuarterón, ni atezado, ni mulato cualquiera, ni indio cobrizo como esos de Nimboja, para que su piel divina sea oscura y se parezca a la de ellos, no faltaría más.

—Se va a acordar de mí —le dijo el beduino—. Cuando lo tengan con la soga en el pescuezo, todo magullado y sangrante, se va a acordar de mí.

—Allí viene otra vez don Avelino Guerrero —dijo tu tío Eulalio el clarinetista, y sonó de nuevo el clarinete, pespunteando, al soplar, como en imitación de los pasos lerdos del anciano.

Don Avelino Guerrero, ahora en camisón de dormir, se alumbraba el paso con una lámpara tubular. Ya la noche iba cerrándose, y las sombras parecían alejarlo. En lugar de avanzar, la aureola de la lámpara retrocedía en la calle.

—¡Me lleva la que me trajo! —dijo el beduino—. Ese viejo cree que yo vivo de vago.

—Allí te lo dejo —dijo el padre Misael Lorenzano, y se marchó, riéndose, a toda prisa, camino de la casa cural. Pero todavía se detuvo, y llamó a tu tío Eulalio el clarinetista para devolverle el encendedor que, tras regalarle, le había quitado.

—¿Es cierto que el padre Misael Lorenzano tiene una debilidad? —le preguntó tu tío Eulalio el clarinetista al beduino, al volver a la tienda.

—¿Por qué? —le preguntó, a su vez, cauteloso e inquieto, el beduino.

—Porque hace concursos de miembros viriles, y él mismo toma las medidas —dijo tu tío Eulalio el clarinetista.

—¿Qué es eso de miembros viriles? —lo regañó el beduino, con voz trémula, acobardado por el giro de la conversación, pero deseoso de saber cómo era aquello del concurso. A lo mejor ahora sí iba a conocer aquel secreto de ver, medir y no tocar.

—Mejor otro día te cuento —le dijo tu tío Eulalio el clarinetista.

—Ni mierda que otro día —lo retuvo el beduino.

Varias noches seguidas, después de acabado el cine, todo oscuro el atrio de la iglesia y oscuro el parque, se intrigaba tu tío Eulalio el clarinetista al ver que muchos varones, hombres ya maduros, hechos y derechos, entraban a la casa cural sin golpear ni nada, el portón del jardín sin ninguna tranca, sólo de empujar; y desde adentro, recibiéndolos la luz de un foco de mano que se movía. Y una de esas noches, se decidió a seguir, jardín adentro, a esas sombras que entraban clandestinas para averiguar en qué maniobras o tratos secretos podían andar.

—Decime: por casualidad, una de esas sombras, ¿no era la de Edelmiro? —le preguntó el beduino.

—Era —le contestó tu tío Eulalio el clarinetista.

—¡Hasta dónde ha llegado Edelmiro! —se lamentó el beduino—. Está bien. Seguí.

En el cuarto del fondo del jardín, donde se guardaban alas de ángeles, peañas, y santos tuncos y descabezados, destronados de los altares sin remedio de reparación, y donde, últimamente, el santero Pío Galán le había cambiado el color al Santo Cristo de Trinidad, terminaba esa noche el concurso de miembros viriles; y tu tío Eulalio el clarinetista pudo presenciar, escondido tras un rebaño de nubes de cartón, la prueba final, que le tocaba a Eleuterio Malapalabra el músico de la tuba y el trombón de vara.

Según estaban allí leyendo una lista, ya habían sido debidamente medidos por mano del padre Misael Lorenzano, durante las noches anteriores de concurso, Tobías el Encuerado el zapatero del calzado elegante; Inocencio Nada el albino repartidor de periódicos; Ireneo de la Oscurana el excavador de pozos, botijas y tumbas; Lucas Velero el amanuense del juzgado y músico trompa de hule que tocaba la bombarda y la viola; Juan Cubero el sastre heredero de la heroína Rafaela Herrera; Camilo el campanero volador; Josías el carpintero que hacía de Judas Iscariote en la Judea; Juan Castil el ladrón ratero sin redención, despojado del papel de Jesús; y hasta Perfecto Guerrero el Emperador Maximiliano se había prestado con gusto y orgullo a exponer su dotación, que de ninguna manera llegó a desmerecer según estaba anotado en la lista, pues al lado de cada nombre figuraba la respectiva medida.

—Y Edelmiro, ¿también fue medido? —preguntó el beduino, molesto consigo mismo por aquella pregunta.

Había sido medido, estaba en la lista, pero cuánto dio su medida, no se acordaba tu tío Eulalio el clarinetista. Y pensó entonces el beduino, contra su gusto: vergüenza debería darle si ha quedado en la cola de esa lista.

Eleuterio Malapalabra fue instado por todos los circunstantes, entre aplausos y silbidos, a extraer y exponer lo suyo, en toda su extensión, sobre un banco de carpintería, para que el padre Misael Lorenzano tomara la medida; una medición, si se quiere, innecesaria, y un concurso inútil, por demás, porque todos los otros participantes de las noches anteriores, y el padre Misael Lorenzano mismo, sabían de sobra que quien comparecía no podría ser vencido ni ahora ni nunca.

Tardaba el músico en proceder con el mandato, debido a lo apocado que ya sabemos era, fiera sólo en crucigramas, unidad inglesa de medida que equivale a la duodécima parte del pie: pulgada. Pero, al fin, fue decidiéndose a soltar los botones de la portañuela y aquello, frío, arrugado y sin vida como el pescuezo de un gallo vencido en pelea, salió de su escondrijo para caer, con golpe desganado, sobre la tabla, entre exclamaciones de desprecio y desdén que se fingían incrédulas, no llega ni a la pulgada, fuste, redondel, copa y sombrero tomados en cuenta, un gorrión tiene más cuerpo y menos dobleces un acordeón, quítenla por favor de allí que vergüenza da.

Metro de medir en mano, el padre Misael Lorenzano fue acercando los ojos ávidos a la criatura que tan alicaída y enervada parecía, como víctima de un desmayo mortal, y que entre los pliegues de su manto recogido dejaba entrever las letras de una inscripción.

—¡Calma jolea! —exclamó el padre Misael Lorenzano, que se gozaba de antemano de la sorpresa consabida, llamando al orden a los circunstantes—. A ver: ¿qué son esas letras que se advierten escondidas, allí, entre tanto desperdicio de pellejo?

—Dice «Renopla»—se oyó, viniendo desde el fondo de su vergüenza, la voz de Eleuterio Malapalabra.

—Efectivamente, «Renopla», eso es lo que se lee aquí —susurró el padre Misael Lorenzano, su nariz ya casi rozando a la criatura que aún plácidamente dormía, pero que con aquel aliento y casi roce, dio muestras de inquietud, como sacudida en su sueño.

Ante la intriga fingida del padre Misael Lorenzano, el gozo de los que se amotinaban alrededor suyo fue mayor.

—Es un nombre raro, ¿quién te lo puso allí, y qué quiere decir? —preguntó el padre Misael Lorenzano, más hablándole a la criatura que a su dueño.

Pero ni despierto hubiera podido responder el infante dormido, que aunque tenía boca, no era boca de decir palabras, sino de escupir; y su dueño, más huraño y afligido que nunca, callaba. Los demás, juntas las cabezas, contenían el aliento, porque sabían lo que pronto iba a suceder. Entonces, Inocencio Nada el albino, que al tocarle su turno de concursar había puesto sobre el banco lo que pareció ser nada más que una barra de tiza, exigió que, de una vez por todas, se procediera a la prueba de la pluma, pues la criatura no daba señales de querer recordarse.

Dijo entonces el padre Misael Lorenzano: bueno. Y de la bolsa de la sotana sacó una pluma de gallina, y con la pluma empezó a repasar a la durmiente, y la durmiente, a desperezarse, a moverse, y a despertar al fin, con tal ímpetu, violencia y vigor que, asustado, pero dichoso de su susto, hubo el juez de dar un salto atrás, pues se estiraba aquello reptando sobre la mesa, veloz como si fuera en persecución de alguna presa, un portento de culebra, mazacuata, toboba, tamagás, quebrantahuesos, desnucasapos, que ya se erguía, desafiante y altanera, dura ahora como brazo de santo, gruesa como piedra de moler, tilinte como un riel. Y la antes humilde y contraída inscripción «Renopla» quedaba desplegada en toda su largueza y magnitud:

RECUERDO DE UNA NOCHE DE AMOR
EN CONSTANTINOPLA

—Buena está la animalona para echársela a la comadreja peluda, desdentada y enjabonada de la hechicera, que huye y no quiere dejarse cazar, y sin bastimento se la coma así de una vez y para siempre, amén —suspiró Ireneo de la Oscurana el excavador de pozos, botijas y tumbas.

—Nada de amén, que eso es desacato y burla a la religión —lo reprendió el padre Misael Lorenzano.

—Y si volvés a hacer mención de eso, yo sí que te voy a dejar en la oscurana de un solo vergazo —le dijo, a su vez, tu tío Edelmiro el cellista.

Fue con íntimo respeto y sobrecogimiento que, acto seguido, el padre Misael Lorenzano, en su calidad de juez, desplegando el metro de carpintería, se dio a medir a la orgullosa, guardando la distancia para no provocarla en nada a desafueros, aunque triste de no poderla acariciar, porque ya se sabe que veía y medía, pero no tocaba, pues en lo uno estaba su debilidad, y en lo otro su fortaleza; y seguro, muy de sobra, como desde el comienzo estuvieron todos los demás, de que ya ninguna otra rival le quitaba a la orgullosa la diadema ni el trono de su gloria.

—Necesito que me vendás tres candelas —oyó decir el beduino, y sintió que lo jalaban por el borde de la túnica—. ¿A cómo están las candelas?

Se volvió, asustado, y descubrió a don Avelino Guerrero con su lámpara tubular en la mano, vestido en camisón.

—Ya parece ánima del purgatorio, usted —le dijo el beduino, saliendo de su susto—. Y no hay candelas. Confórmese de una vez.

—Le voy a escribir una carta al arzobispo acusando al padre Misael Lorenzano de corromper a este niño —dijo don Avelino Guerrero.

—¿A cuenta de qué? —se quiso hacer el desentendido el beduino.

—A cuenta de todas esas indecencias que desde hace ratos estoy oyendo —respondió el otro.

—¿Desde hace ratos? —se sorprendió el beduino.

—Desde que Eleuterio Malapalabra sacó su paloma dormida para ponerla sobre la mesa, estoy aquí —le advirtió don Avelino Guerrero.

Usted no me venga a hablar de indecencias, que jugó a doña Tadea a la taba, iba a decirle el beduino, pero prefirió contenerse. Y era cierto, algo se mencionó de eso antes. Don Avelino Guerrero no sólo había dilapidado en el juego toda la herencia de su esposa Tadea Toribio, sino que, ya sin nada que apostar, la jugó a ella misma, y la perdió.

Para los tiempos en que se la había encontrado, esa Tadea Toribio, una mulata clara hija del viudo Jonatán Toribio, comerciante de cacao llegado a la población vecina de Masaya desde la isla de Curazao, era un primor de criatura, y un primor aún mejor su nalgatorio. Tenía, además, todo lo que quería, pianola que tocaba sola, cortinajes de encaje sueltos al viento de la calle en las puertas de su sala, un enjambre de mecedoras austríacas en esa sala, media docena de roperos de cedro real rebosantes de vestidos de organza y seda, y cama de baldoquín bajo cuatro pilares, sus gasas esponjadas por la brisa nocturna como las velas de un barco. Y, de haberlo así pedido, pero no lo pidió, un bacín de oro macizo para sentarse a orinar debidamente en el recato de su aposento; que orinaba ella en cualquier parte, y semejante ligereza tiene que ver con esta historia.

Cómo llegó a casarse ella, tan rica y hermosa, con aquel Avelino Guerrero, barbero de oficio y notable nada más por su nariz, sólo se explica porque de tanta mimazón era malcriada, y, para colmo, puerca, enemiga de las bragas que nunca llevaba puestas porque, siendo tan ancha y dotada de ancas, las bragas le estorbaban; y por andar así, siempre cañambuca, y porque era ése su gusto, tenía, además, la reiterada costumbre de sentarse a orinar en el jardín, las enaguas recogidas arriba de la cintura, a la vista de los criados varones que se dedicaban a perseguirla por donde caminara para espiarla y admirar a descubierto su portento en la pose mejor, que era la pose de cuclillas.

Orinaba de semejante manera un mediodía cuando el viudo Jonatán Toribio, de vuelta por acaso en la casa, en busca de unos zurrones de embalar cacao que le hacían falta, descubrió el espectáculo y, muy airado y ofendido, quiso castigarla chillo en mano. Se salió ella corriendo a la calle y desde la calle se dio a gritarle, muy iracunda, que si la perseguía hasta allí, se agarraría del primero que pasara. Y quien pasaba, porque así se comporta la suerte, era el barbero Avelino Guerrero, en uniforme de raso de milicia, que eran los tiempos de la guerra para destituir al general José Santos Zelaya, y, si se recuerda, andaba él enlistado como barbero de campaña del Cadejo.

Compraba ese día baqueta en una talabartería de Masaya para reponer su badana de afilar navajas, ya muy desgastada, pues estaba la tropa conservadora cerca de allí, en los llanos de Tisma, lista para avanzar sobre las líneas liberales. Sépase que no entraba el Cadejo en combate si antes no le afeitaban la barba y le ponían gomina en el bigote; y debían afeitarlo sin herirlo, porque si había sangre, no iba a la batalla.

El comerciante Jonatán Toribio vio la facha del soldado, el único en la calle, vio su nariz, lo único de ver en él, y se llevó un gran susto porque conocía la terquedad de la hija. Y vino y le advirtió: si agarrás de alguna parte a ese don nadie, aunque sea un poquito, no volvés a entrar a esta casa nunca más. Y ella, todo fue oír la advertencia y tal como había ofrecido le metió mano en sus partes nobles al barbero, que era lo que el comerciante de cacao Jonatán Toribio más temía, que fuera a agarrarlo por allí.

Sufragó el viudo Jonatán Toribio una boda muy rumbosa, de la que fue padrino el Cadejo, pues no iba a quedar mancillada su hija después de aquel atrevimiento de agarrar lo que no era suyo; y ya que la casaba, la casaba sin fijarse en gastos. Y la noche misma de la fiesta de la boda, tuvieron el suegro comerciante de cacao y su yerno el barbero de campaña, una conversación del siguiente tenor: voy a demostrar que no me caso con su hija por interés en sus reales, sino porque me la entregó mi suerte como esposa, dijo el yerno. ¿Y cómo lo vas a demostrar?, preguntó el suegro que, sorprendido, se halagaba ante aquella inesperada promesa de bien. Jugando en apuestas todos los bienes y riquezas que usted tiene lo voy a demostrar, dijo el yerno. Y entonces, el suegro, muy burlado, se encabritó: si yo le diera a oler algo de lo que tengo a esa nariz tuya, pero sabelo ya que oliéndote nada más el dedo te vas a quedar. Si usted fuera eterno, contestó el yerno; pero creo y supongo que algún día se va a morir.

Y así como prometió, hizo. Pidió licencia al Cadejo, que se la dio muy a su pesar, pues buen barbero era aquel Avelino Guerrero, capaz de no perder el pulso con la navaja aunque sonaran cerca los tiros de la batalla. Y como no hubo vez que lo hiriera al afeitarlo, jamás dejó el Cadejo de presentarse puntual en una trinchera, o en varias a la vez, que ya sabemos tenía el don de la ubicuidad.

Abrió de nuevo su barbería en su viejo caserón de corredor a la calle, frente al parque, y allí se instaló con su esposa Tadea Toribio, la mulata clara de nalgas frondosas, que llegó a Masatepe con todos sus baúles de ropa y demás enseres cargados en un tren de mulas que le había facilitado el comerciante Jonatán Toribio, diciéndole: te llevás todo lo tuyo que puedan cargar las mulas, aun la cama de baldoquín desarmada, y nada más. Y pronunció aquel nada más acordándose, con cólera, de las promesas de su yerno, que para él no eran sino amenazas de dejarlo en la calle. Una cólera que ya no le daría reposo.

De esta suerte, no tardó en morir ahogado por la bilis. Entonces, el barbero Avelino Guerrero abandonó la barbería para dedicarse en cuerpo y alma, como había ofrecido, a jugar en apuestas todos aquellos bienes y riquezas.

Se le iba una noche una finca, una casa, una partida de reses, una carga de cacao, otra recuperaba lo perdido y aun aumentaba su caudal; y así se pasó por años, apostando fuerte en todos los pueblos de alrededor. Pero luego, llegó a adquirir la costumbre de jugar nada más en un garito de Jinotepe, instalado en la trastienda de unos comerciantes chinos llegados de la Cochinchina, dos hermanos llamados Aníbal Wong y Leónidas Wong, tahúres de marca mayor, con fama de tramposos, que se decía eran gemelos aunque eso, siendo chinos y siendo hermanos, daba igual; y allí, porque le nublaran ellos la mente con opio, por la maldad de su suerte, o lo que fuera, empezó sólo a perder y más perder.

Una noche, ya cuando nada le quedaba de la herencia del comerciante Jonatán Toribio, les dijo: espérenme. Y cogió su caballo y se fue al galope a Masatepe, para regresar antes del amanecer, siempre al galope, los chinos de la Cochinchina aguardándolo, sentados en sus mismos lugares, fumando, porque ya se sabe que en eso de fumar y tener paciencia, los chinos se quedan sin comparación. Entró, y puso la fotografía de su mujer Tadea Toribio sobre el tapete. Pero su fotografía de joven, cuando se había casado con ella, cuando era briosa de ancas, cuando se sentaba a orinar en cuclillas en el jardín y los criados varones se quedaban embelesados viendo brotar el chorro de oro de entre el promontorio de alabastro de sus nalgas. Y dijo: juego a mi señora esposa, es todo lo que tengo. ¿Está tal cual, como en el retrato?, preguntó Aníbal Wong. Tal cual, respondió él. Aunque no era así, por supuesto, ya Tadea Toribio la mulata clara era doña Tadea, ¿qué tendría?, ¿tal vez cincuenta?, peinaba canas, aunque fuera siempre vistosa la frondosidad de su trasero. ¿Y si te la ganamos, se viene a vivir para acá, con nosotros?, preguntó Leónidas Wong. Se viene, respondió él. ¿Y podremos disponer de ella, como mujer?, preguntó Aníbal Wong. Podrán, respondió otra vez él. Juega, entonces, dijeron los chinos.

Tiró él el hueso de la taba, y echó culo. Y el muy cobarde, sin atrever a presentarse delante de la esposa para notificarla de que la había jugado a la taba y la había perdido, lo cual quería decir que pasaba ella a propiedad de los chinos, prefirió enviarle desde Jinotepe un telegrama de sólo tres palabras con el aviso de su mala suerte: «juguete perdite perdoname». Ruin telegrama, diría don Vicente Noguera el telegrafista, que fue a ponerlo, en persona, en manos de su destinataria, pues no debería haber, según él, tacañería al transmitir noticias de tamaño semejante.

Los chinos se presentaron al siguiente día en Masatepe a reclamar la apuesta, a la vista de todo el pueblo que esperaba congregado en el atrio de la iglesia y en el parque, porque ya era público el suceso. Pero no fue don Vicente Noguera el telegrafista quien regó aquella noticia, que nunca se supo que se atreviera a proclamar nada de lo que llegaba en clave a sus oídos por los alambres, o salía hacia los alambres desde la llave martillada por su dedo. Había sido ella misma, la jugada y perdida Tadea Toribio, la causante del alboroto.

Tenía ya ciertos avisos de los declives de la suerte del marido en la trastienda de los chinos. Y ese amanecer, cuando oyó el galope apresurado del caballo que llegaba y se iba, fue a asomarse a la sala, quinqué en mano, presintiendo que en la retratera ya no estaba su retrato de joven; y al alumbrar la retratera y descubrirla vacía, abrió las puertas en pampas, se salió al corredor de la calle y dio un grito que quién no escuchó desde sus camas, o en las cocinas, en el silencio de la madrugada: ¡allá va ese hijueputa a jugarme a la taba con los chinos! Por aquel grito, pues, empezó a saberse todo.

Y que don Avelino Guerrero había echado culo a la taba al jugar a su mujer se comprobó en el pueblo porque, después de recibido el telegrama, se la vio dedicada a barrer y ordenar con toda diligencia la casa para dejarla en orden. Luego, ya grueso el gentío, se sentó en el corredor, muy tranquila, encima de un cofre que había rellenado a prisa con su ropa, sus recuerdos y sus enseres de mano, en espera de los tahúres chinos, mientras se fumaba un puro chilcagre de los que le vendía tu abuela Petrona. Y ya sentada allí, fumando, todavía se la oyó encomendar a sus vecinos que le dieran algún bocado a su cuñado Perfecto Guerrero el Emperador Maximiliano, si es que llegaba la hora de la cena y no volvía su marido, que ese mismo día, aunque fuera ya tarde, dijo, tenía que volver a la casa.

A lo mejor no vuelve porque jugó también la casa, le advirtieron entonces desde la calle. Qué la va a jugar, respondió ella, si esta casa era suya desde antes, herencia de su familia. Vean que su única enemistad a muerte fue con mi propia herencia. Y agregó: y conmigo.

Los chinos aparecieron en bicicleta. Todo discurrió en el corredor a la vista de la congregación popular que no les causó a ellos sorpresa porque pensaron, tal vez, que había feria patronal en Masatepe o quién sabe qué agasajo o disturbio.

Subieron las gradas, cargando las bicicletas, y preguntó Aníbal Wong si allí era la casa de Avelino Guerrero, y contestó ella: aquí es. Preguntó entonces Leónidas Wong: ¿está su esposa? Y contestó ella: yo soy. No puede ser, dijo Aníbal Wong. Y empezaron muy acaloradamente a discutir, ellos, retrato en mano, que no, ella que sí, yo en persona soy, y que estaba lista para irse en ancas de una de las bicicletas, ya que en bicicleta llegaban y no se podía cargar el cofre, por el cofre mandaría después; eso sí, dijo, vamos a aclarar primero con quién de ustedes debo dormir porque de ninguna manera voy a ser concubina de los dos, y será con el que no se orine en la cama ni coma ajo, que me repugna el olor a berrinche y el olor a ajo, que sé que los chinos se mean por pereza de levantarse en la noche y les gusta el ajo y a mí no, y si ésa es costumbre de ambos pues se jodieron porque les podré barrer, lavar, planchar y cocinar pero ninguno me va a tener de mujer.

Una vieja así no nos vamos a llevar, que una joven mulata clara, de trasero muy grande, muy hermosa y llena de esplendor fue la que ganamos, dijo Aníbal Wong, mirando al retrato. Y dijo ella: pues no hay otra que llevarse sino a mí, ya me pueden ver el trasero y comparar, que yo soy esa misma, la mujer jugada por su marido y ganada por ustedes, y si con chinos he de pasar el resto de mi vida, comiendo ratones tiernos, así sea.

Y aún fue de mucho discutir, ella empecinada que se iba con ellos en bicicleta, y los chinos que no, sin dejar de admirar la foto que se cambiaban de manos; y ya se marchaban, bajaban las gradas cargando al hombro sus bicicletas, y ella todavía les reclamaba, les suplicaba: llévenme, yo soy la apuesta que ustedes ganaron, dejo mi casa y a vivir con chinos se ha dicho, con los dos si quieren, está bien, me arrebiato, y si comen ajo y se orinan en la cama, no importa, luego van a ver que ya desnuda sigo siendo igual de lozana que en esa foto. A como era el mediodía que había salido en carrera huyendo del chilillo de Jonatán Toribio para agarrar por sus partes nobles al primero que pasara por la calle.

El beduino oyó acercarse los pasos de tu abuela Luisa, que no tardaría en aparecer bajo el retrato de Winston Churchill.

—Cállese ya, tome —le dijo el beduino a don Avelino Guerrero, sacando de una gaveta del mostrador media docena de candelas—. Se las regalo, pero váyase ya para su casa a alumbrar su santo.

—Con esto no me vas a comprar la boca —le dijo el otro. Pero recogió las candelas del mostrador, y, al tiempo que aparecía tu abuela Luisa bajo el retrato de Winston Churchill, levantó del piso su lámpara tubular, dio las buenas noches, y se perdió en la oscurana.

SERMÓN DEL PADRE MISAEL LORENZANO
ACERCA DEL MATCH DE BOXEO ENTRE
QUEVEDO Y JESUCRISTO

Pues hubo de suceder, mis muy amados feligreses, que una noche en que llovía casi en silencio, porque hay lluvias suaves que golpean como pasos de niño las tejas del techo, se escuchó un rumor en los cielos y se vio una luz que giraba y más giraba descendiendo, y era aquél un avión en busca de aterrizaje tal como lo advirtió desde el campanario Camilo el campanero volador; y si no, que me desmienta él, que está oyéndome subido en la baranda del coro, pues como le ha dado ahora por volar, va y se sienta allí acuclillado, la cabeza hundida contra el pecho, como si fuera un pájaro pensativo.

Aterrizó el avión en el campo de beisbol y fui yo a averiguar qué avión sería aquél y quién su piloto, no pareciendo natural, ya pueden ustedes irlo viendo y aceptando, que aterrizara un avión en este pueblo a altas horas de la noche; y era ése un avión de alas de lona derrotadas por los vientos, su armazón de madera muy desvencijada, y claro, quién otro vendría adentro de piloto que ese lépero indómito de Quevedo que, muy ufano y burlón, como toda la vida, se bajaba quitándose su gorra y sus anteojos de aviador para advertirme que esa misma noche debía yo abrirle la iglesia porque tenía pactado un match de boxeo a quince *rounds*, entre él y Nuestro Señor Jesucristo; pelea a celebrarse en el propio altar mayor y en la que se proponía derrotar a golpes a nuestro divino maestro, de una vez por todas.

Grande fue mi sorpresa al oírle su blasfemia, que es Quevedo maestro de blasfemias, y que les diga Camilo el campanero volador, que estaba allí conmigo, si no es cierto que le escupí yo la cara en rechazo a sus palabras sacrílegas, pero él sólo se rio de mí con su risa malévola y siniestra y me dijo: vámonos de una vez a la iglesia que está allí esperándome mi *second*, y acepte usted señor cura, como es natural a su condición, actuar en calidad de *second* de mi contrincante Jesucristo.

¿Y saben quién era el *second* del perverso Quevedo, según lo identificó él en sus propias palabras melifluas y malignas? Pues no otro que aquel que está en el coro sentado en el sitio de la orquesta, viola en mano, como quien no quiebra un plato, Lucas Velero el amanuense músico trompa de hule que sopla la bombarda pero que mejor se dedicara a soplar las llamas del averno que es el sitio mismo de donde llegaba Quevedo esa noche en su avión destartalado, que ningún olor a gasolina se sentía en los alrededores, como es natural en la cercanía de los aviones, sino un olor a puro azufre quemado. ¿Y no encuentran ustedes muy lógico, al oír esto, que sea Lucas Velero quien interprete en la Judea el papel de Satanás? ¡Algún parentesco tendrán!

Nos pusimos camino de la iglesia en la oscurana, pues si iba Quevedo a desafiar a Jesucristo con los guantes, no sería yo quien lo dejara en desamparo; y al llegar allá, Lucas Velero, en cargo de su miserable papel de *second*, esperaba ya a su compinche en una esquina del altar mayor, el balde en la mano y la toalla al hombro; y apenas se vieron y reconocieron, se entregaron entre ellos dos a un jolgorio de saludos jayanes, chistes obscenos y risotadas vulgares, como es costumbre entre malandrines, apartándose luego a planear en secreto sus tácticas criminales, mientras tanto se desnudaba Quevedo de su capa, jubón y calzas para quedarse en calzoneta impúdica de boxeador. Y aquel otro que les he dicho,

Lucas Velero, que se avergüence ahora, le amarraba los guantes.

Me fui a la esquina de Jesucristo, a quien encontré triste y abatido por los pecados del mundo, y desnudo, no por impudicia, como Quevedo su enemigo que se dedicaba ahora a ejercitarse haciendo fintas en el aire, sino en la desnudez en que fue crucificado, ensangrentado de pies a la cabeza, los huecos de los clavos en pies y manos, la lanzada en el costado y coronado de espinas, y les digo que no habría Juan Castil capaz de representarlo en aquella estampa lacerada que llamaba más que nunca a la conmiseración. Si al fin aceptó calzarse los guantes, porque ni sabía que se necesitaba guantes para una pelea de boxeo, fue debido a mis muchas súplicas. Y luego, entre *round* y *round*, sépanlo, no habría de aceptar agua para su sed, sino vinagre y hiel.

Réferi de la pelea pidió aún Quevedo, y lo respaldó en eso su *second* Lucas Velero, y no aceptaron a Camilo el campanero volador, sino a uno que ya tenían preparado porque salió de pronto de entre las sombras, y no era otro que el turco de la Sirenaica, Abdel Mahmud, el profano mahometano del baratillo ambulante, creyente perdido de Alá porque ya lo han visto ustedes dejar de lado sus valijas y arrodillarse a media calle para rezar sus preces mirando hacia donde cree él que se encuentra La Meca, igual de embustero que don Teófilo Mercado cuando reza sus aleluyas al Jehová de Lutero y Jacobo, que son esos rezos, unos y otros, todos falsos por igual.

¿Han visto ustedes entrar alguna vez a este templo al turco de la Sirenaica Abdel Mahmud, si no es en busca de sus cabros extraviados, que se meten a dejar aquí, entre las bancas, el reguero de sus excrementos? Pues cuando no anda él vendiendo telas en baratillo de puerta en puerta, se dedica a engordar su rebaño de cabros por todo el pueblo, dejándolos que se alimenten, a la ventura, de las hojas de las matas de los cercos y del zacate que crece silvestre en las calles, por no gastar en darles ningún forraje.

No iba a ser, ya lo ven, el turco de la Sirenaica, Abdel Mahmud, un réferi imparcial de esa pelea, y no lo fue, sino un cómplice artero de Quevedo, amarrado de antemano en sus artimañas con Lucas Velero, porque apenas Camilo el campanero volador hizo sonar la campanilla de la elevación de la eucaristía, señal de que se abría el primer *round*, empezó el turco impío a favorecer descaradamente a Quevedo, que se dedicó, golpe bajo tras golpe bajo, a tratar de derribar lo más pronto posible a Jesucristo, quien no acertaba a defenderse, ni tenía voluntad de defenderse, pese a los consejos que a grito partido yo le daba desde la esquina; pero el Divino Pastor, apenas recibía un jab en una mejilla, lo único que hacía era poner la otra, colmado de mansedumbre.

Así nos fuimos a lo largo de la pelea, Nuestro Señor Jesucristo cada vez más magullado y sangrante de como ya se encontraba al inicio, soportando una lluvia constante de *uppercuts*, jabs y directas en su divino rostro, y sobre todo, la sarta de golpes prohibidos con que Quevedo lo castigaba, que si se mantenía en pie el pobre Cordero que quita los pecados del mundo sepan que era de puro milagro; y Lucas Velero, en su esquina, adelantándose a cada rato a proclamar a Quevedo seguro triunfador por *knock out* y jactándose en altas voces que ya tenía la fiesta de celebración preparada en su casa de la calle Ronda, con música profana, contadera de chistes sacrílegos, alarde de licores y profusión de mujeres fáciles, fiesta que duraría hasta el amanecer cuando Quevedo se volvería a subir a su avión y partiría de Masatepe, de regreso a donde ya sabemos.

Y decías también, ¿o no era así que lo decías, Lucas Velero?, que estaban invitados a esa fiesta, además del propio réferi, que hasta un cabro tenía cocinado ya para el jolgorio, otros que yo me sé y que están aquí presentes, y que si los nombrara, llorarían ante su propia iniquidad, un excavador de pozos y botijas, un albino repartidor de periódicos, un zapatero de calzado fino, un músico del cello amigo de intimidades con hechiceras, y otro músico de la tuba y el trombón que es a quien menos me atrevería a mencionar, por la misma vergüenza que recuerda su mal nombre, y que se hace el que anda a la fuerza en esas juntas pero yo sé que participa en ellas de todo su gusto y según su antojo.

Sonó otra vez la campanilla al abrirse el quinto *round*, se desprendió Quevedo de su esquina, alentado por su *second* Lucas Velero, y ya creían ellos, viendo tan extenuado y herido a Jesucristo, que había llegado la hora del fin del combate, siendo sólo asunto de tenderlo en la lona de un golpe aplicado a fondo en el mentón. Pero no le anda nadie cantando victorias de antemano a Nuestro Señor, que para eso es él dueño del trono y cetro de sus potestades.

Alzó el puño enguantado Nuestro Amo, sin mostrar ánimo de violencia ni enseñar ningún propósito de daño, fue el guante a rozar, apenas, la barbilla de Quevedo, y bastó aquel leve gesto para que cayera el otro fulminado, primero de rodillas, como si le suplicara misericordias a su divino contrincante, que así quise verlo yo siempre al réprobo ese, personaje de inmoralidades, postrado de rodillas, y se me cumplió; humilló luego la frente contra el suelo, quedó allí desmadejado, dio luego una vuelta de costado, y abrió por fin los brazos, inerte, de cara al techo, con lo que, muy a su pesar, el turco Abdel Mahmud tuvo que contar hasta diez, y aunque lo incitara Lucas Velero a retrasarse lo más posible en la cuenta, no hubo caso, y Quevedo ya no despertó, pues fue en verdad soberano el pijazo, en apariencia suave, que Jesucristo, con su fuerza beatífica, le había dado.

Fiesta ya no hubo esa noche con música profana, contadera de chistes sacrílegos, profusión de licores y presencia de mujeres del vicio en la casa de Lucas Velero, como lo tenía él planeado, sino en los cielos, donde se celebró aquella victoria con música, pero música de arpas pulsadas por los ángeles y canciones cantadas por el coro de los serafines; y cuando volvió en sí Quevedo, muy hosco y altanero se vistió él mismo sin dejarse ayudar de Lucas Velero a quien cubrió con su disgusto, como si fuera este último culpable de su aparatosa derrota por *knock out*. Y solo, mareado aún por el sopapo, fue a montarse en su avión, encendió el motor y retomó su vuelo, hasta que se perdió el avión en la distancia, más allá del volcán, ya cuando clareaba.

Ahora, Lucas Velero, está bien que llorés avergonzado y arrepentido, como desde aquí del púlpito te estoy viendo, y como estoy viendo llorar también a tus invitados a esa fiesta que ya no pudieron celebrar, gamonales todos del pecado, a quienes por piedad no había nombrado, pero que se están denunciando ellos mismos con su llanto. Y le ordeno a Camilo el campanero volador que se venga volando y saque el copón de las hostias del tabernáculo para tenerlas listas, que a vos, y a todos tus cómplices, quiero darles, hoy, de primero, la santa comunión.

Y ya quisiera dársela también al turco de la Sirenaica Abdel Mahmud; pero ése, cuándo va a entrar aquí si no es como réferi contrario a Jesucristo, o en busca de sus cabros extraviados, y que si no me equivoco, debe estar a estas horas esquilmando quién sabe a quién con los precios de las telas de su baratillo ambulante, aunque las dé al fiado, amén.

5

Al poco rato de haberse ido don Avelino Guerrero se desataba el aguacero pero después de las siete dio una tregua el cielo, escampó, y al fin pudo el beduino del desierto salir a cumplir su misión. Quedó tu abuela Luisa viendo la tienda, tal como entre ellos dos lo habían convenido, y fueron apareciendo algunos clientes de los que se dirigían temprano al cine y compraban antes cigarrillos al menudeo, o Sen-Sen para perfumar el aliento; y hubo uno que llegó en busca de una armónica, se puso varias en la boca, las sopló con ahínco, insistió luego que la quería de la marca Diamond, y como de ésas no había, no llevó ninguna.

Por causa de la lluvia comenzó con atraso el rosario, sin orquesta de cuerdas, pues se trataba de un rosario cualquiera y los músicos, además, ya se sabe, tenían pendiente el compromiso de un baile de disfraces; sin música de armonio, pues Auristela la Sirena no se había presentado en la iglesia, y tampoco era seguro para nadie si abriría esa noche su salón de chalupa, y aun de abrirlo, si no se vería muy pronto frustrado el juego debido a la calamidad de su llanto, ahora sí, sin posibilidad de consuelo; y, por eso mismo, en fin, un rosario sin ningún Cecilio Luna camandulero que se quedara rezagado atrasando a Camilo el campanero volador en cerrar las puertas. Que aquel Cecilio, lejos de rezar de rodillas ante los altares, debía hallarse, a estas horas, ocupado en los asuntos propios de su luna de miel. Pero no todo será calma allí adentro de la iglesia. Van a ocurrir asuntos de nota que, después, si hay tiempo de contarlos, se contarán.

Llegó, en eso, en busca de tu abuela Luisa la cocinera de su casa, muy remojada, con un recado escrito del puño y letra de tu abuelo Teófilo. El agua había desvanecido la escritura sobre los renglones del papel de oficio, y sólo con mucha dificultad leyó ella el recado, que decía así:

Mi muy apreciada y recordada Luisa:

Espero que te encuentres bien de salud al recibo de la presente, y sin más dilaciones paso a expresarte lo siguiente: al regresar de la estación ferroviaria esta tarde, olvidé hacer de tu conocimiento algo de suma importancia, y lo olvidé, también, por desgracia, cuando salí a despedirte a la puerta; y es que no vi apearse del tren de las 4 p.m. al doctor Santiago Mayor; y según indagué personalmente con el chequeador del vagón de primera, el susodicho galeno no abordó el tren en la ciudad de Masaya, hacia donde partió por la mañana a dar sepultura a su señora esposa Priscila Lira, fallecida de manera imprevista; de manera que sólo otro partero queda disponible en Masatepe, tu sobrino el doctor Macario Salamanca, quien es muy competente por haber completado sus estudios en México.

Deseo, por lo tanto, tener el consentimiento de nuestro yerno, Pedro, para ir en su busca al cinematógrafo, donde seguramente se encuentra presenciando la función junto con su esposa mexicana doña Minerva Negrete, pues esta noche, según he averiguado, la película que se proyecta es asimismo mexicana, *Mujeres y toros*, protagonizada por el galán Emilio Tuero y la sin par Marina Tamayo, muy del gusto de los dos las películas que llegan de ese país; todo con el fin de suplicarle el favor muy especial de atender a nuestra hija Luisa, para lo cual lo llevaría yo mismo allá, si es que accede él y accede Pedro, pues tengo en cuenta la enconosa enemistad existente y que no necesito recordarte en sus detalles, ya que tú conoces tales detalles muy bien.

Afectísimo,
Teófilo

P.D.: Debo referirte una cosa extraña, y es que aquel individuo agrio, Macabeo Regidor, pasó diciéndome por aquí que no habrá baile de disfraces a causa de no sé qué duelo; asunto del que te ruego prevenir a Pedro. Vale.

Alzó el rostro tu abuela Luisa al terminar de leer, muy preocupada, dejando a un lado el proceder de tu abuelo Teófilo que en lugar de llegar personalmente le escribía un recado tan largo y de tantas menciones ociosas, como si viviera ella en el extranjero y no en Masatepe; y qué se quedaba haciendo allá, si el cine donde se debía buscar al doctor Macario Salamanca se encontraba a la vuelta de la tienda.

Ya se había ido el beduino del desierto, y se necesitaba de aquel consentimiento. Como bien mencionaba tu abuelo Teófilo, estaba de por medio una enemistad mortal. Y mientras la cocinera esperaba la respuesta, temblorosa de frío, cavilaba ella en lo espinoso de la situación.

Sucedió que en 1936, tras el golpe de Estado con que el general Anastasio Somoza destronó a su tío el doctor Juan Bautista Sacasa de la presidencia, el doctor Macario Salamanca y tu tío Eulogio el violinista, que eran vecinos, correligionarios liberales, e íntimos amigos y compadres, cogieron cada uno su propio bando. El doctor Macario Salamanca del lado de Sacasa, asilado ya en la embajada de México, y tu tío Eulogio el violinista del lado de Somoza, dueño del palacio presidencial de la loma de Tiscapa.

Organizó cada uno, a los pocos días del golpe, su propia manifestación callejera, y fueron las manifestaciones, muy exaltadas y turbulentas, a desembocar al cruce de calle donde vivían ambos, esquina de por medio. Se desataron primero los manifestantes en insultos y procacidades, hasta que llovieron las piedras y los garrotazos y se armó una trifulca que empeoró cuando el teniente Sócrates Chocano, al mando de los tres únicos soldados de la Guardia Nacional acantonados en el pueblo, se presentó a reprimir a los sacasistas y a respaldar a los somocistas.

En el molote, el doctor Macario Salamanca logró arrebatarle su rifle de reglamento a un guardia, por lo que fue luego llevado a consejo de guerra, acusado de sedición; y resultó herido en la cabeza, de un culatazo equivocado, tu tío Eulogio el violinista, a quien el teniente Sócrates Chocano fue a pedir luego mil perdones al propio lecho donde se encontraba postrado y tan encolerizado que echaba chispas y no quería saber nada de excusas ni explicaciones.

Huyó el doctor Macario Salamanca por los solares tras lanzar el fusil en el hoyo de un excusado, pues una vez que se vio con el fusil en la mano, como no sabía de armas, no halló qué hacer con él. Entonces, huyeron también sus partidarios, y las puertas de su casa, que era a la vez su consultorio, fueron violentadas por la turba enemiga, alentada ya al saqueo. Pero salió en eso doña Minerva Negrete a desafiar a los asaltantes, envuelta en la bandera de México, y, al verla, corrió a interponerse el teniente Sócrates Chocano, dando un grito: ¡alto, respétese la bandera, que el general Somoza no quiere guerra con ningún país extranjero!

Se ahondó mucho la rencilla, pasada la trifulca, cuando tu tío Eulogio el violinista compareció ante el consejo de guerra que se instaló en Masatepe, formado por altos militares llegados de Managua, para declarar que había presenciado el instante en el que el reo despojaba al alistado de su arma, lo cual no era cierto porque a esas horas se hallaba ya bañado en sangre, tras el culatazo recibido.

El doctor Macario Salamanca se levantó entonces de su asiento. Se volvió hacia tu tío Eulogio el violinista, y como si se asomara a la ventanilla del vagón de un tren que ya se ponía en marcha, agitó su sombrero en alto, despidiéndose de aquella amistad. Y tu tío Eulogio el violinista, sin rebajarle la mirada, dijo muy lleno de sarcasmo, pero atravesado al mismo tiempo por una estocada de dolor que no pudo ocultar: adiós, pues, que te vaya bien.

Esperáme un momento, le dijo tu abuela Luisa a la cocinera, y, muy afligida, entró a consultarle a su hija al aposento. Y respondió Luisa la grávida, con mucho aplomo: que se busque al doctor Macario Salamanca, me hago responsable.

Mientras tanto, una figura de beduino del desierto iba por la calle oscura, deprisa, recogiéndose la túnica para saltar las corrientes que bajaban presurosas hacia la laguna. Encontraba en su camino a otros disfrazados que se dirigían ya a la fiesta alumbrándose el paso con lámparas de carburo, un robusto húsar de bigotes postizos que hundía sus botas charoladas en el fango mientras cargaba en sus brazos a una frágil mariposa de alas de celofán que se reía, entre temerosa y contenta; un san Francisco de Asís que conducía por la correa a un perro bravo, su lobo de Gubbio, sin reparar en el peligro que acarreaba su insistencia de llevar, otra vez, a la fiesta a ese perro, pues ya se había soltado el año pasado de la correa mordiendo a varias de las parejas que bailaban *El barrilito cervecero*.

Y una cuadra más allá, llegando ya a su destino, hubo de toparse con la Amada Laguna, que se bamboleaba, sentada en su palanquín, en hombros de los cuatro cargadores forzudos, un hada madrina envuelta en gasas vaporosas, diadema en la frente y varita mágica rematada por una estrella en su mano, la guitarra sobre las piernas, porque recordemos que en un *intermezzo* del baile nos va a cantar el aria inicial de Amina en *La Sonnambula*.

Pasó raudo el beduino frente a la casa de Filomela Rayo, bautizada por él mismo con el sobrenombre de la Sorococa, y la divisó, de lejos, dedicada a barrer el corredor interior. Acababa de levantarse para empezar sus oficios domésticos, porque llevaba ya años de haber cambiado la noche por el día, encendiendo las luces de su casa y la lumbre de su cocina cuando en las demás se apagaban, y acostándose siempre con el canto de los gallos.

Al filo del amanecer, ya sus oficios concluidos, escribía pliegos para el marido y cada uno de sus hijos, con instrucciones muy precisas sobre lo que debían hacer y tornar mientras ella dormía, aun, por ejemplo, la cantidad que debía pagársele por fajina diaria a Ireneo de la Oscurana el excavador de pozos, botijas y tumbas, que no le acababa nunca el pozo en su solar. Les ofrecía, además, en esos pliegos, consejos, máximas y pensamientos morales, les evocaba recuerdos lisonjeros, y les contaba historias graciosas y dimes y diretes como si platicara con ellos.

Y como se sentaba ella a tomar su sopa de hueso de res a las doce de la noche, por muchas cuadras a la redonda entraba a los aposentos el olor del culantro; muy intenso, porque así son los olores en el silencio nocturno; muy extraño, porque era aquel un olor de mediodía; y muy de risa, porque quién sino la Sorococa se entregaba a sudar a medianoche, el rostro encendido por el vapor de la sopera mientras comía.

Llegó por fin el beduino a la puerta que buscaba, golpeó, se abrió la puerta, y apareció su razonera la Amantina Flores fumando aunque en ese instante no fumara. Porque todo estaba acomodado en su cuerpo y en su ser para fumar. La forma de doblar el brazo, la posición de su mano, la abertura de los dedos, eran poses suyas para sostener el cigarrillo. La manera de desviar la cara, la manera de entrecerrar sus párpados de largas pestañas, eran sólo maneras de recibir el humo.

Y el cuarto que estaba detrás de la puerta, un solo cuarto toda su casa, era el cuarto de alguien que sólo vive para esperar, esperar el turno de poner una inyección, ser llamada al lado de un enfermo, que ya se sabe tiene por oficio inyectar y velar enfermos, altas horas de la noche, madrugada, no dormir sino aguardar acostada en la cama, el cigarrillo encendido entre sus dedos. El hijo del pecado, que andaría ya en los doce años, blanco y delgado como una lombriz, duerme al lado, en una tijera de lona arrimada contra la pared. Si despertara ahora, se vería que tiene sus mismos bucles dorados y sus mismos ojos celestes, como tiene sus mismas largas pestañas y su misma manera sorprendida de parpadear.

El hijo del pecado le dicen en Masatepe, muy a secas. Porque siendo ella aún una alumna de sexto grado en la escuela, apareció un día preñada, nadie supo nunca por quién, y pasó entonces el pecado mismo a ser el padre de su criatura. Y era tan niña entonces que aquel hijo del pecado parecía en sus brazos un muñeco de celuloide con el que se entregara a jugar, que de jugar con muñecos era su edad, y no de amamantar, desprovista aún de senos, al contrario de aquella Zelmira esposa del fakir que los tenía de tamaño escandaloso.

Y una niña muy agraciada era también, para el tiempo en que entró en tratos con el pecado. No había procesión o pastorela en que no figurara de ángel de cualquier clase o factura, ángel de la balanza, ángel de la guarda, ángel del divino trono, ángel de la bola de oro, ángel de la cólera divina, ángel custodio del santo sepulcro, ángel de la anunciación. Y ahora, pese a su pobreza, un ángel adulto por su estampa, pues aunque no tenga alas parece un ángel sacado del figurín de modas, o de un anuncio de desodorantes o dentrífico, el brazo en alto para mostrar el sobaco terso, los dientes de porcelana pelados en una sonrisa, neutralice el mal olor de las axilas, sonreír con aliento sano es cautivar.

Debido a su oficio, esta Amantina Flores iba por ciertas temporadas a inyectarle ampollas de Opovitan-Forte a Telémaco Regidor, receta del doctor Macario Salamanca, pues al prolongarse sus farras solía perder el juicio y el sosiego y se le oía aullar de miedo ante la visión de los diablos azules que invadían su mediagua metiéndose por las rendijas del techo, y ya dentro, le aturdían la cabeza con sus graznidos y chillidos. Mediagua oscura, que huele de lejos a aguardiente como un depósito fiscal, las paredes siempre esponjadas y húmedas, como embebidas en alcohol.

Esa mediagua de Telémaco Regidor, de la que no se van a ir así porque sí los diablos azules, y en la que luego van a suceder otras cosas sorprendentes, es una construcción de adobe de un solo cuarto, escondida entre guanacastes y cedros reales en el fondo del solar del caserón, desierto desde la muerte de su madre Águeda Catarina, la que fue esposa de Domitilo Regidor. Se ha apartado allí, pues además de bebedor de marca, es un hombre esquivo y huraño en todo, excepto en sonsacar esposas de fakires y bailar en duetos o cuadrillas en las veladas de beneficencia. A su madre, póngase el caso, no le pasaba palabra, no por motivo de malquerencia, sino por falta de necesidad.

¿Iba? Sí, iba, mandaba a decirle Telémaco Regidor al beduino. Según lo convenido, lo había visitado ella esa misma tarde en su mediagua, aunque no hubiera hoy inyección de Opovitan-Forte que ponerle en la cadera. Iba al baile de disfraces, no le fallaría. Y que no creyera esos cuentos que andaban dando vueltas por allí, cuentos de que él se había expresado mal de tu tía Leopoldina en la cantina de Las Gallinas Cluecas, si tiempos tenía de no andar en cantinas, quería dejar de beber, tenía puesta la voluntad en abandonar su maldito vicio para convertirse en un hombre recto y cabal.

¿Y cómo irá disfrazado?, pasó el beduino a la siguiente pregunta, sus esperanzas cada vez menos esquivas. Irá disfrazado de momia egipcia, como Boris Karloff, vendado de cuerpo entero, brazos, piernas, cabeza y cara, porque conviene que no lo reconozcan en un primer momento, pues si no, todo se puede echar a perder. Ella misma, muchacha servicial la Amantina Flores, iría a vendarlo, cerca de las ocho, que ya iban a ser, con las tiras de manta blanca que también ella misma había cortado.

Ya no quiso el beduino entretenerse, y pasó a la pregunta definitiva: ¿y sobre la señal? Se mostraba muy conforme Telémaco Regidor en lo que se refería a la señal, mandaba a decirle también. Si había arreglo, y nada hacía temer que no lo habría, pues el hechor se veía más que decidido a reparar su falta, aceptaba pedirle pieza a tu tía Leopoldina la prisionera, momento en que no importaría ya seguir ocultando su identidad. Si una momia bailaba con tu tía Leopoldina, esa momia no podía ser otro que Telémaco Regidor, y ese baile significaba que asumía sus culpas ante los ojos de toda la concurrencia disfrazada que se lanzaría, feliz, a bailar en tumulto alrededor de la pareja.

¿Y de qué iría vestida ella? Telémaco Regidor necesitaba saberlo para no equivocarse a la hora de sacarla a bailar: de Ana Bolena, vestida de negro riguroso, se apresura a informarle el beduino a su fiel confidente la Amantina Flores. El tajo sangrante del verdugo lo llevará pintado con anilina en el cuello, para simular una cabeza cortada por el hacha y vuelta a reponer sobre los hombros, ésa era la gracia del disfraz.

Muy bien, dice, sonriendo y fumando, la Amantina Flores, ahora decime: ¿y cuál es la pieza que van a bailar los dos? Se lo tengo que comunicar a Telémaco Regidor. Esa pieza es el foxtrot *Chicas en bicicleta ruedan por Central Park*, le confía el beduino, bajando mucho la voz aunque no hay nadie allí, excepto el hijo del pecado dormido en su tijera de lona. Y dice la Amantina Flores: qué lindo, lástima que yo no voy a estar allí, pero es como si ya lo estuviera viendo por un hoyito, que mientras la Orquesta Ramírez toca ese foxtrot, la momia baila con Ana Bolena preñada celebrando la dicha inmensa de que todo, al fin, ya se arregló. Y parece que llora la Amantina Flores, enternecida, pero tal vez es el humo del cigarrillo el que hace brotar las lágrimas de sus ojos.

Salió el beduino, alegre, se despidió de la Amantina Flores, alegre: sólo era pasar ahora recordándole al doctor Santiago Mayor que se estuviera listo con el valijín, y que en cuanto la Mercedes Alborada llegara a avisarle, corriera. Pero apenas estuvo en la acera oyó que en la oscuridad le hablaba una voz, y era la voz de la Aurora Cabestrán, quien había estado aguardándolo detrás de su ventana cerrada y ahora se abría de par en par la ventana y la veía, los brazos extendidos deteniendo las batientes, las ondas negras de su pelo reptando al derramarse hasta la acera, recortada en el cuadro de luz como una estampa de la sagrada pasión.

Atravesó el beduino a saltos la calle, subió a la acera, y le dijo ella: mirá, Pedro, que don Salomón Barquero, en complicidad con su hermano el general Macedonio Barquero, mandó a echar preso a Ulises tu amigo del alma por la razón de que ya tiene más de una semana de andar bebiendo, de la cantina lo sacaron los soldados y en la reja está ahora, incomunicado por órdenes de su padre, y ni a mí que soy su esposa me dejan entrar a verlo, ese atila bárbaro y desalmado, mandar a la cárcel a su propio hijo, y yo, por Dios santo, ¿qué hago, más que morirme aquí de pena? Andá vos al cuartel, te lo ruego, hablá con el teniente Sócrates Chocano y ve que podés remediar porque a mí ya me dijo que no, a vos tal vez te lo entrega, que me lo devuelva, decile, yo aquí te quedo esperando. ¿Verdad que vas a ir y me lo vas a traer?

Es cierto, como ha dicho entre su llanto la Aurora Cabestrán, que el beduino y Ulises Barquero, tendero también, sólo que de mercancías más finas, eran amigos del alma, una amistad que se cerraba, por un tercer lado, con Telémaco Regidor. Entonces, amigos del alma los tres, desde la adolescencia, cuando se bañaban desnudos en la laguna y flotaban boca arriba en las aguas tranquilas sin acordarse de qué hora es, ya nos cogió la tarde, amigos, después, de eternas partidas de carambola en mesas de billar, de formar comparsa en los bailes de disfraces de Saulo Regidor el teñidor de trapos, de sufrir o divertirse en complicidades amorosas, y de qué bonita esa camisa, quitátela vos para ponérmela yo, te regalo esta corbata, estrenala vos, me gustan esos tirantes, son tuyos, no faltaba más.

A aquellos dos los fue perdiendo el vicio del licor, y se fue así perdiendo, al mismo tiempo, la intimidad de tres, porque el beduino no era hombre de cantinas ni desvelos con una botella y otra botella hasta que amaneciera, y más, hasta que se volviera a poner el sol, ni tan atolondrado en sus bromas como para atreverse a casar apuestas temerarias como esa de llevársele o no, en su propia cara, la mujer a un fakir.

Aunque dígase que si se encontraban en alguna fiesta, sin excesos de licor de por medio, si llegaban a visitar al beduino a la tienda, la amistad de carcajadas y jugarretas podía, otra vez, revivir sin tropiezos. Y que en lo de quitarse uno la camisa para regalársela al otro no hubo nunca ninguna variación, dígase también.

Los diablos azules que se metían en pandilla por todas las rendijas del techo de la mediagua de Telémaco Regidor para atormentarlo con sus graznidos y chillidos, a Ulises Barquero llegaban a invitarlo a la bebida con trampas y mañas, hablándole en un cuchicheo secreto, entre risitas de seducción. Dejaba entonces a medio hacer lo que estuviera haciendo, si cortando una pieza de tela, a medio camino se detenía la tijera, si despachando un sombrero, en la cabeza del cliente que se lo estuviera probando se quedaba el sombrero, y se iba, sin avisarle a nadie que se iba. Hasta que aparecía, al tiempo, descalzo y mugriento, sosteniéndose los pantalones, cosa que ahora don Salomón Barquero no quería volver a ver más, y por eso, hoy, sabedor de la cantina donde recalaba, que no era otra que la cantina de Las Gallinas Cluecas, se había confabulado con su hermano el general Macedonio Barquero para mandarlo a capturar.

—¿La cantina de Las Gallinas Cluecas, dijiste? —pregunta el beduino, porque quiere saber si ha oído bien.

—De allí fue que me lo llegaron a sacar, me lo golpearon, me lo arrastraron, como si fuera un vil criminal —dice la Aurora Cabestrán, y desgrana de nuevo su llanto.

—¿Y no sabés si estaba Telémaco Regidor bebiendo también allí? —le pregunta ahora el beduino, ya un temblor en su voz.

Ella lo mira entre sus lágrimas, va a contestarle pero sólo

farfulla, confunde las palabras, corta una, entremete otra, y al fin puede decir, sin ninguna convicción: no, a ciencia cierta, yo no sé, pero según lo que yo creo que he oído, Telémaco Regidor no estaba allí. Lo cual, por supuesto, no es suficiente para el beduino, sospecha que a lo mejor la Aurora Cabestrán le está mintiendo. ¿Le miente? No, quizás no le miente, estará nerviosa la pobre, a saber. Lo único que realmente sabe es que no tiene tiempo de entretenerse en darle vueltas en su cabeza a ningún pensamiento divagador.

No tiene tiempo. Quiere irse de una vez. Tantas cosas pendientes, ¿y todavía echarse encima una más? No te preocupés, le dice, con una noche que duerma en la reja se le quitan las ganas de beber y mañana ya vas a ver que amanece bien. Pero a qué horas se le ocurrió, más llora la Aurora Cabestrán: ¿no regarás, Pedro, que si las visiones de los diablos azules lo agarran allí preso va a entrar en la desesperación? ¿No te das cuenta que si no me lo devuelven esta noche cualquier desgracia fatal le puede ocurrir?

Y suspira resignado el beduino. Está bien, voy a pasar por el comando a ver si el teniente Sócrates Chocano no se ha ido todavía al baile, y si ya se fue, en el baile le toco el asunto, yo te aviso cualquier novedad.

Todo lo dejo en tus manos, le dice la Aurora Cabestrán, las lágrimas brillando ahora tranquilas en sus hermosos ojos negros. Recoge en brazadas su pelo. Y tras jalar las batientes cierra la ventana con lo que vuelve a la oscuridad la calle porque no hay ya más cuadro de luz.

La siguiente estación del beduino es, ya se sabe, la casa del doctor Santiago Mayor el partero. Golpea, nadie viene a atender. Vuelve a golpear, ahora con urgencia. Al fin se abre la puerta, y a sus pies escucha una voz de muñeco de ventriloquia diciéndole que el doctor Santiago Mayor no está. ¿Cómo que no está? Pues como lo oye, ni está, ni estará, repite desde el suelo la voz, y es Maclovio el enano, el bufón escarlata de la princesa está triste. Se arrebuja Maclovio el enano en una col-

cha atigrada que arrastra como si fuera un manto real, legaño-
sos los ojos porque ya estaba acostado a esas horas en la cuna
de palo en que duerme al lado de la puerta de la calle para así
levantarse a atender al que golpee de noche esa puerta en busca del doctor Santiago Mayor.

Pero es que no puede ser que no esté, se queja el beduino.
¿Qué, acaso no regresó de Masaya?, ¿qué, acaso no llegó a
tiempo para enterrar a su mujer?, ¿qué, acaso le sucedió algún
percance que yo no sé? Y Maclovio el enano, solazándose,
muy divertido: que no esté, sí puede ser, porque ya ve que no
está; si le aseguró que volvía, ya no le va a cumplir; y entierro
no hubo porque su esposa Priscila Lira resucitó.

¿Resucitó? ¿Cómo que resucitó? Qué horas de ponerse a
jugar a las burlas aquel enano igualado que no tiene pelos en
la lengua ni en ninguna otra parte del cuerpo por lo que bien
puede pasar por niño, de lo que se aprovecha en sus artes de
vicioso, que las tiene. Entra al descuido en los aposentos y los
baños a ver si sorprende a alguna desnuda, ya sea mujer casada o manceba, para tentarla. Y alguno dirá que a qué mujer va
a tentar un enano patas cortas, nariz chata y quijada de burro,
pero la verdad, si se quiere saber, es otra.

Una vez, muy temprano del día, cabalgaba camino a su
finca Maguncia Saulo Regidor el teñidor de trapos, el mismo
que da la fiesta de disfraces esta noche, y al reparar en que
había olvidado el manojo de llaves que le servía para abrir
trojes y bodegas, volvió bridas hacia su casa. Y a entrar a su
aposento en busca del manojo de llaves iba, cuando se detuvo
en la puerta, sorprendido por una extraña visión.

Su mujer, la gordísima Adelina Mantilla, más gorda que la
muy gorda Amada Laguna, a la que había dejado poco antes
dormida y arropada, yacía ahora muy despierta en el lecho,
las sábanas y cobijas en desorden por el suelo. Y no sólo muy
despierta, también muy desnuda. Y no sólo muy despierta y
muy desnuda, también muy despernancada. Y presa de ansie-
dades de agonía, se iba en jadeos y suspiros mortales, para

después, a grito partido, implorar al cielo a saber qué misericordias. Y dígase que en el acento de sus clamores no había trazas de angustia, sino de extremada gratificación.

Y mientras iba acercándose a paso cauteloso al lecho, Saulo Regidor el teñidor de trapos se preguntaba, muy extrañado, qué misterio sería aquél, su mujer desnuda y tan abierta de piernas como él mismo no la había visto jamás. Y más misterioso aún, la oía alzarse ahora, ya cerca él del lecho, en ciertos gritos procaces y festinados. Desnuda, despatarrada, ¿y esa suciedad de boca? Ella, tan recatada y rezadora que si algún disfraz escogía cada año para la fiesta de disfraces de su cumpleaños era el de monja salesiana, tal como más tarde, esta misma noche, lo vamos a ver.

Llegó, pues, al lecho, a su paso callado y lerdo. Y en el medio del más agudo y clamante de esos sus gritos licenciosos, la cortó él, tocándole con suavidad el hombro:

—Adelina, Adelina, ¿qué te pasa?

Ella, que tardaba en volver de donde andaba perdida, lo miró largo rato con ojos extraviados, bañada en sudor, sin acertar palabra. Pero cuando al fin pudo hablar, le respondió:

—Un hijo que te estoy teniendo, ya estoy acabándolo de parir.

Y fue hasta entonces que Saulo Regidor el teñidor de trapos descubrió a Maclovio el enano lampiño metido entre las piernas de la gordísima más gorda Adelina Mantilla, que de verdad parecía que lo paría como si viniera saliendo de nalgas.

Pues ha resucitado Priscila Lira aunque no se quiera creer, le responde Maclovio el enano al beduino del desierto, ya el talante cambiado, su voz burlesca ajustada a la seriedad: resucitó en el tren, después de pasado el túnel de Catarina; se asomó por la ventanilla a divisar la laguna de Apoyo en el fondo del barranco, y le dijo al doctor Santiago Mayor: qué belleza de lugar. Así, con toda naturalidad. Y el doctor Santiago Mayor, en lugar de asustarse, le contestó: estos paisajes naturales de Nicaragua son divinos, no tienen rival en la América Central.

—¿Y cómo sabés vos tanto detalle? —le pregunta el beduino.

—Por el telegrama que el doctor Santiago Mayor me mandó, que de tan largo que es, tiene tres esquelas —le contesta Maclovio el enano—. Me lo vino a dejar don Vicente Noguera en persona, por ser grande la novedad. ¿No lo quiere leer?

—No tengo tiempo de ponerme a leer telegramas —le dice el beduino—. ¿Y hasta cuándo piensa él volver?

Eso no lo decía el telegrama, sólo decía que estaban allá en Masaya en un solo jolgorio con marimba, brindis, viandas y toda clase de jactancias celebrando la resurrección. Así que, cuántos días iba a tardar esa fiesta, él no lo podía saber. Celebrar a una resucitada, no era así no más.

Y antes de que cerrara Maclovio el enano la puerta, notó el beduino que en el centro de la sala del consultorio había un ataúd destapado. Y vino y le preguntó: ¿y ese ataúd? A lo cual contestó Maclovio el enano: es el ataúd que Josías el carpintero hizo para la finada Priscila Lira que había muerto de pronto pero al darle en la cara el fresco de la brisa de la laguna de Apoyo cuando iba sentada en el tren, resucitó; y como quedó vacío el ataúd, me acosté a dormir yo en él porque está más sabroso su forro de seda con su almohadita bordada que mi cuna de palo. ¿No quiere dar una probadita? Que pruebe tu madre, le dijo el beduino y se apresuró a irse, dejando a Maclovio el enano con la risotada en la boca en la que sólo le quedaba un diente.

Qué Ulises Barquero preso por borracho empedernido ni qué diablos azules que se lo lleven ni qué baile de disfraces ni qué momia egipcia ni qué Ana Bolena preñada, corría el beduino por la calle oscura arriesgando a tropezarse y romperse la crisma porque la corriente había removido muchas piedras y arrastrado muchos troncos, lo que tengo que hacer es volverme a mi casa a comunicarle a mi mujer la mala novedad de la resurrección de Priscila Lira y decidir qué vamos a hacer sin partero, tal vez una comadrona, a la Graciana Jilinjoche su medio hermana habrá que buscar en Jalata pero ésa mata cerdos y quién quita una infección, ¿o a quién?

Ya estaba en la tienda tu abuelo Teófilo cuando llegó él. Conversaba, en voz baja, tras el mostrador, con tu abuela Luisa, y apenas lo vio entrar se adelantó, con mucha gravedad, a recibirlo. Si se sorprendió, divirtió, o disgustó de verlo así, disfrazado en trapos de beduino del desierto, no lo dejó notar ni con el más leve parpadeo ni con un solo desliz de la mirada. Lo tomó por el brazo, y le dijo: pasemos adentro y sentémonos que tenemos que conversar. Y él: cómo no, don Teófilo, pero si me permite un momento ir a hablar antes con su hija que se ha presentado un percance porque el doctor Santiago Mayor se quedó rezagado en Masaya ya que según Maclovio el enano su esposa Priscila Lira resucitó a medio viaje en el tren. Y tu abuelo Teófilo, sin soltarlo: que no volvió el doctor Santiago Mayor, ya lo sé, y precisamente es sobre eso que te quiero platicar. La resurrección, dejémosla para después.

Platicaron, pues. Y aunque el beduino, al sólo oír la propuesta razonó en sus adentros que sí, qué enemistades ni qué enemistades, nunca iba a dejar a Luisa la grávida en manos de ninguna comadrona, por guardar apariencias empezó negándose, no, don Teófilo, eso no puede ser jamás, después de todo lo que ha habido, son muchos años de rencores, negándose para que después no dijeran sus hermanos, y principalmente tu tío Eulogio el violinista, que se había entregado así no más al enemigo, aunque impaciente consigo mismo ante su propia dilación porque no había más tiempo que perder, ya cada vez más débiles sus argumentos, buscando como acortarse él mismo el plazo para responder de una vez por todas, como al fin terminó por responder, bueno, pues, si no hay más remedio, qué se le va a hacer, vaya, don Teófilo, a ver si encuentra a ese hombre en el cine, y averigüe si tiene la voluntad de venir.

—Ya fui, ya lo busqué, y aceptó —le dijo entonces, muy sonriente, tu abuelo Teófilo.

Lo había buscado en la oscuridad del cine, se le había sentado al lado, le había planteado la solicitud, el otro había corcoveado al principio, pero al fin le había dado su palabra de honor. Aceptaba. Apenas termine la función, va a su casa a buscar su valijín, y se viene directo para acá.

¿Iba a reclamar por el abuso? ¿Y era, en verdad, un abuso, vistas las circunstancias, haber ido en busca de aquel enemigo sin permiso suyo? Nada tenía que reprocharle a su suegro, se dijo, y a Luisa la grávida, menos, por haber dado, de su propia cuenta, el consentimiento. Entró al aposento, se acercó a la cama, vio que dormía, pero lo sintió ella, despertó, y le dijo: estaba soñando que Teófilo mi hermano y yo íbamos volando entre las nubes, él manejando su motocicleta, y yo su pasajera en el sidecar. Y abajo de las nubes, sólo se divisaban cumbres de montañas y precipicios muy hondos.

—Si llegó a volar Camilo el campanero volador con sólo agitar los brazos, ¿por qué no van a poder volar las motocicletas por encima de las cumbres de las montañas? —le respondió, muy quedo, el beduino, y le acarició la cabeza.

Volvió ella a cerrar los ojos, advirtió él que dormía de nuevo, y salió, de puntillas, del aposento, sin haberle podido ya decir: todavía me queda una visita más que hacer, pero antes de irme a la fiesta, paso dando una última vuelta por aquí.

Cruzó el parque, llegó a la casa del cabildo, subió las gradas de la puerta del cuartel, y le preguntó al centinela por el teniente Sócrates Chocano. No se extrañó el centinela al ver aparecer a aquel beduino, porque sabía que el comandante de la plaza estaba adentro, disfrazándose también. Y se lo dijo: está adentro, en su covacha, poniéndose su disfraz, pase.

Vivía el teniente Sócrates Chocano en una covacha del mismo cuartel donde estaban, al fondo, las bartolinas de los presos. Y a la puerta del cuartel se sentaba por las tardes a tejer crochet, gordiflón y gacho de un ojo como ya sabemos que era, manejando las agujas de tejer con magnífica habilidad mientras el ovillo de hilo retozaba a sus pies como un gato fiel. De allí que su primer presente de enamorado para tu tía Azucena había sido una funda de cojín tejida en hilos de color, con los nombres de los dos, Sócrates y Azucena, inscritos en un listón que iba del pico de un picaflor al pico de otro picaflor.

Lo encontró el beduino sentado en el catre de campaña, recién bañado pero ya sudoroso, entregado a la operación de amarrarse los cordones de sus sandalias doradas, entrelazados hasta el tobillo. Lucía una túnica de tafetán blanco con ribetes bordados en el cuello, las mangas y el guardapolvo, y un manto de terciopelo púrpura echado sobre el hombro, todo tan caro y lujoso que hizo pensar al beduino en lo pobre de su propio disfraz, de zaraza listada el haik, de simple bogotana blanca la túnica, el manto de popelina verde. ¿De dónde iba a sacar él para un disfraz mejor? No cobraba carcelajes por soltar presos, ni alcabalas a los burdeles y cantinas, ni coimerías a las mesas de dados y ruletas.

Sin necesidad de preguntárselo supo que no iba al baile representando a un procónsul romano cualquiera, sino al mismo Poncio Pilatos, porque camino a la covacha había visto a Juan Castil el ladrón ratero sin redención, eterno reo de confianza, vestido de criado romano, ocupado en pulir una bandeja de electroplata, una jofaina y un ánfora del mismo metal. Disfraz muy rebajado ése, el de criado de Poncio Pilatos, si se piensa que en un tiempo hizo el papel de Jesús de Nazaret en la Judea del padre Misael Lorenzano.

No te puedo sacar a ese reo, Pedrito, le dijo Poncio Pilatos apenas al escuchar la petición, qué se iba a poder. Las instrucciones militares de mantener preso a Ulises Barquero habían llegado directamente de Managua porque el propio general Macedonio Barquero, a instancias de su hermano don Salomón Barquero, lo había solicitado al Campo de Marte, y peor, la firma estampada en la orden telegráfica recibida por él, era la del mismísimo Tacho Somoza. Cómo sería de grave el asunto que don Vicente Noguera el telegrafista, al entregarle el telegrama, la mano temblorosa, le había tenido que decir: perdóneme, teniente, que no es irrespeto mío, pero no vaya a romper la esquela al desdoblarla, que si daña esa firma puede ser delito y sépase de una vez que yo se la entregué íntegra, sin ninguna rasgadura.

Preso tenía que quedarse para que no siguiera bebiendo. Y aunque era él un militar acostumbrado a todas las rudezas del oficio, lástima le daba oír los gritos tan desesperados de aquel caballero de la buena sociedad, a quien estimaba como su buen amigo, suplicando que le llevaran un trago. Y eso decía Poncio Pilatos, cuando se oyó que desde las celdas llamaban al beduino: ¡Pedro, Pedro!, ¿sos vos?, ¿estás allí? Y como el beduino no respondía, empezó el preso a gritar: ¡Pedro, no seás ingrato, no me dejés solo! ¡No te me vayás a ir así no más! ¡Acordate de la hechicera! ¡Fíjate bien que hoy se salió la Diocleciana Putoya de su ataúd!

¿No me puedo acercar a la reja, aunque sea?, le pidió el beduino a Poncio Pilatos. Porque ahora sentía despertarse en él una ansiedad, la ansiedad de preguntarle a Ulises Barquero: ¿de qué estás hablando?, ¿qué es lo que te acordás vos sobre la hechicera que iba a salirse de su ataúd, a ver si es lo mismo que me he querido acordar yo? ¿Te acordás, acaso, de una voz entre el deslumbre de la resolana? ¿Fue que estábamos, vos y yo, y otro, hace tiempo, flotando boca arriba en la laguna, cuando la oímos? ¿O no fue?

Ni me lo pidás, Pedrito, siento mucho, nadie puede acercarse a la reja de la bartolina, ni esa pobre dolorosa, la Aurora Cabestrán, dueña de mi más alta consideración y estima, a la que ya he pedido mil perdones por mi negativa. Ni modo, pues, qué se le va a hacer, qué me queda, volver donde la Aurora Cabestrán y repetirle lo que me acabás de decir, dice entonces el beduino, y se olvida ya de laguna, voz y resolana. Si ya se lo dije yo cien veces, que no es cosa mía, abatió los brazos Poncio Pilatos; comida, puede mandarle, ya le mandó con la sirvienta la cena. Pero él, no come. Lo que quiere es la botella.

—Te quiero preguntar una cosa antes de irme —le dijo de pronto el beduino a Poncio Pilatos—. Pero no me mintás.

—No acostumbro la mentira —le dijo, muy marcial, Poncio Pilatos.

—¿Estaba en la cantina de Las Gallinas Cluecas Telémaco Regidor cuando fueron los soldados a capturar a Ulises Barquero? —fue la pregunta del beduino.

Vaciló Poncio Pilatos, pero respondió: estaba. Había prometido no mentirle y aquélla era la verdad. Andaban los dos bebiendo juntos, habían mandado a cerrar la cantina para que nadie más entrara, no querían compañía ni molestia. Hubo que ordenar, desde afuera, con mucha energía, que se abriera la puerta, y por nada se traen preso los soldados al otro bebedor que se puso malcriado contra la autoridad. Lo dejaron, lástima, no había órdenes de capturarlo; porque él, como militar recto que se preciaba de ser, creía que algún castigo debía recibir quien se burlaba de una mujer tan cariñosa y jovial, una artista tan dueña de las tablas como tu tía Leopoldina.

Nada quiso responder el beduino, no comentó ya nada, nada dijo, y así en silencio salió. Un beduino abatido que se iba y un Poncio Pilatos gordiflón y ojo gacho que lo despedía en la puerta según los vio desde su puesto en las sombras el centinela del cuartel. Nada, salvo algo banal que de lejos le escuchó aquel centinela al beduino: nos vemos más luego en el baile. Y una repuesta breve, ya a distancia, ante una pregunta final de Poncio Pilatos: puede ser que nazca hoy, ojalá, pero quién sabe.

¿Por qué le había mentido su razonera la Amantina Flores, asegurándole que Telémaco Regidor no había estado ese día en la cantina? ¿Y esa otra mentira, que se había propuesto ya no volver a tomar? Me engaño yo mismo porque quiero, se dijo el beduino. ¿No había percibido también la mentira escondida en la respuesta vacilante de la Aurora Cabestrán?

No quería ella, tal vez, desilusionarlo, si sabía muy bien con qué trabajos se entregaba a remediar el infortunio de su hermana.

Y si Telémaco Regidor estaba bebiendo al mediodía con Ulises Barquero, encerrados los dos en la cantina de Las Gallinas Cluecas, como se lo confirmaba ahora Poncio Pilatos, había que hacerse cargo de la existencia de una verdad, y de una mentira. Era verdad, entonces, que se había mofado de tu tía Leopoldina. Y era mentira que se presentaría a la fiesta.

Allá debía estar, todavía, en la cantina, bebiendo, o tendido en su cama, borracho, insensible a cualquier petición o ruego que le quisiera hacer la Amantina Flores, levantate, tengo que disfrazarte de momia egipcia para que te vayás al baile, un beduino del desierto te está esperando para que hablen y se pongan de acuerdo, y una vez conformes, bailés con la Leopoldina Ramírez el foxtrot *Chicas en bicicleta ruedan por Central Park*.

Pero si se hallaba desde antes del mediodía en semejante estado, ¿cómo, entonces, había podido Telémaco Regidor hacerle todas aquellas promesas a la Amantina Flores? ¿Sería que lo había encontrado borracho, ya de regreso de la cantina, le puso la inyección de Opovitan-Forte y, ya medio consciente, logró al fin arrancarle la promesa de asistir a la fiesta?

Pero, entonces, ¿por qué le había ocultado ella todos esos percances? Sería para no afligirlo, esperanzada de que estuviera ya sobrio y despejado Telémaco Regidor cuando regresara a envolverlo en las vendas del disfraz. Ahora, ya estaría ella allá en la mediagua. A Dios gracias, lo hallaba en pie, recién bañado con agua fría, peinado y perfumado, tomándose un café caliente; dejaba a un lado la taza, y le decía: vení, Amantina, apurate, que me está aguardando Pedro mi amigo del alma en ese baile, y no le puedo fallar. Y si, por el contrario, ¿nada de aquello era así? Qué vaina más grande, se dijo el beduino. Duda, incertidumbre, devaneo, confusión, alimañas que se metían en tropel desconsiderado en su cabeza aturdiéndolo con sus chillidos, como si fueran los diablos azules de un abstemio.

Al otro lado del parque, entre los malinches, divisó su casa teñida de sombras, sólo una puerta de la tienda todavía abierta, un hombre que salía y se perdía en la oscuridad. Algún cliente rezagado, uno que se habría aburrido en el cine, y al que tu abuela Luisa acababa de despachar cigarrillos. Y pensó que le daba aún tiempo de volver sobre sus pasos, regresar en busca de la Amantina Flores, interrogarla, ¿cómo fue que me mentiste?, ¿o te mintió Telémaco Regidor? La encontraba, había mentido, no la encontraba, andaba entonces envolviéndolo en las vendas de momia, como había prometido.

Volver sobre sus pasos y matar dos pájaros de un solo tiro porque también le pasaría avisando a la Aurora Cabestrán que no se había podido, que tal vez mañana, con la luz del día, alguna gestión prosperaba, yo mismo te me ofrezco para ir a hablar con el general Macedonio Barquero a su casa, si es preciso.

Él sabía cómo convencer al general Macedonio Barquero. Aquel día que había anunciado delante de tus tíos que iría a pedirle una carta de recomendación para que lo nombraran vigilante del depósito fiscal en Diriamba, todos, en coro, se mofaron de él, te va a morder, te va a herir, te va a humillar, el general Macedonio Barquero ha dicho a quien quiera oírlo que no le da una carta de recomendación a nadie, ni a su madre que resucite.

Pero regresó con la carta en el bolsillo de la camisa. Lo había encontrado dándole de comer trigo reventado a sus palomas de cartilla en el jardín, vestido de cáñamo marfil, sombrero de paja y sobrebotas. Escuchó la petición, se quedó en silencio, como si no hubiera allí nadie o se hubiera olvidado del visitante, el oído atento al arrullo de las palomas, y en cierto momento, siempre distraído, le puso en las manos el huacal de trigo.

Se acercó a una mesa zancona que tenía allí mismo en el jardín, bajo una parra que dejaba caer sus hojas secas sobre libros apilados, planos y documentos, y donde también había una botella de coñac Martell cinco estrellas con un solo vaso, que era fama del general Macedonio Barquero no brindar con nadie. Sin sentarse, apoyado en la mesa, escribió con su pluma fuente de jaspes verdes. Abanicó la carta para secar la tinta, después la dobló, la puso en un sobre que tenía impresas las armas de la República, sea que le habían sobrado papel y sobres de cuando fue presidente, sea que era su derecho poderlos usar, váyase a saber. Derritió una barra de lacre rojo con la lumbre de una candela, derramó el lacre derretido en el cierre del sobre, selló el lacre con su anillo, sin sacárselo del dedo, y luego regresó, le entregó la carta, y le quitó de las manos el huacal de trigo reventado.

Volver sobre sus pasos, o cruzar el parque. Y decidió cruzar el parque, ya suficiente de enredos. Si llega la momia al baile, bueno, y si no, pues también, allá lo vamos a ver, iba diciéndose al entrar al aposento. Y Ulises Barquero, ¿acaso está en mi mano poderlo liberar? Si ni el teniente Sócrates Chocano puede, vas a poder vos, tenés toda la razón, le dijo Luisa la grávida, apretándose la barriga porque, ahora sí, arreciaba el dolor. ¿Te duele mucho?, le preguntó él, con cierta angustia en la voz. No, no es nada, mintió ella. Y él: estoy pensando que es mejor quedarme aquí de una vez, y no ir a ese baile, ¿qué decís vos? De todas maneras, disfrazado de beduino del desierto ya me vieron, ya me exhibí así por todo el pueblo, buscando que por estrafalario me siguieran los perros, como bien me dijo don Avelino Guerrero. Y Luisa la grávida, desde lo hondo de las almohadas que la Mercedes Alborada había acuñado tras de su cabeza, tragándose el dolor, le sonrió: no, al beduino del desierto todavía le falta bailar.

Dijo él entonces: bueno, está bien, me voy pero no dilato, en cuanto me pueda venir, me vengo. Y ya salía, pero se detuvo con un vuelco en el estómago porque allá en la tienda se oía un vozarrón hondo y grueso que entraba y saludaba, buenas noches, tía Luisa, buenas noches, don Teófilo, muy interesante la película *Hijos de la farándula* con ese pillete simpático Mickey Rooney, pero me salí, porque primero está mi deber de partero; mi señora se quedó a ver el final y mañana me lo cuenta. ¿Que no exhibían hoy *Mujeres y toros* con Emilio Tuero y Marina Tamayo?, preguntaba tu abuelo Teófilo. Y respondía el vozarrón: equivocaron las cajas con los rollos en la estación del ferrocarril en Managua, esa película la despacharon a Jinotepe, y la otra vino aquí; ¿puedo pasar a ver a mi prima? Y Luisa la grávida le habló entonces con voz de secreto al beduino: ya está allí, salí a saludarlo, portate cortés con él; y el beduino, que buscaba calmarse los nervios que le apuñaban el estómago, también en secreto: sólo espero que la cuenta que me pase no sea la cuenta de un enemigo mortal. Y se rieron los dos, siempre en secreto.

Salió el beduino del desierto a enfrentarse con lo que viniera, pero no le dio tiempo el doctor Macario Salamanca de preparar palabras, aparentar sorpresa, ensayar cortesías, fingir indiferencia, simular frialdad. Ya había traspuesto la puerta debajo del retrato de Winston Churchill, ya estaba en el corredor, ya venía hacia él, ancha la quijada mal afeitada, rotundas las espaldas encorvadas, gruesas las muñecas capaces de desarmar en un suspiro a un guardia, flojo el saco, flojos los pantalones, sostenidos por tirantes de goma, a los que sobraba tela en las botamangas sucias del barro de las calles anegadas. Y como si nunca hubiera ocurrido nada, como si apenas hoy mismo en la tarde se hubieran despedido, lo tomaba por los hombros, y esforzándose para verlo bien tras sus gruesos lentes de marco de carey, le decía: caray, muy bonito y original tu disfraz de beduino, me recuerda mucho al galán inmortal Rodolfo Valentino. Y me han dicho que seguís dudando de asistir a la fiesta. ¿Por qué? Te podés ir sin ningún cuidado, muy tranquilo, que para eso estoy yo aquí, y está aquí la Mercedes Alborada que fama de buena ayudanta tiene en estos menesteres, y bien ganada, muy buenas noches, Mercedes Alborada. Pero ella, que iba de paso, volteaba la cara, empurrada, y se quedaba sin agradecer la lisonja ni devolver el saludo, cómo era posible que un pleito a muerte de tantos años, con semejante enemigo, se pudiera arreglar en una sola noche de alumbramiento.

No sólo sintió el beduino que paraba de darle brincos el estómago. Sintió, además, una gran serenidad y una gran alegría, porque la verdad es que lo fastidiaban las enemistades, y aquí estaba ahora, de pronto, aquella enemistad calamitosa que decía su último adiós, adiós, me voy, no vuelvo más. El doctor Macario Salamanca, quién pudo adelantárselo, le echaba al hombro el brazo, pesado como un leño, y de nuevo sentía de cerca su olor a mertiolato, yodo y agua oxigenada que se le había vuelto tan lejano y olvidado en aquellos años de encono y pendencia.

Además, don Teófilo y mi tía Luisa aquí están, le decía llevándolo abrazado y obligándolo a un paseo por el corredor: nos vamos a despabilar platicando de temas que nos gustan a los tres, la teosofía rosacruz, la filosofía esotérica, la transmigración de la psiquis, o sea, del alma, la metempsicosis, o sea, la reencarnación, riéndose con su vozarrón al explicarse a sí mismo mientras traía abrazado al beduino de regreso en su paseo, pues no eran aquellos términos, debía reconocerlo, del dominio común. (Y mentira que a tu abuela Luisa le gustara meterse en pláticas de enredijos sin fin con nadie, menos con el doctor Macario Salamanca, su sobrino, que era lenguaraz, aunque tu abuelo Teófilo, ése sí. Ya se le iluminaba la cara figurándose el banquete de conversación que, hasta atracarse, se iba a dar. Si es que no se precipitaba el parto, porque entonces, adiós mis flores, cuándo te veré de nuevo, oportunidad.)

Y la Mercedes Alborada, que pasaba otra vez por allí, ocupada, siempre ocupada, algo traía del aposento, algo llevaba, sábanas, toallas, una pana, un pichel, ahora sí, le sonreía al doctor Macario Salamanca: de todos modos, en ese pleito nada tuve ni tengo que ver yo, a Camilo el campanero volador, que todavía era mío, en la trifulca ése del golpe de Estado le quebraron los dientes y no hubo alma nacida que viniera a decirme siento mucho, cuánto cuestan los dientes postizos para ayudarte a que vaya a ponérselos a Masaya donde el dentista Soto Carrillo, y no por eso, con nadie me enemisté ni me disgusté, se arreglan los que se pelean o no se arreglan es cosa de ellos mismos que cada uno en este mundo es dueño de hacer de su culo un tambor.

Y así, convencido por tantos argumentos, muchos más de los que podía necesitar, volvió el beduino del desierto al aposento. Retocó frente al espejo del chifonier el maquillaje que oscurecía su color, se ajustó haik, se ajustó túnica y manto, y por último, desenvainó la espada forrada en papel de estaño y la empuñó victorioso frente a Luisa la grávida. Se cubrió el rostro hasta la nariz con una vuelta del haik, y al baile se fue.

6

A esas horas todavía atendían las hechiceras la consulta de ciertos clientes forasteros que por aguardarlas a que volvieran del entierro ya habían perdido de todos modos el tren, quizás señoras extraviadas en el mar de los celos, muy proceloso ese mar; o viudos ya de edad trastornados en amores, o casadas libertinas, o maridos entotorotados, o damiselas rijiosas, trabajando vestidas de luto Engracia la Guabina y sus dos hermanas Altagracia y Deogracia, porque a causa del duelo no iban a dejar en el descuido la mejor herencia recibida de la hechicera madre la Diocleciana Putoya, que era hechizar: bebedizos y contrabebedizos para sacar de las barrigas sapos inflamados y culebras ponzoñosas, y meter en otras barrigas alimañas de calaña peor; dejar en pellejo y hueso a amantes antes rozagantes, quitarles el color alegre del semblante y ponerles el amarillo de la bilis por color; volver a un hombre dundo de no pronunciar palabra y echar baba como si hubiera nacido idiota redomado; forzar a una enemiga a conversar dislates y acometer actos extraviados como bailar sola en plena calle o sentarse en su acera a defecar; a una virtuosa sin mancha desatinarla a abrir el cerrojo de las piernas donde guarda avara su tesoro para que cambie así su avaricia por caricia, y desconcertar de la cabeza a otra para que ni duerma con sosiego, ni coma con halago ni goce ningún amor en paz.

En ésas estaban, pues, las tres hermanas hechiceras, cada una en su trato, cuando adivinaron a un tiempo el balazo solitario entre los truenos de lluvia que se alejaban rodando hacia el volcán; pero no se avisaron, ni se comunicaron nada, ni quisieron ir a ver lo que ocurría hasta que se hubo marchado el último de los clientes con su botella de bebedizo envuelta en una página de periódico partida por la mitad.

El tiro había sonado en el fondo del patio, donde quedaba la caseta del baño, y hasta allá fueron al fin las tres, alumbrándose con una lámpara tubular que llevaba por delante Engracia la Guabina. Descubrieron que la puerta de la caseta estaba trancada por dentro, y que por debajo de la puerta la sangre, espesa y oscura, empezaba a encharcarse. ¿No era ésa la misma caseta del baño donde se encerraba Engracia la Guabina tras tentar a su marido Macabeo Regidor, apodado Vitriolo por cáustico y hostil en su carácter, enseñándole la maraña enjabonada de su animal arisco, la comadreja con su boca hambrienta de dobles labios, labio mayor y labio menor? La misma.

Pero se cambiaron los papeles, pues quien se había encerrado ahora en la caseta era él mismo, sólo que para pegarse un tiro en la cabeza, bonita manera de cumplir la grave amenaza que se dio en proclamar ese día con misteriosa inquina por todo el pueblo. La amenaza, ya se ve que premeditada, de que el baile de disfraces, que daba su hermano Saulo Regidor el teñidor de trapos, tendría que suspenderse por duelo.

Ahora mismo está terminando Saulo Regidor de ponerse frente al espejo la gorguera de Francisco Hernández de Córdoba, conquistador de Nicaragua, y nada sabe aún de la fatalidad ocurrida. No está pensando, por supuesto, en aquel su hermano Macabeo Regidor que ha quedado doblado dentro de la caseta, el torso contra el tabique, la cabeza abatida sobre el pecho, el revólver entre sus dedos desgajados. No lo esperan en la fiesta, sencillamente porque no está invitado; desde hace años, sin gritos de disputa, esta vez, entre él y la gorda más gorda Adelina Mantilla, fue tachado de la lista. Les faltaba un pretexto, fue él y se casó con la hechicera, de su parte por joderle la vida a toda su familia, y allí tenían ya su pretexto.

Tampoco está pensando en su otro hermano, Telémaco Regidor el traicionero, ni le interesa si llegará o no al baile, aunque ése sí está invitado, ni sabe nada de pláticas concertadas entre una momia y un beduino, ni de señales de arreglo matrimonial cuando ejecute la Orquesta Ramírez un cierto foxtrot. Sólo sabe que este hermano suyo, que baila en las veladas de beneficencia y seduce esposas de fakires, además de leer novelas de amor, que de por sí es ya un vicio, se emborracha por días seguidos, aunque poco le importa si se bebe o no se bebe entera la cantina de Las Gallinas Cluecas, si cae o no cae en las cunetas, si duerme o no duerme al descampado, si lo arrastran o no lo arrastran entre sus patadas peludas los diablos azules. Y sabe, y lo recuerda bien, que si se convirtió en alcohólico fue porque Macabeo Regidor el suicida, el mayor de los tres hermanos, por pura maldad, desde que el otro era un niño, le enseñó a beber.

Buen oficio de hermano mayor. A los doce años lo sentó frente al mostrador de un estanco y lo obligó a probar el aguardiente, primero un traguito, después otro más grande, hasta ponerlo en estado de embriaguez; y como Macabeo Regidor el suicida escupía su desprecio sobre cualquier cosa o persona, aun padre y madre, lo llevó ya noche, de arrastrada, a la casa; fue a despertar a Domitilo Regidor y a su esposa Águeda Catarina a su aposento y se los entregó, el muchachito bailando solo y pronunciando dislates; y al entregárselos, se había reído diciéndoles: éste es el destino que le espera, qué mejor.

A Saulo Regidor el teñidor de trapos, vecino suyo en edad, si no pudo hacerlo víctima de maldades, le guardaba, en cambio, un rencor sin remisiones. Y semejante rencor, se dirá, ¿por qué? Pues porque a Domitilo Regidor se le había metido en la cabeza instalar en Masatepe una fábrica de jabones de olor. Envió así a Saulo Regidor el teñidor de trapos a la Alemania del Tercer Reich a estudiar química, escogido para dirigir la fábrica de jabones, mientras Macabeo Regidor el suicida quedaba relegado al cuido de las fincas, sin haber alcanzado en la escuela más que a leer en el libro Catón. Y ni siquiera de corrido, pues ya se sabe que era tartamudo.

Sólo porque aquel hijo suyo estudiaba en Alemania, se convirtió Domitilo Regidor en adorador de la cruz esvástica, la oreja pegada todas las noches en su aparato de onda corta a la sintonía de Radio Berlín, lo que es Bayer es bueno, a una finca le puso Brandemburgo, a otra Maguncia, a otra Baviera, en su victrola Sigfrido, las valkirias y los nibelungos; y si tu abuelo Teófilo se vestía como Josef Stalin, Domitilo Regidor se trasquilaba el pelo y se dejaba una mosca por bigote como el führer Adolf Hitler.

Saulo Regidor el teñidor de trapos retratado en Berlín de saco y chaleco, abrigo de astracán y sombrero de fieltro, retratando, a su vez, con su cámara Leika, las procesiones de antorchas de las juventudes arias calzón chingo, retratando las legiones nazis en formación al pasar bajo los arcos triunfales por la Unter den Linden, fotografías que Domitilo Regidor enseñaba de puerta en puerta sin bajarse del caballo. ¿Y mientras tanto? Mientras tanto Macabeo Regidor el suicida ordeñaba desde muy oscuro en Brandemburgo, Maguncia y Baviera las vacas que daban la leche que al venderse todos los días abonaba el giro bancario comprado mes a mes a la casa Hammer & Stein de Managua, con el que se pagaban aquellos estudios químicos para hacer jabón de tocador según el saber técnico alemán.

El año del entierro de los gemelos despeñados, cuando los alemanes invadieron los Sudetes, Saulo Regidor el teñidor de trapos olió muy bien el tufo de la guerra, cogió en Hamburgo el primer barco que pudo, y se regresó a Nicaragua, para contrariedad de su padre, sin acabar de aprender la ciencia de fabricar jabones perfumados. Pero si no habrá árbol que no dé frutos. En algo le sirvieron aquellos conocimientos químicos, porque se volvió muy solicitada su habilidad para teñir vestidos viejos de mujer en colores que hacían aparecerlos como nuevos de estrenar. Él mismo, por diversión, porque no le gustaba cobrar el favor, batía con la pala de madera la tintura hirviente en las cubas que humeaban llenas de prendas de vestir que luego tendía en cordeles en el huerto del caserón de Domitilo Regidor, tantos encargos que al final de la tarde acababa él mismo teñido de cuerpo entero por los colores que destilaba aquel vapor, ciclamen, azul prusia, fucsia, violeta, o carmesí; uno, varios, o todos los colores, revueltos o en franjas, tatuados en su piel, impregnados en sus ropas de faena y en el mandil.

Pero ahora, vamos a ver si es cierto que muerto Macabeo Regidor el suicida, su hermano mayor y vecino suyo en edad, Saulo Regidor el teñidor de trapos, se decidirá a suspender el baile de disfraces que esta noche del 5 de agosto de 1942, como cada año, ofrece en ocasión del cumpleaños de su esposa, la gorda más gorda Adelina Mantilla.

Un acontecimiento sonado ese baile, da para hablar por lo menos un mes: el disfraz de Quasimodo jorobado fue el mejor y no lo premiaron, y a cuenta de qué, si el disfrazado es jorobado de verdad, aquel iba de Tarzán pero su esposa que parece mona debió ir de la Chita, demasiado enclenque aquel Sansón y bajo la piel de león que lo cubría se le veían los calzoncillos, a una Margarita Gautier le dieron el premio sólo por toser aunque al año siguiente, de todos modos, murió tísica, al que se disfrazó de Sandino lo iba a echar preso el teniente Sócrates Chocano y tuvo que huir por los solares, el san Francisco de Asís dueño del perro bravo no quería pagarle al doctor Macario Salamanca la cuenta por curar a los bailarines mordidos, pero amenazó la gorda muy gorda Adelina Mantilla con tacharlo de la lista, y ve si no pagó, la Adriana loca entró al salón, se puso a bailar sola alzándose la cotona y debajo se vio, para delirio de los hombres disfrazados, que andaba sin nada. ¿Nada de nada? Nada.

Toda la semana había ensayado a puerta cerrada la Orquesta Ramírez sus valses, foxtrots, swings, danzones y boogies en la casa de tu abuelo Lisandro, sin permitirse esta vez zarabandas ni aglomeraciones. Con tu tía Leopoldina la prisionera encerrada en su cárcel por culpa de su barriga, tu abuela Petrona no podía prohibir la música, si la música era allí el sustento y pasar; pero sí las visitas, jolgorios y charangas, pues la que soy soy, señor, me siento de duelo y si no me pongo encima el trapo negro es por no llamar encima de mí más tuerce de la que ya me cayó.

Como es tradicional en esta ocasión, el programa musical de la Orquesta Ramírez se abre con el preludio de *Un Ballo in Maschera* de Giuseppe Verdi, que no se baila, sólo se oye; se estrenará el vals *Noche de ilusiones y carcajadas*, música y letra de tu abuelo Lisandro; otro vals que se tocará es *El Botero del Volga*, de E. Pastermacki, muy gustado siempre; y, entre muchas otras piezas del variado repertorio, ya se ha dicho, el foxtrot *Chicas en bicicleta ruedan por Central Park*. Será el beduino del desierto, quien va ahora camino de la fiesta, el que dará la señal a tu abuelo Lisandro en el momento indicado, alzando su espada de palo forrada en papel de estaño, tal como ya lo ensayó delante de Luisa la grávida: ya, ahora sí, ya lo pueden tocar.

El general Macedonio Barquero asistía a veces a ese baile, pero sin vestirse de nada ni representar ningún personaje, qué otro personaje sino él, ni colocarse antifaz. Llegaba en su automóvil Buick, le abría su chofer la portezuela con gran ceremonia, ingresaba en medio de la expectación que causaba su presencia, daba una vuelta por el salón, saludaba con sorna contenida observando uno y otro disfraz, tomaba copas de coñac Martell cinco estrellas de la botella que el mismo chofer le escanciaba, y luego, ya carmesí la calva, midiendo con tiento sus pasos chiqueones, se retiraba, no sin antes oír a la Orquesta Ramírez entregarse con brío a la ejecución de la marcha militar *El Canelo*, compuesta en su honor por tu abuelo

Lisandro, pues ése era el nombre que por su color acanelado le daban en Masatepe.

En el año de 1931, el mismo del terremoto que arrasó Managua, el general Macedonio Barquero, que era entonces presidente de la República, le había obsequiado a tu abuelo Lisandro todos los instrumentos de la Orquesta Ramírez, fabricados en Dresde por la firma R. Hoffmann, instrumentos de cuerda, instrumentos de parche, instrumentos de pistón; los cajones de pino, que llegaron manifestados, fueron abiertos por los músicos en el andén mismo de la estación del ferrocarril. Empezaron probándolos, y luego, a medida que se concertaban, a sacar melodías; y empujados ya por el entusiasmo, sin dejar de tocar improvisaron un desfile por la calle real al que se sumaron en alegre algarabía los pasajeros de esa hora, los paseantes vespertinos y todos los que salían a sus puertas atraídos por las marchas festivas que ejecutaban camino de la casa de tu abuelo Lisandro donde continuó la fiesta hasta que les dio la madrugada.

Desde entonces fue deber de los músicos de la Orquesta Ramírez amenizar, sin cobro alguno, los ágapes que ofrecía el general Macedonio Barquero al ministro americano, mister Hanna, en su chalet morisco junto a la laguna de Masaya, aquel que bautizó con el nombre Venecia, como ya se dijo; o tocarle, también gratis, cuando se embarcaba en noches de luna para pasear en compañía de ciertas damiselas que mandaba a traer en tren a Managua, según él, en secreto. En esas ocasiones, a bordo subían sólo violín, flauta traversa y cello, tu tío Eulogio el violinista, tu tío Alejandro el flautista, tu tío Edelmiro el cellista. Desde la hamaca, en la oscuridad, llamaba el Canelo, ya embriagado: tóquense *Tomo y obligo, mándese un trago,* ahora, *Por una cabeza, todas las locuras,* ahora, *Volvió una noche, no la esperaba.* Después, nada, se callaba. La casquivana le susurraba algo licencioso, se reía él con carcajada perdularia, y al sobrevenir el silencio, y luego los corcoveos de la hamaca que estremecían la embarcación, los tres músicos sólo se hacían gestos y se volvían a ver, sin acertar a decidirse si debían tocar otra vez alguna melodía de arrabal, o no.

Ahora, por fin, ya entró el beduino del desierto al salón iluminado con sartas de bujías de cien watts, muy amplio y rodeado de silletas plegadizas aquel salón, sin ningún otro mueble que contar más que las silletas y la mesita de los premios, pues desde el día anterior se han sacado mecedoras, sofás, mesas de centro y mesas esquineras, trasladado todo en depósito a las casas vecinas junto con la cama de espaldar de bronce bruñido y los roperos del aposento frontero al salón, igualmente amplio, que es el aposento de los dueños de la casa, y donde ahora está instalada la mesa del bufet y la cantina. Gran trabajo de cuadrillas de hombres requiere cada año sacar esos roperos granadinos rematados en penachos y guirnaldas, tan bien lustrados que bien puede uno verse en ellos de cuerpo entero.

Los ojos del beduino, cubierto el rostro hasta la nariz por un volante del haik, buscan afanosos a una momia, es decir, que Rodolfo Valentino busca a Boris Karloff creyendo que nadie lo nota pero quién no lo va a notar, ninguno de los disfrazados quiere perderse nada del mentado encuentro cuando ese encuentro y esa plática, si es que se dan, se den.

Los premios lucen sobre la mesita que ya se dijo. El premio al mejor disfraz de varón consiste en tres botellas de vino Torino envueltas en celofán azul y un corte de gabardina para pantalón empacado en papel de la china rosicler. Este mediodía Saulo Regidor el teñidor de trapos llegó a comprar esos premios a la tienda del beduino, quien al despachar la mercancía, pensó: si me gano el premio, a su mismo estante volverán las botellas, y el corte de gabardina, a su vitrina. El premio al mejor disfraz de mujer consiste en un corte de chifón estampado más un lápiz labial Sortilege, una polvera Ponds y un frasco de pintura de uñas Cutex, envuelto todo en papel celofán dorado; fue la Aurora Cabestrán la que esta misma tarde, bañada en lágrimas, vendió esa tela y esos artículos de tocador en la tienda de su marido Ulises Barquero el ausente que ahora, ya se sabe, está preso.

Muy comentado resulta el disfraz de Poncio Pilatos que luce el teniente Sócrates Chocano, reconocido al apenas entrar pese a su antifaz, todo porque deseoso de llamar la atención para ganarse el premio se pasea por el salón deteniéndose a lavarse las manos frente a uno y otro grupo, en uno y otro lugar, y quién no va a identificar a Juan Castil el ladrón ratero sin redención, que lo sigue portando toalla, bandeja de electroplata, ánfora y jofaina del mismo metal. Y si todavía no bastara, mientras se lava las manos paga repetidas cortesías a tu abuelo Lisandro, quien no le devuelve ninguna, no por mala educación, sino porque no advierte ni quiere saludos, dedicado a sus hondas preocupaciones como anda; a tu tía Azucena, disfrazada de Scarlett O'Hara, y en guarda de Ana Bolena, ya sabe Poncio Pilatos que mientras no sea zanjado el asunto entre manos, no puede ni se debe acercar.

Los músicos de la Orquesta Ramírez, pendientes aún más que los disfrazados de la búsqueda solapada que el beduino hace de la momia, disimulan muy bien su ansiedad mientras se preparan a afinar sus instrumentos. Pero lo que es tu abuelo Lisandro, nada puede esconder ni disimular. Hoy casó a su hija Adelfa sólo gracias al beduino, que en el último momento pudo rescatar a Cecilio Luna el camandulero de manos de Auristela la Sirena; pero esta noche de gala, ¿podrá también el beduino convencer a Telémaco Regidor el traicionero para que devuelva a tu tía Leopoldina el honor arrebatado? ¿Y para qué? ¿Casarse con un beodo sin remedio, sólo por un apellido?

Nadie está pensando en que se queden casados, es sólo que firmen los dos delante del juez y después se hace el trámite del divorcio, le había respondido el beduino a tu abuelo Lisandro, días atrás, en medio de una discusión muy acalorada, buscando sacarle el consentimiento para que tu tía Leopoldina la prisionera asistiera al baile. Para suerte suya, contó entonces con el sorpresivo apoyo de tu abuela Petrona.

Disfrazada de Ana Bolena nadie la va a descubrir, alegaba el beduino; y bajo el negro de un traje holgado queda muy bien oculta la barriga. ¿Y de qué sirve disfraz? Desnudos o disfrazados, todos se reconocen en este pueblo, pujaba tu abuelo Lisandro. ¿Desnudos? Como la vez que me dijiste que ibas para la iglesia a tocar, pero yo no te creí, te seguí y te agarré desnudo, acostándote en la cama con aquélla, bien que te reconocí, ¿no te acordás?, vino entonces y le ripostó tu abuela Petrona. No, no me acuerdo, le contestó tu abuelo Lisandro, colérico, pero a la vez lleno de sonrojo, porque se acordaba. Y después: no, yo no quiero ser hazmerreír de nadie, no va, y se acabó. ¿Hazmerreír? Ya sos, y para que no lo fueras más, por eso la encerré, lo cercó tu abuela Petrona. Y ya casi derrotado, ensayó él su último argumento: ¿y si se gana el premio? ¿No sería la peor humillación? Por mucho que el traje negro y holgado de terciopelo haga por ocultar esa barriga, el nombre de la ganadora se tiene que proclamar, de todos modos, en medio de los aplausos, y yo sé que van a ser burlescos esos aplausos. Pues si se gana el premio, lo agarra y se lo trae, vino y dijo tu abuela Petrona, y sanseacabó.

Pegado el oído al tabique del aposento, había estado tu tía Leopoldina la prisionera oyéndolo todo. Oyó, pues, cuando dijo tu abuelo Lisandro, dándose por vencido: componerme mi propia marcha fúnebre, eso es lo que me queda por hacer porque me voy a morir de la peor enfermedad, que es la vergüenza; y oyó a tu abuela Petrona, que lloraba: qué estás diciendo eso, no me hablés de muerte que a mí es a la que vas a matar.

Y allí está ya en el salón encendido la Petroccelli de los duetos y cuplés, emperadora de los escenarios, afanosa en perseguir el ritmo de cualquier merengue que imaginara su cabeza al hacer los oficios de la cocina o al barrer, antes tan alegre y risueña a pesar de que ya cerca de los cuarenta años la estaba dejando el tren, y disfrazada ahora de luto con el disfraz trágico de Ana Bolena, alto el talle para que la holgura de los pliegues, junto con el negro de la tela, oculten lo que de barriga se pueda insinuar de acuerdo a los planes urdidos por el beduino que nada ha descuidado, disfraz, tela, encuentro, plática, un foxtrot como señal.

Capaz, realmente, que le den el premio a tu tía Leopoldina la prisionera, porque es singular el tajo del hacha del verdugo pintado con anilina roja alrededor de su cuello, muy desnudo para que la sangre se advierta mejor. Sostiene por el mango el antifaz arriba de la nariz aguileña que quiere siempre cortar el aire, aunque, ¿antifaz para qué si no tiene otra dueña esa nariz? ¿Y la barriga? Pues tampoco tiene dueña distinta esa barriga, quién no va a notársela, si a eso se vino esta noche, a ponerle encima la vista a su barriga y entonces decir: con estos ojos que se va a comer la tierra, lo que es la barriga, yo se la vi.

Por aparte lo dirán; porque según ya se hizo notar, en guarda de su hermana anda tu tía Azucena, una Scarlett O'Hara de boca roja y mejillas encendidas, amplio vestido de organdí rosicler y sombrero de paja con cinta atada al cuello, que blande, plegada en la mano, su sombrilla de encaje, manera de advertir castigo a cualquier disfrazada que se atreva a acercarse en ánimo de alguna ofensa solapada o cuchufleta inoportuna.

La gorda muy gorda Amada Laguna, envuelta en sus tules de hada madrina, saborea una copa de anís del Mono que le acaba de llevar hasta su palanquín san Francisco de Asís, el lobo de Gubbio retozando tras los pasos de su dueño, tan tranquilo y contento que no pareciera necesitar correa. Recuérdese que al filo de la medianoche, en el *intermezzo* del baile, es que canta la Amada Laguna el aria de Amina en *La Sonnambula*, la misma que escuchó elevarse esta tarde tras la tapia florida de bugambilias tu abuela Luisa mientras iba por la calle real, y la que tantas veces oyó ensayar Ana Bolena desde la cárcel de su aposento.

¿Y si la momia no llega, o si llega, y no quiere con Ana

Bolena ya nada más? Entonces, al entonar su aria triste la Amada Laguna a medianoche, la sangre coagulada en el tajo de su cuello va a desatarse en un torrente rojo anegando las baldosas; tendrá Scarlett O'Hara que llevarse de vuelta la cabeza inerte cogida por los cabellos, manchando su vestido de organdí, y el cuerpo decapitado vagará en pena por las calles oscuras del pueblo hasta que aquel fantasma de luto se disuelva en el amanecer.

Se acerca la hora ya y tu abuelo Lisandro repasa la partitura del preludio de *Un Ballo in Maschera*, copiada por él mismo junto con las demás de todos los instrumentos en papel pautado Monarch Brand N.º 3, Carl Fisher, N. York. Y si no deja su mente de rabiar, adolorida por aquel intríngulis de la barriga de Ana Bolena, serán una rabia y un dolor muy medidos, sin alardes visibles, que en todo, ya se sabe, es hombre sosegado. Además, tiene, de momento, otra preocupación: tu tío Eulalio el clarinetista que no aparece, muchacho vago irresponsable quién me manda a meterlo en la orquesta a su edad, dónde se habrá quedado rezagado viendo lo que no debe, ya la orquesta está atrasada en afinar. Pero llegaba en eso tu tío Eulalio el clarinetista corriendo, en la mano el clarinete, saco y pantalón de casimir azul de un hermano mayor reformados a su medida por Juan Cubero el sastre de la calle Ronda, heredero legítimo de Rafaela Herrera, la heroína del río San Juan.

Aquel Juan Cubero, era verdad, descendía de Rafaela Herrera, la niña impúber de doce años que una madrugada nebulosa del año de 1769 defendió de un ataque de corsarios ingleses la fortaleza del castillo de la Concepción de María en el río San Juan. Muerto de tifus hacía pocas horas su padre, el castellano comandante de la guarnición, subió ella misma a la tronera, prendió la mecha y dirigió el tiro de la culebrina que fue a dar al puente de proa de la nave capitana donde el almirante Nelson en persona dirigía el ataque; se puso en fuga desordenada la flota entera, y se salvó Nelson de milagro, que, de otro modo, otro gallo hubiera cantado en la batalla de Trafalgar.

Guardaba Juan Cubero el sastre en el depósito de hilos, botones y recortes de tela de su máquina de coser, dentro de un tubo de hojalata, los títulos de las tierras ribereñas del río San Juan que el rey de España le había obsequiado a la niña en agradecimiento por su acción, aquellos mismos que tras los estorbos de tu abuelo Teófilo al fin pudo leer el mago ilusionista Paco Fuller. Esas tierras las seguía peleando Juan Cubero el sastre en los tribunales de Granada, pues otros se las habían repartido, una fortuna su valor, según cálculos de los mejor entendidos, nada menos que la ruta del futuro canal por Nicaragua.

Estaba un día tu abuelo Teófilo en la sastrería, los brazos abiertos como dispuesto a volar, la escuadra entre las piernas, y Juan Cubero el sastre arrodillado, la boca llena de alfileres, marcando con tiza las costuras de las piezas hilvanadas de uno de los trajes de chaquetón estilo Josef Stalin que para las pascuas aquel cliente principal suyo se iba a estrenar. Hablaba Juan Cubero el sastre de su eterno tema, estorbado por los alfileres, qué dijo el abogado de Granada, cuánto le había cobrado por el último escrito de alzada que presentó, el auto que dictó la Corte de Apelaciones, devuélvase el expediente al juzgado de origen para lo que mande proveer, y el abogado, ya devuelto el expediente, cópiese y notifíquese, esta semana que viene va a promover un incidente en la forma para pedir resguardo provisional; y tu abuelo Teófilo, oyendo lo de siempre, un pleito sin fin, Juan Cubero el sastre más docto en trámites y más pobre cada día, centavo que ganaba, centavo que aquel abogado, lagarto entre los lagartos, se engullía, le preguntó: ¿cuánto tiene ya ese asunto? En mis manos ya va para treinta años, sin contar el tiempo que lo pelearon por varias generaciones mis antepasados, suspiró Juan Cubero el sastre. Y viene tu abuelo Teófilo y le dice: vea, don Juan Cubero, ¿por qué no hace mejor un cambio? Y aquél, interesado: ¿qué cambio, don Teófilo? Cambie con el Emperador Maximiliano esos títulos de las tierras de su tataratatarabuela Rafaela Herrera en el río San Juan, por las haciendas que tiene él para adentro de la costa del mar.

Juan Cubero el sastre era alto, flaco y nervudo, enjuto el rostro, prominente y afilada la nariz, cejas hirsutas y bigote de guías frondosas, un retrato fiel de castellano viejo. Se puso de pie muy digno, escupió los alfileres que tenía en la boca, y caminó hasta la puerta; marcó la hoja de la puerta con la tiza, la marcó en cruz como hacían los ángeles vindicativos según la Biblia, y eso, tu abuelo Teófilo lo sabía mejor que bien: por aquí es la salida, don Teófilo, si me hace usted el favor.

Y no hubo modo, tu abuelo Teófilo deshaciéndose en miles de explicaciones, que eran bromas, que cómo podía creer, Perfecto Guerrero el Emperador Maximiliano es un enfermo de la cabeza, usted no, claro que no, de ninguna manera, cómo se le puede ocurrir; pero Juan Cubero el sastre: ni una palabra más, don Teófilo, usted no es hombre de bromas, y como me cree loco, pues loco soy, y así como está se me va. Y así se tuvo que ir, las piezas de tela hilvanadas despegándose al viento de la calle, una manga del chaquetón sí, la otra no, a contarle a tu abuela Luisa, entre molesto, avergonzado y festivo: fíjate lo que me pasó.

—Vitriolo se acaba de pegar un balazo en la cabeza —dijo tu tío Eulalio el clarinetista, todavía sofocado por la carrera.

Tu tío Edelmiro el cellista, que empezaba a repasar el arco sobre las cuerdas del cello, atento antes el oído al arpegio que vendría, y sobresaltado ahora ante las palabras del hermano menor, palideció con palidez mortal.

—Por venir tarde, no tenés por qué inventar disparates —regañó tu abuelo Lisandro a tu tío Eulalio el clarinetista, entregándole su partitura—. ¿Dónde te quedaste perdido?

—Me fui para la casa de las hechiceras con toda la gente que corría para allá —dijo él.

—Entonces, no hay fiesta —dijo tu tío Eulogio el violinista—. Ojalá nos paguen el falso flete.

—Muerto Macabeo Regidor, le queda a Edelmiro el camino libre —dijo tu tío Alejandro el flautista.

Tu tío Edelmiro el cellista, apoyado ahora en su cello, seguía pálido, silencioso, sin acertar a cerrar la boca.

—Tal vez la cena sí la reparten, aunque no haya baile —dijo tu tío Eulalio el clarinetista, y dirigió la mirada hacia el aposento donde se escuchaba el ruido de los azafates, platos, copas y trinchantes que las criadas colocaban sobre la mesa del bufet.

Saulo Regidor el teñidor de trapos es hombre prudente en actos y palabras gracias a su disciplina prusiana, como lo demostró en el caso aquel del falso alumbramiento de su esposa, la gorda más gorda Adelina Mantilla. Maravilla de recién parido, pudo entonces Maclovio el enano lampiño y lépero dejar su abrigo de entrepiernas, bajarse de la cama y salir gateando sin estorbo alguno del aposento matrimonial, el mismo aposento librado ahora de muebles y trastos para que coman y beban los invitados.

Pues esa misma prudencia prusiana deberá demostrarla esta noche, la única del año en que abre las puertas de su casa, a la hora de decidir si suspende o no suspende el baile, que de suspenderlo será asunto de despedir a todos los disfrazados frustrándole el cumpleaños a su esposa la gorda más gorda Adelina Mantilla; y de ser ése el caso, no estaría ella lejos de armarle un soberano berrinche. Pero a qué adelantarse, si se va llegando ya a ese punto.

La gorda más gorda Adelina Mantilla no admite que la contradigan, aunque sea caso de probar que está pariendo a un enano, no por enano y lampiño, menos hecho y derecho. Nacida en la calle Atravesada de Granada, muy celosa de su abolengo, para ella son la misma cosa orgullo y recato; y enano o no de por medio entre sus piernas, goza de fama de mujer sin desliz por alumna otrora de madre Francisca Javier

Cabrini, una santa ya canonizada por el papa Pío XII que había llegado a Nicaragua desde Pavía para enseñar bordado y costura en el colegio de las Salesas del Sagrado Corazón.

Y si entre recatos se anda, queda aún algo por decir acerca de la gorda más gorda Adelina Mantilla. Su madre, Clotilde viuda de Mantilla, había llegado años atrás desde Granada a temperar porque enferma como andaba de los pulmones, la envió su médico a Masatepe en busca de clima benigno; y tanto le asentó el clima que se quedó a regentar una pensión para tísicos forasteros, pensión que estaba precisamente en la esquina frente a la tienda del beduino. Los tísicos y tísicas salían por las mañanas, en pijamas y camisones, a asolearse al corredor, solos y tristes, sentados en las mecedoras o acodados en el barandal, y casi ni se pasaban palabra entre ellos cuando, tras el llamado de la campana, se sentaban a comer una sopa transparente de verse en ella y su ración de verduras cocidas.

Pues todavía enseñaba Domitilo Regidor desde el caballo las últimas fotografías que había traído de Berlín su hijo Saulo Regidor el teñidor de trapos, pese al disgusto que le había causado su deserción, cuando ocurrió un accidente que nadie esperaba ni imaginaba.

El destino de la gorda más gorda Adelina Mantilla no podía ser otro que vestir los hábitos de monja salesa, según promesa de su madre a la santa Cabrini por haberla librado de la tisis mediante milagro que se agregó al expediente de la canonización; pero, según tu tío Edelmiro el cellista, el mismo que todavía sigue apoyado en su violoncello sin volver de su asombro, eso no sucedería jamás, pues no iban a aceptarla las salesas en el convento de Granada siendo ellas tan pobres y la aspiranta tan comelona, con qué la iban a alimentar si no había poder humano capaz de sofrenar las ínfulas de su apetito.

Sucedió aquel accidente cuando uno de los tísicos pensionistas, el general salvadoreño Paulino Chica, se levantó a aliviar el vientre a medianoche, y al explorar con su foco Winchester la caseta del excusado, en previsión de que ya sentado en el banco no fuera a morderlo cualquier alimaña, descubrió adentro a la gorda más gorda Adelina Mantilla en brazos de Saulo Regidor el teñidor de trapos; o, viceversa, mejor, él en brazos de ella.

El general Paulino Chica, jefe de ametralladoras de las tropas del presidente José Santos Zelaya en la batalla de Nacaome, donde se decidió a favor de Nicaragua una de las guerras contra Honduras, no se despegaba el revólver Colt de cañón largo ni para ir al excusado, el foco de pilas en una mano, el arma en la otra; y así pudo someter al hechor, que por obedecer la orden de arriba las manos no alcanzó a subirse los pantalones, mientras la hechora, paralizada de miedo, mantenía recogido arriba de la cintura el camisón.

¿Cómo se podía suponer que hubieran cabido ambos, siendo ella la gorda más gorda, en aquel estrecho cubil? ¿Y en qué circunstancia y posición iban a hacer allí adentro lo que pensaban hacer, si es que no lo habían hecho ya? ¿Y cómo no cedieron ante el peso bruto banco y tabanco hundiéndose en el hoyo de la letrina los dos? ¿Y cómo se podía explicar que hubieran podido entrar, si después no se hallaba manera de hacerlos salir?

A preguntas necias, oídos sordos. Llegó la dueña Clotilde viuda de Mantilla atraída por las voces de alarma que dio el general Paulino Chica, y llegaron tras ella los tísicos que por primera vez reían, y animados opinaban, entre toses, sobre la forma más apropiada de proceder, hasta que no hubo más y llamaron a Josías el carpintero que vino con sus herramientas a sacar los clavos y despegar las tablas de la caseta; y mientras sonaban los martillazos y caían las tablas, el general Paulino Chica iba transmitiéndole al hechor, sin dejarlo de apuntar con el revólver Colt de cañón largo, los requerimientos de la dueña Clotilde viuda de Mantilla: ¿se va a casar? Sí. ¿Mañana mismo? Sí. Y sólo faltó que llamaran al padre Misael Lorenzano y ya desnudo de tablas el excusado les diera allí mismo la bendición nupcial, que a un tiro de piedra estaba la casa cural, patio de por medio con la pensión de los tísicos.

Ahora suenan los aplausos. Saulo Regidor el teñidor de trapos, disfrazado de Francisco Hernández de Córdoba, barbas postizas y gorguera al cuello, tal como aparece el conquistador en los billetes, y la gorda más gorda Adelina Mantilla, disfrazada de monja salesa, pues aunque sea de esta forma da cada año un respiro a la promesa de su ya difunta madre por el milagro recibido, hacen su paseo ritual por el salón tomados del brazo. Terminado el paseo, queda ella repartiendo estampas benditas de la santa Cabrini a los invitados, y se acerca él a los músicos haciéndoles señas, el yelmo acuñado en el brazo y calzada en el pecho la armadura de cartón pintada de sapolín, la cara violácea porque la gorguera de papel crepé, demasiado ajustada, lo sofoca; son señas de que empiecen a tocar, ¿cuál es el atraso que no comienzan ya?

—No sabe la que le espera, Macabeo Regidor se cagó en su baile —dice tu tío Alejandro el flautista, viéndolo acercarse.

Deja las señas Saulo Regidor el teñidor de trapos, porque ya está allí frente a los músicos, y dice ahora de viva voz: ¿qué pasa, maestro Lisandro? El preludio de *Ein Maskenball.*

—¡Don Saulo, su hermano se mató de un balazo! —se adelanta tu tío Eulalio el clarinetista—. Los sesos quedaron de fuera, regados en el piso del baño en la casa de las hechiceras, yo los vi.

Tu abuelo Lisandro, colérico ante semejante imprudencia, alcanzó a atizarle el lomo con la batuta pero ya era tarde para remediar ningún mal. Saulo Regidor el teñidor de trapos se llevó las manos al pecho como alcanzado por un segundo balazo de la pistola de su hermano Macabeo Regidor el suicida que le traspasaba la armadura de cartón; pero resistió el impacto, y se sostuvo en pie. Fue tu tío Edelmiro el cellista el que ya no pudo más, y al oír que los sesos de su rival habían quedado de fuera, regados en el suelo, se desmayó.

Tu tío Eulogio el violinista pudo detener el cello por el

brazo, pero la caída del desmayado, ésa sí que nadie la pudo evitar; rodó arrastrando en su caída la silleta y el atril, y volaron por el piso entalcado las partituras, pues se había esparcido talco en los ladrillos para que las suelas de los zapatos de los bailarines resbalaran con más soltura al desplazarse por el salón.

El beduino del desierto no sabía en aquel momento nada de suicidio ni desmayo. Alejado de los músicos, pero sin quitar ojo a la puerta principal, en espera del ingreso de la momia egipcia, se encontraba conversando con una antigua novia suya, la Odilia Flores, prima de la razonera Amantina Flores, que a estas horas no se sabe si dijo verdad o mentira. Había descubierto, pues, a la Odilia Flores, sola y apartada en un rincón, envuelta en trapos de desteñido negro ceniza; y para darle compañía, apiadado de ella porque por su fama de epiléptica que podía caer víctima de un ataque en cualquier momento, sabía que nadie la sacaría a bailar, fue y le preguntó: ¿Me podías decir, Odilia, de qué andás disfrazada con esos trapos negro ceniza? Y vino ella y le respondió: pues de murciélago, ¿que no me ves? Y se sonrió melindrosa y muy triste, alzando los brazos para enseñar los retazos de paraguas que llevaba cosidos debajo de las axilas a manera de alas; unas alas con las que, estaba visto, jamás iba a alzar vuelo hacia ningún lugar como una vez, aun sin alas, pudo lograrlo Camilo el campanero volador.

Y ya se iba el beduino, contagiado de la tristeza de aquella Otilia Flores de cabellos prematuramente encanecidos, que un día le había escrito cartas de varios pliegos con letra Spencer en las que intercalaba versos impúdicos de José María Vargas Vila, los párrafos amorosos de la carta en tinta negra y los versos en tinta escarlata. Pero con lo que iba ella a decirle ahora, como se lo dijo, reteniéndolo por la túnica, más triste aún se iba a poner: Pedrito, oíme que te diga un secreto de amiga; y él, bajando la cabeza, se le acercó: que mi prima la Amantina Flores te ha engañado, Telémaco Regidor ni piensa aparecerse en esta fiesta, nunca se le ha cruzado por la cabeza disfrazarse de momia egipcia ni arreglar con vos ningún matrimonio ni pedirle pieza a tu hermana Leopoldina, jamás bailará con ella ningún foxtrot. ¿Y me ha engañado ella, por qué? Porque viven juntos los dos, Pedrito, porque son amantes enamorados desde hace meses y ya se volvió un cuento falso eso de las inyecciones de reconstituyente Opovital-Forte para borrarle de la cabeza los diablos azules, si entra ella a su cuarto es por encerrarse allí con él y ya encerrados hacer adentro toda clase de cosas. ¿Qué cosas?, preguntó el beduino, al tiempo que se preguntaba a sí mismo: ¿quién me manda a preguntar semejante idiotez si ya sé yo qué cosas son? Y se rio ella entonces con malicia mortecina: pues esas cosas, Pedrito, las cosas que vos sabés.

Empuñó el beduino del desierto su espada de palo y se compuso la vuelta del haik que le cubría boca y nariz, pronto a alejarse de allí, desconcertado por los vientos que alzaban una nueva tormenta en el desierto y él tan lejos de su caravana, todo lo andado, perdido, el camino borrado por la arena, y de volver a empezar, quién sabe, ya era mucho el empeño y demasiadas las insidias, por qué no regresaba mejor al lado de su mujer a esperar a su hijo si es lo que más le convenía; pero se dijo también: ¿y si no está todo perdido?, ¿si se aparece la momia y yo no estoy? Haga cosas o no haga cosas Telémaco Regidor el traicionero con la razonera Amantina Flores a mí poco me importa, lo único que yo necesito es que se case por lo civil y después, si quiere, que se divorcie, eso ya lo sabe él porque así se lo mandé yo a proponer con ella misma.

Y otra vez no se decidía aún cuando vio que en su busca venía Poncio Pilatos, tan aprisa que Juan Castil el ladrón ratero sin redención corría para emparejarlo regando por el suelo el agua de la jofaina; y ya junto a él, muy jadeante, le dijo Poncio Pilatos: figurate, Pedro, que Vitriolo se mató de un tiro para que no hubiera fiesta, y Edelmiro tu hermano, el muy pendejo, sólo porque oyó decir que los sesos de su rival quedaron regados en el suelo, se desmayó.

Trabajo que les costó entonces abrirse paso hasta el corredor adonde habían llevado cargado en peso a tu tío Edelmiro el cellista porque el rumor del suicidio llenaba ya el salón y los disfrazados corrían en tumulto para rodear a Saulo Regidor el teñidor de trapos que sin atinar a decir palabra parecía querer arrancarse y lanzar lejos la gorguera de papel crepé y la armadura de cartón pintada con sapolín plateado que aprisionaba su tórax y no lo dejaba ni hablar ni respirar, y si así lo hubiera decidido, ni quejarse, ni llorar; pero no estaba pensando, ni remotamente, en quejas ni lloros, disciplinado en sus sentimientos como ya se sabe que es.

Mientras tanto, la monja salesiana sí berreaba, no de dolor por el muerto, pues no lo quiso nunca ni en pintura, ya se sabe, al grado de desterrarlo de su lista de invitados; su llanto era de frustración, ya se supone, porque se le hundía la fiesta, tantos afanes en desalojar trastos y lavar pisos y paredes, la música ensayada y comida les cocinados. Y bien podía en ese momento asegurarse a sí misma que no había existido en su vida otra noche igual de desconsuelo más que aquella del lance en el excusado cuando el general Paulino Chica, revólver en mano, le decía, apartando la vista: señorita, bájese por favor el camisón, sin que atinara ella más que a llorar y llorar como si salieran sus lágrimas de un cántaro roto que ya no admite soldadura.

Tu tío Edelmiro el cellista, de todos olvidado, yacía en cinco silletas plegadizas que le habían juntado en el corredor. El beduino lo sacudió repetidas veces, y como no despertaba, le pidió a Poncio Pilatos: préstame el agua de lavarte las manos. Se acercó Juan Castil el ladrón ratero sin redención con la bandeja en que cargaba el ánfora y la jofaina, le echó el beduino agua en la cara al desmayado, y apenas abrió los ojos, lo amonestó: baboso que te andás desmayando por puro gusto y delante de todo el mundo, no fue por celos de tus amores con Engracia la Guabina que se suicidó Vitriolo sino por joderle la fiesta de disfraces a su hermano. Y farfulló tu tío Edelmiro el cellista, todavía lengua de trapo: es que clarito vi los sesos regados por el piso, como si fueran los míos. Con lo que tal vez quería decir: ese balazo mortal pudo haber sido destinado a mi propia cabeza.

Y mientras ayudaban a tu tío Edelmiro el cellista a que se sentara, el beduino todavía agregó: y quién te manda a correr parejas con el peligro, claro que te pudo haber volado los sesos de un balazo Macabeo Regidor por llevarle serenata a Engracia la Guabina su legítima esposa, y bien baleado estarías, ya no sos un muchachito para ignorar que es una temeridad andarse revolcando con una hechicera de las principales en su propia cama y aceptándole bebidas y alimentos, acató lo que te advierto, un día de tantos te va a dar sontil y dundeco jugado de cegua vas a quedar, o loco de derramar la leche como la Adriana o de creerte dueño del mar como Maximiliano el Emperador. Y tu tío Edelmiro el cellista, en un arranque de arrepentimiento, hizo las cruces con los dedos, las besó, y dijo: por éstas que jamás en la vida me vuelvo a acercar a ella. Y Poncio Pilatos, muerto de risa: no jodás hombre, Edelmiro, no jurés en vano, quién te va a creer que vos renunciés al placer de las mujeres sean santulonas o sean hechiceras, te conozco mosca. No jodás.

Se secaba la cara tu tío Edelmiro el cellista con la toalla que Juan Castil el ladrón ratero sin redención le había alcanzado, siempre por órdenes de Poncio Pilatos, cuando les llegó desde el salón la voz firme de Saulo Regidor el teñidor de trapos imponiéndose sobre el gran silencio de catástrofe creado a su alrededor:

—Don Lisandro, se lo ruego. Por favor, empiece a tocar. *Ein Maskenball, bite.*

Firme el que debía temblar, y acobardado tu abuelo Lisandro que en nada de aquello de duelo y suicidio tenía parte. Y tras un rato de silencio, lo oyeron responder en trémolo desconcertado:

—No puedo, ¿no ve que me falta el cello? Le agarró un desmayo a mi hijo Edelmiro.

—Corré, andá cogé tu cello, que así no hay falso flete —le dijo entonces el beduino a tu tío Edelmiro.

Obedeció tu tío Edelmiro el cellista al requerimiento; y ya todos los músicos sentados en su lugar, dio la espalda a la concurrencia impávida tu abuelo Lisandro, y levantó la batuta. Volvió la cabeza todavía un momento, por ver si se arrepentía Saulo Regidor el teñidor de trapos de aquella terquedad para con su hermano suicidado, pero no se arrepintió, igual de tercos los dos en su último desafío: terco el uno en pegarse un balazo en la cabeza por joderle la fiesta al otro, terco el otro en ordenar que la orquesta, pese al duelo, empezara su ejecución musical.

A las primeras notas del preludio de *Un Ballo in Maschera* la gorda más gorda Adelina Mantilla desgarró otra vez su llanto de rabia mucho más agudo que el agudo del violín tocado por tu tío Eulogio el violinista; y al tiempo que lloraba, se desparramaban las estampitas de la santa Cabrini a su alrededor, como las hojas de un árbol de poderoso fuste azotado por el vendaval. Y si fue de verse a la monja salesa en aquel cuadro, no le quedó a la zaga el propio Saulo Regidor el teñidor de trapos, que mientras imitaba con los brazos manejos enérgicos de director, animando a los músicos a dar brío al preludio, dejaba rodar una lágrima furtiva desde su ojo derecho, camino de la gorguera.

No estaba ya la noche para algazaras ni lucimiento de disfraces con aquel muerto de por medio aunque tocara la orquesta, en eso tenía razón la gorda más gorda Adelina Mantilla al rabiar con sus alaridos; y peor porque, mientras Saulo Regidor el teñidor de trapos seguía moviendo los brazos en actitud de dirigir la orquesta, y lloraba con un solo ojo, empezó de nuevo a tronar en amenaza inminente de otro aguacero.

No era Saulo Regidor el teñidor de trapos, ya está visto, hombre de detenerse en nimiedades tales como partos de enanos, suicidios de hermanos, alaridos de esposas, truenos del cielo ni amenazas de lluvia. Terminado el preludio instruyó a la Orquesta Ramírez seguir adelante, pasaron los músicos a estrenar el vals de tu abuelo Lisandro *Noche de ilusiones y carcajadas*, y entonces, muy circunspecto, se acercó a la monja salesa, que aún berreaba, a pedirle pieza; porque iniciar los dos el baile, mientras los invitados se abrían en círculo para mirarlos, era lo tradicional. Se negó ella entre sus lloros, y no hay que quitarle razón, con desesperados movimientos de cabeza. Pero qué iba a hacer caso aquel terco entre los tercos. Con gesto de cólera la tomó por el talle y empujándola fuera de su sitio la llevó por el salón en giros forzados a los compases del vals, un fardo de monja salesa que tropezaba en brazos de un conquistador español.

Se redoblaron los truenos, estalló de pronto el aguacero con grandes furias y empezó a soplar la lluvia por dos bandas, desde la calle y desde el corredor. Acudieron los disfrazados a cerrar las puertas pero gritó Saulo Regidor el teñidor de trapos que de ninguna manera, nada de encierros y que, además, debían empezar todos el baile, órdenes que eran ya locura aunque fueron obedecidas pues se quedaron en pampas las puertas y algunas parejas desganadas se pusieron a bailar, al abrigo de la chiflonada, en los rincones.

Dieron en rebelarse otros, sin embargo, que corrieron en busca de refugio a la cocina y a los aposentos interiores adonde lograron llegar muy remojados, una Cleopatra con un áspide de fantasía enroscado en el cuello, una odalisca mora de turbante de cachemira agobiada por el peso de las muchas vueltas de su collar de perlas, una manola española de peineta, mantilla y abanico como la del estuche de los jabones Mirurgia, una murciélaga alas de paraguas, encanecida y triste; no así un Lázaro de Betania resucitado que resbaló en el patio a media carrera y fue despintándose de la capa de albayalde con la que simulaba ser cadáver de varios días de putrefacción. Y si un oso de gitanos procuraba noblemente ponerlo en pie, muy temeroso debió alejarse el oso ante los ladridos cada vez más alzados del lobo de Gubbio que brincaba a sus espaldas pugnando por soltarse de la correa retenida cada vez con más esfuerzo por el mínimo y dulce san Francisco de Asís.

Los músicos seguían tocando bajo aquellas órdenes expresas en medio diluvio, como gallos remojados, aunque, de todos modos, poco o nada se les escuchaba ya entre el ruido del aguaje, y tampoco se escuchaban entre ellos, de uno a otro instrumento, por lo que su ejecución era desconcertada, y además, sin nada de ímpetu y mucho de morriña, a pesar del esfuerzo que tu abuelo Lisandro hacía con la batuta; y así se fueron desmadejando los instrumentos, quedó alguno en un soliloquio, un bemol como si sólo afinara, y vino por fin un ventarrón que arrancó las partituras de los atriles obligando a tus tíos a perseguirlas antes de que se escaparan hacia la oscuridad de la calle y trabajo que le costaría a tu abuelo Lisandro volverlas a copiar.

Y señal de que todo se lo llevaba el viento, volaban junto con todas las demás las partituras de *Chicas en bicicleta ruedan por Central Park*, violín primero, violín segundo, viola, clarinete, cornetín, trompeta, trombón de vara, cello, banjo, bajo, saxofón, y a las voces de tu abuelo Lisandro, el beduino del desierto, Scarlett O'Hara, y aun Ana Bolena con su barriga, a saltos y carreras ayudaban a perseguir los papeles pautados como si se tratara de palomas volanderas que se habían escapado porque alguien había dejado abierta por descuido la puerta del palomar.

Y todavía le había mentido en algo más la razonera Amantina Flores antes de despedirse, sin necesidad alguna, ya por gusto de su perfidia, se decía el beduino, condolido, mientras alcanzaba al vuelo las hojas o se agachaba para recogerlas del suelo, ya mojadas de lluvia, algo divertido que según ella se le había ocurrido a Telémaco Regidor respecto a la fiesta pero ya muy tarde para ponerse en obra, y era haberle dado a fabricar a Josías el carpintero un sarcófago egipcio como el que sale en la película de Boris Karloff, llevan temprano el sarcófago a la fiesta, lo ponen contra una pared, van llegando entretanto los invitados que se deshacen en preguntas, comidos por la curiosidad, ¿quién estará adentro?, ¿qué será? Hasta que vos, ya avisado, como su amigo del alma que fuiste y seguís siendo, Pedro, vas y abrís la tapa, y entonces aparece él, muy tieso, con las manos juntas sobre el pecho, sale, se pasea con pasos macabros, asustando y sorprendiendo a todos los disfrazados, huyen unos, gritan otros, poseídos de terror, premio seguro para la momia y premio seguro para Ana Bolena vestida de terciopelo negro con el tajo sangriento en la garganta, cuánto ingenio y cuánta novedad una cabeza repuesta sobre los hombros de una decapitada, y más, después que hubieran bailado los dos el foxtrot convenido, ese premio, ¿quién se los podría disputar? Señoras y señores, damas, damitas y caballeros, Telémaco Regidor premio al varón mejor disfrazado, Leopoldina Ramírez premio al mejor disfraz de mujer.

Y ahora, cuando va a entregarle a tu abuelo Lisandro lo que ha podido salvar de las hojas pautadas, se dice: bueno, se suicidó Macabeo Regidor por el afán de joderle la fiesta a su hermano y la fiesta se acabó. Se desmaya Edelmiro sin qué ni para qué. Empieza este diluvio que calla a los músicos y se lleva volando las partituras que remojadas como quedaron ni para atizar el fuego van a servir. Ya no van a darle premio a ningún disfraz porque todos los disfraces se echaron a perder. Se quedó sin cantar su aria la Amada Laguna, y embebida de pies a cabeza porque nadie se acordó de mover de lugar su palanquín. Ya no hay pareja concertada para bailar aquel foxtrot cuando yo diera la señal. Entonces, ¿se puede saber qué hago yo todavía aquí?

Camino de la puerta va ya el beduino del desierto dejando a sus espaldas la voz de la muy gorda Amada Laguna que sentada en su palanquín de hada madrina le solicita a la gorda más gorda monja salesa Adelina Mantilla dormir allí esa noche porque, bajo esta lluvia y por esas calles anegadas, ¿qué cargadores la van a querer transportar? Pero en eso siente que le tocan la espalda, y es Eleuterio Malapalabra, el músico de la tuba, el campeón de crucigramas y campeón sin desafío del concurso nocturno de miembro viril más grande organizado por el padre Misael Lorenzano, que esta noche, al tratarse de una fiesta y no de una procesión o entierro, ha ejecutado el trombón de vara.

Y le dice Eleuterio Malapalabra, acomodándose con energía los pantalones en señal de que no va a andarse mucho por las ramas: ve, Pedro Ramírez, como al fin no se presentó la momia egipcia y ese asunto que andabas concertando no se arregló, quiero manifestarte que no tengo inconveniente en hacerme cargo de la barriga de tu hermana Leopoldina y que por lo tanto estoy en disposición de casarme con ella tanto por la iglesia como por lo civil. Y el beduino, que a estas horas ya no se extraña de nada, le dice: ¿ya hablaste con ella antes de venirme a proponer ese trato a mí? Porque si ella no está de acuerdo, nada puedo remediar yo. Y le responde el otro: no, con ella no he hablado, pero con el teniente Sócrates Chocano, sí hablé.

—¿Y de qué cuenta fuiste a hablar con el teniente Sócrates Chocano? —le dice el beduino, algo indignado.

Poncio Pilatos, atento de lejos a la plática, se da cuenta que está siendo aludido de mala manera y quiere disimular lavándose por última vez las manos; pero se ha quedado sin agua la jofaina de Juan Castil el ladrón ratero sin redención, por lo que sólo acierta, muy amuinado, a sonreír.

—Pues, para serte sincero, fue él quien habló conmigo primero —le responde Eleuterio Malapalabra.

—No entiendo, así que explicate —le dice el beduino.

Y Eleuterio Malapalabra, la boca un florón de tan acomodada por años a soplar la tuba, viene y explica: fue antes de entrar tu hermano Eulalio el clarinetista con las novedades del suicidio de Macabeo Regidor que me llamó aparte el teniente Sócrates Chocano para hacerme la propuesta de casarme yo con tu hermana Leopoldina, sé como el jabón, Eleuterio, me dijo, a vos te corresponde lavar la mancha de ese honor porque lo que es el pobre Pedro Ramírez anda engañado y perdido, lo engañó y perdió sin misericordia la tal Amantina Flores al ser ella y no otra quien planeó todo este falso ardid de la momia que venía a bailar un foxtrot, y sólo él, inocente de malicias, no sabe que esos dos son amantes constantes y sonantes, sólo él no sabe que al mediodía de hoy allí estaba ella en la cantina de Las Gallinas Cluecas dándole compañía al borracho hablantín que empina su botella, una mujer en una cantina, ya podés sacar cuenta, gozando a carcajadas cuando el borracho que a veces ríe y a veces llora y que mareado trastabilla se mofaba en público de la pobre Leopoldina Ramírez, y asustada cuando entraron los soldados a llevarse a Ulises Barquero creyendo ella que era al otro, a su berraco, al que llegaban a capturar.

—¿Y qué más te dijo el teniente Sócrates Chocano? —le pregunta el beduino.

—¿Sobre ese asunto? —le pregunta, a su vez, Eleuterio Malapalabra.

—Sobre ese asunto —dice el beduino.

—Sobre ese asunto, ni una palabra más —contesta Eleuterio Malapalabra—. Después, lo que me dijo es que si consentía en casarme con tu hermana Leopoldina, me iba a regalar un permiso para poner una mesa de dados en mi casa, toro rabón, sirenita y otros juegos de azar.

—¿Y ese ofrecimiento fue lo que te convenció? —le dice el beduino, entre maltratado y burlón, mientras busca con la mirada a Poncio Pilatos.

Lo busca, pero no lo encuentra. Hay una bulla en el corredor y hacia allá se ha ido Poncio Pilatos, en función de autoridad, porque está contando la Amada Laguna que apareció envenenado en el patio el perro que hacía del lobo de Gubbio de san Francisco de Asís, que no se sabe quién le dio el bocado mortal, de seguro uno de los que fueron mordidos la otra vez cuando bailaban *El barrilito cervecero*, y que entre tanta gente disfrazada será imposible averiguar el nombre del hechor.

Qué vaina más grande, cavila el beduino, con lo que me viene este Eleuterio Malapalabra a semejantes horas y de qué apuro sale mi hermana Leopoldina con uno que solamente sabe resolver crucigramas; pan sin levadura: ácimo, lo contrario de amor: odio, en lo que cae quien no recuerda: olvido, sinónimo de desprecio: desdén, lo que es la tuba la toca mal y ya no se diga el trombón de vara que tanto desafina, y por si fuera poco, y eso es lo peor, los trances en que se vería ya casada porque este hombre es un fenómeno digno de exhibirse de pueblo en pueblo en la carpa del mago ilusionista Paco Fuller.

Y en esos pensamientos de acordarse de las desconsideradas medidas de Eleuterio Malapalabra tropezaba, cuando reparó en que tenía enfrente a tu tío Eulalio el clarinetista que estaba allí desde hacía ratos; y puesto que había escuchado, cuándo no, toda la plática, se esforzaba, muy alarmado, en llamar su atención utilizando el clarinete para hacerle ciertas representaciones de largueza, dureza y grosor.

Sólo eso faltaba, se dijo, exasperado, mirando a tu tío Eulalio el clarinetista que se colocaba ahora el clarinete, muy erecto, por encima de la portañuela y lo manipulaba, como si con las señales anteriores no hubiera entendido ya sus prevenciones de peligro; sólo eso faltaba, que sea yo el que deba recordarle a este Eleuterio Malapalabra la grosería de sus medidas cuando las conoce él mismo mejor que nadie, igual que debí recordarle la hora a Cecilio Luna el camandulero, cuando tenía el reloj del campanario frente a sus propios ojos.

—Vos hablale a ella, y según lo que te diga, mañana nos vemos, que yo ya me voy porque mi hijo está por nacer si no es que ya nació —terminó por decirle el beduino del desierto a Eleuterio Malapalabra, dándole la espalda de una vez.

Y apenas se lanzaba al viento y a la lluvia, una voz en la oscuridad pasó avisando por la calle a todo correr: ¡la Amantina Flores se quedó dormida fumando en la cama y se incendió con todo y la sábana, la almohada y el colchón!

¿Cómo? ¿La Amantina Flores? ¿Y murió?, preguntó el beduino a la voz que se alejaba, apresurada; y la voz, disminuida en la distancia, le contestó: sí, todavía logró correr por media calle real como una antorcha encendida, la vio pasar primero Filomela Rayo que como no duerme de noche barría muy tranquila su acera, se abrieron otras puertas al oírse sus lamentos desesperados, le lanzaron arena, le lanzaron trapos remojados en aceite, pero cuando al fin la apagaron varias cuadras adelante, ya iba casi sin vida, cayó al suelo y murió.

Y el beduino, detenido en el umbral, pensó: la pobre Amantina Flores; y luego, ansioso por conocer la hora del suceso, preguntó: y eso, ¿a qué horas fue? Y la voz, que ya casi no se oía, dicen que le contestó: hace ratos sería, antes de este aguacero, porque, si no, a lo mejor, a mitad de su carrera la hubiera apagado la lluvia; y hace ratos, además, porque ya la amortajaron y la están velando acostada en una cama que llevaron de la vecindad, pues lo que fue su propia cama quedó hecha un solo tizón. Y de pronto, como si bastara la mención de la palabra lluvia, se serenaron los cielos y dejó otra vez de llover.

Aquella voz que parecía que corría, alejándose, ni corría ni se alejaba, era la lluvia la que la había empujado hasta disminuirla. Allí tenía de frente el beduino a Josías el carpintero, su cabellera hirsuta de grenchas empapadas estorbándole los ojos: vengo, don Pedro, de tomarle las medidas para su ataúd a la pobre Amantina Flores, la que fue tan bella de cara y cuerpo al punto de semejar al ángel de la balanza, y que al quemarse quedó tan irreconocible, vea qué desgracia, dormirse en su cama fumando, y el hijo del pecado que por nada se asfixia en la humareda si no es que llegan a tiempo de sacarlo a la calle los vecinos.

¿Sería eso antes de las ocho?, quiso precisar el beduino, la ansiedad tornándose duda en su cabeza porque le era difícil figurarse a la Amantina Flores capaz de engañarlo si ahora estaba muerta, nunca engañan los muertos sino los vivos, y la Amantina Flores su razonera era ya incapaz de ninguna treta, daño o falsía. Yo no sé la hora, don Pedro, le responde entonces Josías el carpintero, a mí me llamaron pasadas las nueve pero me tardé en llegar al lugar de la tragedia a tomarle sus medidas, ocupado como estaba en terminar el encargo de otro ataúd; y si con retraso voy ahora de regreso a la carpintería, a alistar el que le corresponde a la difunta, es porque no se sabía quién me lo iba a pagar. Hasta que la Aurora Cabestrán abrió su ventana y entre sus lloros y gritos dijo que no importaba. Ella, que ya me había encargado el primero, me pagaba los dos.

—¿Los dos? —va y le pregunta el beduino, muy extrañado.

Pues la caja de la Amantina Flores y la caja de Ulises Barquero, el marido de la Aurora Cabestrán, se extraña, a su vez, Josías el carpintero. ¿Qué no sabe usted? Preso estaba en la reja del cabildo por órdenes que mandó a dar su propio padre don Salomón Barquero para que no siguiera tomando en las cantinas, cuando se le presentaron los diablos azules en poderosa multitud, una revoluta de pezuñas, garras, colas y colmillos; y al robarle los sentidos, ya acosado por la desesperación de aquella gran alharaca de chillidos, risotadas y bufidos en sus orejas, empezó a pegar la cabeza contra las paredes hasta que se la desbarató, y no hay forma de que entreguen el cadáver a su viuda, tres viajes al cuartel, en vano, lleva ya la Aurora Cabestrán, nadie le da cuenta de nada, le alegan que faltan órdenes superiores del Campo de Marte, no se atreven a despertar a Tacho Somoza a estas horas, y si pude yo saber las medidas del cuerpo fue calculándolas de lejos, porque hasta la bartolina, propiamente, donde está tendido el cadáver, no hay alma nacida que se pueda arrimar.

—Eso no puede ser —dijo el beduino.

—¿Qué es lo que no puede ser? —dijo Josías el carpintero.

—Que haya sido verdad la profecía —dijo el beduino.

—No sé cuál es esa profecía —dijo entonces Josías el carpintero.

Ahora sí no se agitaba el agua, quieta en su infinita transparencia, y podía percibir aquel recuerdo, fijo, en el fondo, como una piedra pulida, tres que dejaban flotar a la deriva sus cuerpos desnudos en la soledad de la laguna, y una voz de mujer, gangosa y desportillada, escondida entre los deslumbres de la resolana, que les advertía: ¡oigan, ustedes tres que se están bañando allí, desnudos, metidos en la oquedad de esa laguna, y son tan amigos del alma que todo lo hacen siempre juntos, ésta es la suerte que según les declaro van a correr el mismo día que vaya yo camino del cementerio y me salga de mi ataúd: uno va a morir prisionero en noche de lluvia en un calabozo, espantado por los diablos azules hasta la locura, y antes de que muera, otro va a andar cerca, por allí, vestido de beduino, pero no le va a poder decir adiós; y otro, que debía ser la momia en un baile esa noche, pero ya no lo será, habrá traicionado al beduino y ya nunca más en esta vida se van a reconciliar estos dos! ¡Y ahora, adivinen quién de ustedes es cada quien!

¿No se habían salido del agua los tres en persecución de la mujer que apoyada en su bordón se alejaba entre los breñales? ¿No le habían lanzado piedras al tiempo que la insultaban hasta que la perdieron de vista? ¿Y quién era aquella mujer sino la Diocleciana Putoya? ¿Y no era así que Ulises Barquero le había pedido esta misma noche desde su celda que no lo dejara solo porque el cajón de la hechicera madre se había rajado por la mitad cuando la llevaban a enterrar?

Pero a lo mejor, eso que ahora cree que se acuerda, ni ocurrió, casi se atreve a comentarle a Josías el carpintero. Es falso el guijarro pulido en el fondo del agua y es falsa la transparencia infinita del agua. Porque si la vida fuera así, como los crucigramas de Eleuterio Malapalabra, advertencias de hechiceras madres, verticales y horizontales, para que uno rellene las casillas con el significado de las desgracias anunciadas, nadie se atrevería ni a ponerse los zapatos para salir de su casa, ya no se diga a disfrazarse de beduino y mejor sería aguardar en la cama, sin mover un dedo, a que llegue la pelona costal de huesos armada de su guadaña, que de todos modos se va a presentar a convidarte al baile con su lista donde no hay ningún nombre tachado y que Inocencio Nada pregonero ni que ninguno que vaya a decirte yo lo siento mucho pero aquí no figura usted.

Con razón se había desaparecido Poncio Pilatos de la fiesta. Llegó un soldado a buscarlo cuando la Orquesta Ramírez ejecutaba el preludio de *Un Ballo in Maschera*, rendido al fin tu abuelo Lisandro ante la porfía de Saulo Regidor el teñidor de trapos. Salió disparado hacia la calle mientras tronaban los cielos, Juan Castil el ratero sin redención siempre tras él, y cuando volvió al salón, ya lloviendo recio, nada reveló de lo acontecido porque hubiera necesitado lavarse de verdad las manos delante de los invitados, y exclamar, mientras se las secaba con el paño de seda: no cae sobre mí la sangre de este justo.

Ahora allí está, en el corredor, interrogando a los disfrazados sospechosos del envenenamiento del lobo de Gubbio, y ya se sabe que cualquier gestión delante de él para obtener que le entreguen el cadáver de Ulises Barquero a la Aurora Cabestrán sería un fracaso y es una ingratitud sin nombre que no se lo entreguen esta misma noche para que pueda velarlo. ¿No lo está oyendo ya? Entendeme, Pedrito, no está en mis manos complacerte, ¿qué puedo hacer yo?

—¿Y el general Macedonio Barquero? ¿Por qué no da la orden? Él fue quien lo mandó a echar preso —dice el beduino.

—A ése, igual que a Tacho Somoza en Managua, quién se atreve a irlo a despertar —dice Josías el carpintero.

Yo ya probé una vez, y ni me mordió, ni me comió, de modo que bien podría probar de nuevo, reflexiona el beduino. Llegar a su puerta, golpear con educación y cautela hasta que salga a abrir el sirviente, pedirle al sirviente que vaya a comunicarle a su aposento la noticia: general, general, su sobrino. ¿Mi sobrino? Sí, su sobrino. ¿Qué? Vienen a avisar que se quitó la vida, a cabezazos, en la celda donde usted lo mandó a meter. Se incorpora en la cama, resbala al suelo la cobija. Impávido, la cabeza abatida, dura y pesada, como de mármol, muy blancas las manos, puestas sobre las rodillas, se queda mirando sus pies desnudos, también muy blancos; ya parece su propia estatua de mármol. Ni se mueve, ni responde. Nada dicen sobre la muerte los que después van a ser estatuas de mármol y tienen la costumbre de mandar. Luego, sus únicas palabras al sirviente: recógeme del suelo la cobija; y que mañana, para la hora del entierro, la planchadora me tenga listo el vestido negro, aquél, el de casimir inglés.

La realidad es que a ningún lado quiere ir ya ese beduino, a nadie va a buscar, ni a despertar. Demasiados sucesos, comisiones, vueltas y gestiones le han tocado en este día tan largo. Que un novio santulón camandulero entretenido en coloquios con una despechada que llora a mares. Que el entierro de una hechicera madre que viene, y se sale de su cajón, camino del cementerio. Que la visita de uno que va a pegarse un tiro por arruinarle la fiesta a su propio hermano, y va, y de verdad se lo pega. Que una tal momia traicionera que al fin no se presenta a bailar foxtrot. Que la esposa del partero que ya muerta viaja como pasajera en el vagón de primera del tren y a medio camino resucita. Que el llamado implorante de un amigo del alma que luego se mata en su celda a cabezazos. Que una razonera desgraciada tan agraciada al punto de parecerse el ángel del divino trono que corrió por la calle como antorcha, y encendida murió.

A tu casa, beduino, que un alumbramiento te espera. ¿De qué cuenta vas a seguirte entreteniendo más?

7

La voz que llegó entre la lluvia a dar aquellas malas nuevas se queda hablando y ya no se oye qué dice porque es el beduino del desierto quien ahora se aleja presuroso hacia su casa, pensando, sin quererlo, que éste es el día de fortuna de Josías el carpintero, varios ataúdes vendidos lleva ya: el de Macabeo Regidor el suicida, el de la Amantina Flores la razonera incendiada en su cama, el de Ulises Barquero aturdido hasta la locura por los diablos azules en su celda de la cárcel; y, antes, dos ataúdes para la misma persona, la hechicera madre Diocleciana Putoya.

Y a medida que avanza, al acercarse a la casa del cabildo en la que no brilla ninguna ventana, allí donde se pasaron por días leyendo el expediente del caso de tu tío Esaú el finquero que había matado a un ladrón amarrado de pies y manos, oye gritos de mujer que viniendo del cuartel desgarran la oscuridad. Ya está allí, otra vez, la Aurora Cabestrán reclamando el cadáver de Ulises Barquero frente al teniente Sócrates Chocano que aún lucirá su atuendo de Poncio Pilatos. ¿No debería él ir a auxiliarla, a darle por lo menos un abrazo de consuelo? No. Ningún abrazo, ningún consuelo. Y a más gritos dolorosos, más premura, empujado hacia su casa por un viento imprevisto que va hinchándole la túnica como una vela insuflada desde babor.

La vida así es y qué puedo hacer yo, suspira el beduino, cuántas cosas no arma un día y a la noche siguiente ya las desarmó, como esas figuras del caleidoscopio que le trajo de regalo de Los Ángeles a Luisa la grávida el padre Misael: prismas superpuestos, vitrales encantados, catedrales de arbotantes encendidos, multitud de mariposas transparentes que se cruzan en su vuelo, cielos de estrellas geométricas que resplandecen con sólo girar el tubo de cartón; y a otra vuelta del tubo, se deshacen las imágenes en trocitos de colores, ruinas del espejismo, ensueños hechos trizas, fragmentos de ilusiones, perdida para siempre la perfecta simetría, la felicidad perfecta que apenas tuvo forma y ya nunca más se volverá a repetir.

Y ya cerca del portal de la casa del cabildo se le acercó una sombra, y esa sombra era como fundida en cobre, la sombra de Ireneo de la Oscurana que cargaba su pala, macana, balde y cordel. Y le dijo: me alegro, señor don Pedro Ramírez, de encontrarlo a usted y comunicarle antes que a nadie una grata novedad.

—Primera grata novedad que oiré en todo el día —le respondió el beduino—. ¿Y se puede saber qué será para que vengás a dármela a mí de primero y tan a medianoche?

—Que se fueron los chinos, estuve yo a despedirlos, y les di su adiós —dijo entonces Ireneo de la Oscurana.

—No estoy yo para adioses de chinos que voy apurado y si no me explicás ya qué chinos ni qué adioses son ésos, yo mismo te digo ahora mismo adiós —vino y le respondió el beduino.

Pues va poniendo en el suelo todos sus instrumentos Ireneo de la Oscurana con mucha paciencia, uno por uno, y ya libre de toda carga le explica al beduino que cayendo la noche llegaron de Jinotepe a buscarlo a su casa, montados en sus bicicletas, los tahúres chinos Aníbal Wong y Leónidas Wong, con el fin de proponerle que los dejara meterse en el pozo que estaba él excavando en el solar de Filomela Rayo la que duerme de día y vela en la noche, porque querían regresarse a su tierra que era la Cochinchina; y como le prometieron y dieron buena paga los llevó él al pozo, se metieron ellos, y se fueron, sin abandonar sus bicicletas, que ayudó él a alcanzárselas desde el borde del hoyo, diciéndoles: adiós, mis amigos, que les vaya muy bien; y como empezaron su viaje de noche, allá será ya el día y habrán llegado con luz.

—Andá, contale ese engaño a don Avelino Guerrero para que esté tranquilo de que no van a seguir los chinos reclamándole la entrega de doña Tadea Toribio —le dice el beduino.

—Si no es engaño, aquí están los reales que me pagaron —le dice Ireneo de la Oscurana; y se saca de la bolsa un grueso rollo de billetes, y se lo enseña.

—Pues buen negocio podés poner entonces, metiendo en ese hoyo a todos los chinos que se quieran ir para la Cochinchina —dice el beduino, y deja atrás a Ireneo de la Oscurana perdido en la oscuridad que, si bien se piensa, la oscuridad es parte de él mismo, o él mismo es parte de la oscuridad.

Y ya cruza la calle, ya sube las gradas del parque, ya toma el sendero de los malinches, que es el sendero por donde se fue llorando, si bien se recuerda, Auristela la Sirena, y ve entonces que por allí se acerca don Avelino Guerrero, vestido de luto riguroso, sombrero de fieltro y cuello de baquelita, alumbrándose el paso con su lámpara tubular. Y se irrita el beduino, este viejo temático levantado a medianoche, ¿será capaz de andarme buscando para que le deje las candelas a un real?

—¿De dónde viene o para dónde va a estas horas? —se adelanta a preguntarle, porque a lo mejor le da el otro una respuesta rápida, sigue de largo y lo deja en paz. Y quisiera preguntarle también, pero sería ya mucha la dilación: ¿acaso viene del brocal del pozo de Filomela Rayo de despedir a los chinos Aníbal Wong y Leónidas Wong que le ganaron a su esposa Tadea Toribio a la taba, feliz usted de que ya nunca más le volverán a cobrar esa apuesta?

—Vengo —dice don Avelino Guerrero quitándose el sombrero con ademán muy funeral y solemne— de pagar mi visita al cuerpo presente de Amantina Flores, que se durmió fumando en su cama y de esa manera desgraciada, pereció.

—Entonces, me perdona, que ya debe estar en trance mi esposa, y me tengo que ir —le dice el beduino.

Pero no hace intento de irse. Más bien entretiene la mirada, esculcando entre las sombras la figura de un muchacho que se ha quedado rezagado, lleno de timidez, detrás de don Avelino Guerrero. Advierte el otro la curiosidad del beduino; y en lugar de ocultar la presencia del muchacho, se vuelve y le acerca el fanal al rostro, con lo que brillan sus ojos celestes, aún enrojecidos por la humareda. O por el llanto. Es el hijo del pecado.

—¿Qué anda haciendo usted a estas horas con el hijo del pecado? —le pregunta el beduino.

—Debo confesarte, a vos antes que a nadie, lo que hasta ahora nadie sabe —le dice don Avelino Guerrero sin apartar la lámpara de la cara del muchacho—. Este que ves aquí es mi hijo. Y ahora que ha perdido a su madre, me lo llevo a mi casa, para que viva conmigo.

—¿Entonces fue usted quien sedujo a la Amantina Flores en tiempos que figuraba de ángel custodio del santo sepulcro? —le pregunta el beduino.

—Yo fui —le responde don Avelino Guerrero, y abate la cabeza.

—Pues al fin se averigua quién era el pecado —le dice el beduino—. Usted es el pecado, y éste es su hijo, el hijo del pecado.

—Si eso te causa diversión, que así sea —le dice don Avelino Guerrero, al tiempo que acerca al hijo del pecado a su regazo, y lo besa en la cabeza.

—Y doña Tadea Toribio, ¿qué irá a decir? —le pregunta el beduino—. ¿Irá ella a aceptar en su casa, así no más, a este muchacho?

Don Avelino Guerrero cavila, muy preocupado, y deposita el farol en la vereda.

—Siendo ella tan disgustada de carácter, no lo creo —dice—. ¿No quisieras vos venirte conmigo a mi casa un ratito, a ver si entre los dos la podemos convencer?

Huyó de allí el beduino, apurando su paso. Y ya de lejos, sin volver la cabeza, gritó para que don Avelino Guerrero lo oyera: ¡ésa es la única propuesta que me faltaba! ¡Bonito estaría que me leñateen a mí también, siendo usted el disoluto!

Y ya volaba otra vez, preguntándose angustiado: ¿al fin llegarás a tu casa, beduino? Por cuentas a vos, primero que a nadie, te tienen reservadas las novedades esta medianoche, chinos que se van en bicicleta por el pozo a la Cochinchina, el padre del hijo del pecado que al fin aparece. ¿No sería mejor que fueras a sentarte de una vez por todas al confesionario del padre Misael Lorenzano?

Y en ésas iba su cabeza, cuando sintió que lo agarraban del manto; y por lo ligero de su carrera, se quedó el manto en la mano de quien así pretendía retenerlo. Detuvo entonces sus zancadas, se volvió, y era Juan Cubero el sastre heredero de la heroína Rafaela Herrera, quien le dijo, muy circunspecto, devolviéndole el manto: ya sé que va a nacer su hijo, Pedro, y no quiero atrasarlo demasiado; es sólo algo que, cuando lo vi subir las gradas del parque, decidí que se lo tenía que contar, porque es como una espina que tengo atravesada en el güergüero, que no me deja ni tragar, ni resollar. Pues cuente, que no hay tiempo, le dijo el beduino, siempre apurado, pero ya intrigado; y el otro: es sobre una burla que en el baile de disfraces le querían jugar.

—¿Burla?, ¿a mí?, ¿de quién? —preguntó el beduino.

Y se atusó Juan Cubero el sastre los bigotes castellanos: ha de saber, Pedro, que hace unos días me llegó a buscar la finada Amantina Flores, ¿supo usted que hoy en la noche se durmió fumando en su cama, se incendió, corrió encendida por la calle y falleció? Sí, ya lo sé, ya lo sé, lo urgió el beduino a seguir: pues bueno, me llegó a buscar para encargarme dos disfraces a la medida, disfraces de diablo y diablesa, una Luzbela y un Luzbel, de tafetán rojo brillante los dos. ¿Y para quién son?, le pregunté yo; y ella: son para mí y mi pareja, y usted se tiene que venir conmigo a tomarnos las medidas al lugar que yo misma lo voy a conducir.

Y le dije yo: mire, Amantina Flores, no es que me quiera meter en lo que no me importa, pero explíqueme: ¿está usted invitada a ese baile de disfraces? Se lo pregunté, Pedro, porque, ¿quién apunta en la lista del pregonero Inocencio Nada a una muchacha deshonrada, madre del hijo del pecado, que anda de casa en casa, bañando en una enfermos, poniendo en otra una inyección? Y me dio ella esta repuesta: no se preocupe, don Juan Cubero, no estoy invitada yo, pero mi pareja sí; y además, la gracia está en que nadie nos va a descubrir, nunca vamos a quitarnos las máscaras, y así como vamos a entrar, sin que nadie sepa quiénes somos, así nos vamos a despedir, dejando atrás la intriga y el barullo, eso es lo que pretendemos él y yo. ¿Y para qué quieren hacer eso?, fue entonces mi siguiente pregunta. Pues porque sí, dijo ella, algo soberbia, algo altanera; pero luego, sin que yo la acosara, se me descubrió: es que queremos presenciar, sin que nos estorbe, la ansiedad de un beduino del desierto que andará buscando, en vano, a una momia egipcia, y tendrá que aburrirse de buscar y esperar; y yo, por mi cuenta y parte, quiero atestiguar el desespero de una Ana Bolena que no va a poder bailar un foxtrot con esa momia, que es la momia famosa de la película de Boris Karloff; una Ana Bolena que si no ha sentido nunca el filo del hacha del verdugo, esa noche sí la va a sentir, y por fuerza tendrá que ver su propia cabeza ensangrentada rodar a sus pies.

Eso me dijo ella. Y tenga ahora en cuenta que mi oficio es sastre y vivo del oficio, y no me puedo negar a encargos, sean de camisas, pantalones o disfraces, ya que las tierras de mi herencia de Rafaela Herrera no me las han querido devolver a pesar de todos los años que lleva mi pleito en la Corte de

Apelaciones de Granada, aunque, según parece, ya se está destrabando el último recurso de alzada que presenté.

—Un momento —lo detuvo el beduino—: de ese asunto de su pleito, que ya me lo sé, hablemos otro día. Estamos ahora en el momento en que se fue usted con la diablesa satanesa a buscar al diablo Satanás.

—No se nombró así ella. Se nombró Luzbela, y a su pareja, Luzbel —lo corrigió Juan Cubero el sastre.

—Da lo mismo Satanás que Luzbel. Diablo es diablo —le dijo el beduino—. ¿Qué más?

Pues cogió Juan Cubero el sastre su cinta métrica, su cuaderno y su escuadra, echó candado a la puerta de su sastrería, y con su clienta Amantina Flores se fue, a tomar las medidas de los disfraces de diablo y diablesa.

—Y esas medidas, ¿a qué lugar las fue usted a tomar? —preguntó el beduino.

Ya sabía de sobra y antemano la respuesta. Sólo faltaba que se le ocurriera preguntar también: ¿y se puede saber quién era la persona a la que iba a tomarle las medidas para el disfraz de Luzbel?

—A la mediagua esa donde vive Telémaco Regidor era que íbamos, la que está en el fondo de la propiedad del finado Domitilo Regidor. Telémaco Regidor era el Luzbel al que había que disfrazar —le contestó Juan Cubero el sastre.

—¿Y qué sigue después? —le preguntó el beduino.

Después seguía que entraron por una tranquera oculta en el fondo del solar. El solar es un huerto umbroso y para llegar a la mediagua uno se mete entre la verdura sin riesgo de dejarse ver, muy distante la casa principal, como a dos cuadras de distancia, tan grande es aquel lugar; aunque, de todos modos, Pedro, vive desocupada y en silencio esa casa. Y ya puestos allí, le había dicho la Amantina Flores: espéreme un momento, don Juan Cubero, aquí en el huerto; y entró ella a buscar a Telémaco Regidor a su mediagua, esa mediagua que huele de lejos a aguardiente, a estanco fiscal.

El beduino conoce ese huerto, conoce esa mediagua que huele de lejos a aguardiente. ¿Cuántas veces no estuvo allí, no le dio allí la noche en pláticas de nunca acabar, no se quedó a dormir allí regresando de alguna fiesta hasta el amanecer? En un rincón del cuarto aquel, recuerda la vitrina bajo llave llena de libros, una vitrina que alguna vez sirvió para guardar la vajilla de la difunta Águeda Catarina, y que ahora guardaba las novelas de amor que Telémaco Regidor iba a comprar a Managua, en viajes en tren de ir y volver el mismo día, con ese solo propósito, y que tras leer metía en la vitrina de donde nunca volverían a salir, porque no las prestaba a nadie, excepto, claro está, el ejemplar de *Cumbres borrascosas* que ya sabemos entregó un día en las manos de tu tía Leopoldina la prisionera.

Iba a preguntar ahora: ¿qué pasó, entonces? Pero ya continuaba Juan Cubero el sastre: al rato de mi espera entreabrió la puerta la Amantina Flores, sacó apenas la cabeza de ángel de bucles dorados, y me ordenó: pase ya. Y perdóneme, Pedro, que le cuente lo que vi y no se lo repita a nadie por vida suya.

—¿Qué acaso me conoce usted por cuentero? —le respondió el beduino, disgustado.

Pues lo que había visto Juan Cubero el sastre era lo siguiente: un Telémaco Regidor, muy borracho, tan borracho que casi no se podía sostener, desnudo de la cabeza a los pies, y a su lado una Amantina Flores, igual de desnuda, que decía: puesto que son muy ajustados los disfraces de Luzbel y Luzbela que queremos lucir, desnudos nos tiene que tomar usted las medidas, Juan Cubero. Y yo, Pedro, qué le digo, mi boca, mis manos, mi cuerpo en un solo temblorín. Tocar a un hombre desnudo no me importa, ni meterle la escuadra en la talega, no nací para esa clase de vicio ni tentación; pero acate el sufrimiento cruel de medir con la cinta métrica a una mujer tan hermosa con tan merecida fama de ángel del divino tesoro, así, en el puro cuero, cuello, hombros, busto, cintura, cadera, pierna, antepierna, y acate el difícil deber de apuntar esas medidas en el cuaderno, ¿con qué cabeza despejada? ¿Y la hora nona? ¿La hora de llegar con la escuadra a la bisagra por necesidad de medirle la entrepierna? ¿La hora de pedirle, casi sin aliento en la voz: ábrase un poquito, Amantina Flores, si me hace la merced?

—¿Qué pasó entonces? —preguntó el beduino como quien no quiere saber. Pero bien que quería.

—Pasó que la medí, metiendo mi mano en aquel hervidero, pues era mi mano y no otra la que debía sostener la escuadra. Y como uno no es de hierro, ni es de palo, cuando salí de esa mediagua directo fui a caer en mi cama, sofocado por aquella visión; y le digo que ese calor que me quedó en el cuerpo bien me pudo servir para encender el fuego de calentar las planchas con sólo acercar la mano a los carbones de la estufa.

Quién iba a decirle a la Amantina Flores la razonera que iban a medirla dos veces en tan poco tiempo, una vez Juan Cubero el sastre, y la otra Josías el carpintero, pensó entonces el beduino. Y dispuesto ya a irse, aún preguntó: ¿y qué anda haciendo usted a estas horas en la calle, si se puede saber?

Vengo, dijo Juan Cubero el sastre, del cubil de Telémaco Regidor adonde me presenté temprano, como a las ocho, con los disfraces de Luzbel y Luzbela envueltos en un atado de papel periódico, para ayudárselos a poner a la pareja, y hacer algún ajuste ya en el cuerpo, si era menester. Lo encontré a él íngrimo, sentado al lado de una mesa, muy bebido, como siempre; en la mesa tenía una botella, y de esa botella se servía de vez en cuando un trago. Creí al principio que hablaba solo, cosas suyas, pero luego, por lo que decía, me di cuenta que platicaba de manera supuesta con alguien, y ese alguien era su hermano Macabeo Regidor, el que hoy se pegó un tiro y que como se sabe, Pedro, le enseñó de muy niño el vicio del licor; pero no iba yo a ser quien le diera aquella noticia del suicidio, de modo que mientras aguardaba a que llegara la Amantina Flores lo dejé tranquilo en su conversación, divertida para mí, porque dígame si no es divertido oír a alguien fuera de sus cabales contándole recuerdos de profecías a otro que no está allí. ¿Qué recuerdos?, ¿qué profecías?, se apura en preguntar el beduino: él y otros dos que un mediodía, hace ya tiempo, estaban bañándose desnudos en la laguna de Masaya y oyeron una voz invisible de mujer que los molestaba con no sé qué adivinaciones; y según pude suponer, esa mujer era la hechicera madre Diocleciana Putoya, enterrada hoy. Pero eran palabras esas muy difusas, Pedro, y no me dé crédito a mí, ni se lo dé a mi oído.

¿Se acordaba Juan Cubero qué profecías eran ésas? No me acuerdo, Pedro, qué profecías fueron esas que le contaba él a su hermano, porque poco se le oía, ya le dije, y además, quién hilvana los desvaríos de un borracho. ¿Y no le había oído acaso decir algo sobre una momia, un prisionero y un beduino? Nada de momia, ni prisionero, ni beduino; pero sí mencionó que esa supuesta mujer, llámese o no Diocleciana Putoya, les había anunciado a los tres de la laguna que llegado el día de cumplirse la profecía, ella misma iba a darles la señal, yo no sé qué señal. Y ya no me pregunte más, ni confíe en lo que le digo, que según se lo repito, todo aquello no era en mis oídos más que una triste confusión.

Y como de verdad ya no se anima el beduino a más preguntas acerca de señales y profecías, buen papel entretenerse en averiguar con otro lo que él mismo sabe o debería saber, prosigue por su cuenta Juan Cubero el sastre: va de esperar y aguardar en el cubil, Pedro, y no aparecía la Amantina Flores. Jamás apareció. Si no hago algo, aquí voy a amanecer viendo beber licor a este hombre, recapacité. Me salí entonces al huerto, di voces llamando a un sirviente que había visto de lejos, al entrar, en el establo, curando con creolina a un caballo; escribí un papelito, despaché al sirviente, volvió al rato el sirviente, y allí no más, desde el vano de la puerta, sin ninguna piedad en la voz, dio su triste noticia: que la Amantina Flores se había quedado dormida fumando y se había incendiado, que habían cogido fuego la almohada y las sábanas, que había corrido encendida como una antorcha por la media calle, que a esas horas ya la estaban velando.

Y allá me quedé en el cubil, hasta este momento, Pedro, consolando a Telémaco Regidor que no para de llorar como un niño moto; llorando su congoja y bebiendo lo dejé, pero me vine al fin, porque, ¿qué más podía yo remediar? Buscá qué hacer con estos disfraces de diablo y diablesa, le dije al sirviente; y lleno de risa, vino y me contestó el sirviente: para el torovenado de San Jerónimo, ahora en septiembre, los voy a ocupar, yo y una mi jaña que tengo. Sin reparar en semejante tragedia, el muy desalmado.

Así que para mi casa volvía cuando lo divisé de lejos, Pedro; muy bueno su disfraz, pero sepa que lo reconocí por sus largas zancadas de alcaraván. Entonces, pensé: allá va aquel que es un hombre cabal, me fía las telas cuando necesito, me espera paciente si me atraso en los pagos; y si le quisieron hacer un engaño no voy a quedarme con esta espina de pescado atravesada en el galillo, y ahora mismo voy y lo alcanzo para hacerle la revelación.

—¿Me saca de una duda? —le dijo el beduino entonces.

—Con todo gusto, no faltaba más —le contestó Juan Cubero el sastre.

—Ese tafetán rojo que el otro día me llegó usted a fiar, ¿es el que ocupó para esos tales disfraces de diablo y diablesa? —le preguntó el beduino.

—Es el mismo —confesó Juan Cubero el sastre—. Y muy buen tafetán.

El beduino sólo alcanzó a enseñar en su rostro una sonrisa muy amarga. Y retomando sus zancadas, iba a dejarle a Juan Cubero el sastre nada más un adiós dibujado con la mano, pero se detuvo a medio camino, se volvió y le dijo:

—No se le ocurra repetirle a nadie eso de que tengo zancadas de alcaraván, que entonces me van a decir Pedro el alcaraván y el único que pone los apodos en este pueblo soy yo.

¿Qué faltará todavía?, pensaba el beduino después de atravesar el parque y arrimar, por fin, a su casa. Y faltaba. Por la acera venía hacia él, muy sigiloso, envuelto en su capote de hule, don Vicente Noguera el telegrafista. Al parecer, lo esperaba desde hacía ratos.

¿Quién me mandará un telegrama a estas alturas de la noche?, se afligió el beduino, deteniéndose, dejando que fuera don Vicente Noguera el telegrafista el que se acercara: nueva desgracia, ya que de todos modos vas a llegar, llegá despacito, agarrame con tiento, ya es mucho lo que ha acontecido hoy, don Vicente Noguera el telegrafista no sale por gusto a medianoche, él mismo, en persona. Y don Vicente Noguera el telegrafista, extendiéndole el telegrama, le dice: aquí está este telegrama que he estado reteniendo en mis manos desde hace varias horas, en contra de los reglamentos que ordenan entrega expedita de todo mensaje recibido.

—¿Quién me lo manda? —va y le pregunta el beduino, cauteloso, sin atreverse a extender la mano para recibirlo.

—No es para usted, es para don Teófilo Mercado, su suegro, que está aquí de visita en su casa —le responde don Vicente Noguera el telegrafista.

—¿Será Victoria Mercado, su hija extraviada, que al fin da señales de vida? —pregunta el beduino, aún sin extender la mano ni dejar su cautela.

—Qué va a ser —le responde don Vicente Noguera el telegrafista—; ojalá y su boca dijera verdad.

—Entonces, vamos mal —dice el beduino.

Sí, muy mal, y abre los brazos, implorante, don Vicente Noguera el telegrafista, luego los deja caer, y dice: ya en mi poder este telegrama vi pasar por la calle a don Teófilo Mercado cuando venía para acá, muy feliz y contento, a esperar al nieto, hijo suyo, que le va a nacer, más dueño del mundo que nunca, empuñando con mucho garbo su bastón cabeza de perro; y oculto yo tras la puerta entreabierta de la oficina no me le quise mostrar, aunque le susurré de lejos: adiós, don Teófilo Mercado, sólo éste su servidor y amigo sabe lo que le espera. ¿Por qué tendré que ser yo el primer partícipe de lo que a otros va a estremecer, doler, remorder? Este telegrama, que aquí le tengo, le va a descalabrar el corazón.

—¿Y qué noticias, son, entonces, las que trae el telegrama ese? —pregunta el beduino, y él mismo, en sus adentros, se reprocha: qué clase de pregunta la mía. Buenas noticias, ya se sabe que no son, ni pueden ser.

—Límpiese la cara, que la tiene toda embarrada de colorete —le dice don Vicente Noguera el telegrafista, extendiéndole, otra vez, el telegrama; y el beduino, que hasta entonces reparaba en que la lluvia le había removido el maquillaje, antes de recibir, al fin, el telegrama, se limpió la cara con la manga de la túnica que quedó manchada de marrón.

La luz en la acera era escasa porque la bujía eléctrica, atornillada bajo el sombrerete de latón en lo más alto del poste, apenas lograba crear un halo de sucia claridad; así que, forzando el entrecejo, hubo de leer el beduino por lo menos tres veces el mensaje, pero la verdad es que no era asunto de claridad suficiente o demasiada penumbra, sino de congoja y no hallar qué hacer; y don Vicente Noguera el telegrafista, a sus espaldas, leyendo y releyendo también, como un curioso cualquiera, si no conociera él de sobra qué decían las palabras que él mismo había copiado con su letra de largas colas floridas, oyendo martillar la llave.

Se quitaba los zapatos sentado en la tijera de lona donde dormía dentro de la misma oficina, cuando había escuchado el martillar apurado de la llave marcando 22 22 22. Muy extrañado se acercó a la mesa, porque raras veces entraba a esas horas un telegrama urgente a Masatepe, y enseguida pulsó: estoy oyendo, adelante. Aquí en Managua calor de la gran puta, escuchó al otro lado, ¿y allí? Aquí fresco, ya llovió, puede que llueva de nuevo, adelante con mensaje de una vez, listo para recibir, volvió él a pulsar. ¿Qué es el apuro?, se burló el otro, pespunteando los signos de manera que parecieran risa;

y luego, tras una pausa, al fin empezó a dictar, y don Vicente Noguera el telegrafista a copiar, en la esquela que el beduino terminaba de leer una vez más a la luz escasa de la bujía «el Gobierno de la República de Nicaragua no se hace responsable por los errores o falsedades contenidos en el presente mensaje, art. 37 Ley de Comunicaciones y Correos, LA GACETA, Diario Oficial, N.º 48, VI, 27 de marzo de 1897».

—Se mató mi cuñado Teófilo Mercado en un accidente de aviación —le informó el beduino a don Vicente Noguera el telegrafista.

—El avión Fokker que iba volando rumbo al mineral de Siuna se desplomó sobre una montaña de la hacienda Santa María de Ostuma —le informó, a su vez, al beduino, don Vicente Noguera el telegrafista—. ¿Conoce usted ese lugar de Matagalpa?

—Nunca en mi vida he ido a Matagalpa —dijo el beduino.

—¿Se fijó qué telegrama más escueto? —dijo entonces don Vicente Noguera el telegrafista—. Y eso que lo firma el propio gerente general del Banco Nacional, don Vicente Vita.

—No sé qué quiere decir escueto —dijo el beduino.

—Pues que es un telegrama de muy pocas palabras —dijo don Vicente Noguera el telegrafista—. Ni para comunicar la trágica noticia a la familia doliente se atreve don Vicente Vita a gastar en demasiadas palabras. Como si los bancos no tuvieran platales.

—Yo, esto no lo entrego ahorita —dijo el beduino, y se guardó el telegrama en el bolsillo del pantalón debajo de la túnica sarracena—. Habrá que buscar el mejor momento, después del parto. Tal vez mañana, muy de mañana.

—Entonces, ya me puedo ir, ahora queda en sus manos la decisión —dijo don Vicente Noguera el telegrafista, y suspiró con alivio—. Pase buenas noches.

—Muy bonito. Usted, que es el telegrafista, se va a acostar muy tranquilo en su tijera de lona, y a mí me deja de mensajero suyo —reclamó el beduino.

Pero reclamaba sólo a las sombras porque don Vicente Noguera el telegrafista se alejaba ya, envuelto en su capote de hule, por una de las veredas del parque. Y ya iba, por fin, el beduino a golpear la puerta de su casa cuando se detuvo, los nudillos en el aire, porque un intenso resplandor que encrespaba sus deslumbres por encima de los tejados le hizo volver la cabeza hacia el rumbo de la casa cural. Recortados en la claridad rojiza, las palmeras reales, los cipreses, los guanacastes y chilamates de los patios, parecían arder, aventando chispas, mientras llegaba hasta la acera el olor de resina de ocote disperso en la humareda.

Se oía un rumor sordo de carreras, se oía un alarde de gritos, mueras, amenazas, insultos. Esos deslumbres, voces y ruidos, ¿habían estado allí desde que el beduino venía acercándose por el rumbo de la casa del cabildo?, ¿mientras habló con Ireneo de la Oscurana sobre los chinos que se fueron por el pozo a salir montados en bicicleta a la Cochinchina?, ¿mientras habló con don Avelino Guerrero que traía consigo al hijo del pecado?, ¿mientras habló con Juan Cubero el sastre que le reveló el ardid del diablo y la diablesa?, ¿mientras habló con don Vicente Noguera el telegrafista que le entregó el telegrama con la noticia que todavía no podía revelar? Pero si fue así, ¿cómo es que él nada vio, ni oyó? Y aquellos con quienes habló, ¿fue que tampoco vieron nada, ni nada lograron oír, distraídos por las premuras en que andaban?, ¿o es que viendo y oyendo, ninguno de ellos se lo hizo notar?, ¿o sería, en fin, que aquel suceso estallaba hasta ahora en todo su poder?

—¡Es un motín contra el padre Misael Lorenzano! —le gritó, desde lejos, tu tío Eulalio el clarinetista, que se acercaba corriendo del lado de la casa cural, el clarinete en la mano.

—¿Y a cuenta de qué? —le preguntó el beduino.

—Por haberle cambiado el color al Santo Cristo de Trinidad —le dijo tu tío Eulalio el clarinetista, casi sin aliento, mientras se detenía al pie de la acera.

—Se lo advertí —dijo el beduino.

Tu tío Eulalio el clarinetista venía de asomarse, era testigo de toda la revoluta, los indios de Nimboja tenían por capitanas a las tres hermanas herederas de la hechicería, Deogracia, Altagracia y Engracia la Guabina, que habían dejado solo y abandonado a su muerto Macabeo Regidor el suicida para ponerse a la cabeza de la multitud de alzados, los alzados empuñaban rajas de ocote encendidas en el afán de pegarle fuego a la casa cural, y mecates gruesos de esos que sirven para apersogar reses, por cuentas para amarrar al padre Misael Lorenzano porque unos están gritando: ¡ratéenlo bien en cuanto lo agarren, que no se vaya a zafar!, pero otros, y ésos son los más borrachos, aunque todos andan tomados, alegan que no, que no es cosa de amarrarlo sino de colgarlo del guarismo más alto que encuentren, y hay uno, por fin, que dice que hay que caparlo, y en eso lo apoya Engracia la Guabina que ahora sí se le van a salir los ojos de pescado de tanto vociferar.

—¿Y quién es ese que quiere ver capado al padre Misael Lorenzano? —quiere saber el beduino.

¿El que quiere verlo capado? Ése es Eleuterio Malapalabra que también anda borracho metido entre los indios con un cuchillo filoso en la mano, y grita: ¡entren a sacarlo a ese mamplorín, que debe estar en su aposento haciendo alguna cochonería, y traiganlo junto al mancebo que encuentren con él para caparlos yo a los dos!

—¿Y cómo es eso de que anda Eleuterio Malapalabra borracho, metido en la turbamulta, si nunca prueba un trago? ¿Y a qué horas se fue a emborrachar, si yo lo dejé bueno y sano en la fiesta de disfraces? ¿Y de dónde sacó ese cuchillo filoso? —pregunta y más pregunta el beduino.

—¡La caña brava del techo ya está cogiendo fuego, ahora sí va de viaje! —gritó tu tío Eulalio el clarinetista, entusiasmado, y señaló hacia la casa cural, extendiendo la mano en que portaba el clarinete.

Y ya corría de vuelta, pero el beduino logró agarrarlo por la solapa del saco de casimir.

—¡Esperate, que de aquí no te me movés! —le dijo—. ¿Qué vas a hacer, en busca del peligro? Y además, no me has contestado ninguna de mis preguntas.

Esas preguntas se las contestó tu tío Eulalio el clarinetista de muy mal modo, y sólo porque el beduino lo mantenía cogido por la solapa.

¿Y cómo era eso de que andaba Eleuterio Malapalabra borracho, metido en la turbamulta, si nunca probaba un trago? Pues es que cuando no quedaba casi nadie en el salón del baile se había decidido al fin a acercarse a Ana Bolena para hacerle la propuesta de matrimonio. Se encontraba ella junto a Scarlett O'Hara oyendo la plática de Poncio Pilatos quien, muy compungido, pero envanecido, a la vez, de ser portador de novedades, aunque fueran trágicas esas novedades, les estaba contando el triste suceso acontecido con Ulises Barquero en su celda; y les informaba, además, del fracaso de sus pesquisas acerca del envenenamiento del lobo de Gubbio.

Los interrumpió Eleuterio Malapalabra, con mucha educación, le pidió a Ana Bolena hablar aparte, pero ella no quiso: lo que tengás que decirme, decímelo aquí, le dijo, y él no tuvo otro remedio que brindarle allí mismo, en público, su declaración de amor.

La risa sofocada de las hermanas, Ana Bolena y Scarlett O'Hara, fue la respuesta que Eleuterio Malapalabra recibió primero, para su mal, y miradas sorprendidas luego, y palabras sueltas de las dos, dichas como de lejos, a resguardo, ¿cómo?, ¿cuál?, ¿qué cosa?, y después se secreteaban, y a más secreteo, más risas. Pero Poncio Pilatos no agarró aquello por el lado de la risa, y muy soberano y altanero, recogiendo con el brazo su manto, y echando para atrás la augusta cabeza, le había advertido al solicitante: usted no es más que un peligro público por anormal y qué se ha creído, si vuelve a repetir semejante propuesta, *ipso facto* lo mando a detener por atentado al pudor y la moralidad.

Y muy avergonzado, confundido y ofendido se retiró

Eleuterio Malapalabra del grupo aquel, oyendo ahora a sus espaldas la risa de Poncio Pilatos que se sumaba a la risa de las hermanas Ana Bolena y Scarlett O'Hara. ¿No era el propio Poncio Pilatos quien lo había inducido a hacerle la propuesta de matrimonio a Ana Bolena? ¿Y sólo porque era militar iba a sentirse con derecho a jugar con él?

¿Y a qué horas se fue a emborrachar Eleuterio Malapalabra, si el beduino lo había dejado bueno y sano en la fiesta de disfraces? Pues es que como ante tanto desconcierto y descalabro la mesa de licores instalada en el aposento principal se había quedado sin vigilancia de ninguna clase, directo se fue allá y bebió y más bebió, sin reparar de qué botella, porque de botellas no sabe nada, y ya perdido en la novedad de la borrachera dejó abandonado el trombón de vara y cogió la calle sólo para toparse con la turba de indios de Nimboja dirigida por las tres hermanas hechiceras, Deogracia, Altagracia y Engracia la Guabina, y él, claro que yo me quiero vengar también del padre Misael Lorenzano, él me midió en concurso, él me dio esta fama, él es la causa de mi desgracia y yo, personalmente, lo voy a capar.

¿Y de dónde había sacado ese cuchillo filoso? Pues era un cuchillo de zapatería propiedad de Tobías el Encuerado el zapatero que anda también en el molote como parte ofendida por ser el mayordomo de las fiestas del San Cristo de Trinidad, y allá está, diciéndole a cada rato a Eleuterio Malapalabra: cuando te lo traigan amarrado al padre Misael Lorenzano, con mucho gusto voy a darte mi colaboración para que lo capés bien.

—Bueno, ya callate, suficientes vulgaridades —le dijo el beduino a tu tío Eulalio el clarinetista en tono de regaño, y lo soltó.

—Vos fuiste el que quería saber —se ofendió tu tío Eulalio el clarinetista.

—Pero ya está, ya oí bastante —le dijo el beduino—. Ahora decime: ¿qué es lo que quieren y alegan los indios?

¿Qué alegaban? Alegaban que el padre Misael Lorenzano se había robado al santo cristo negro para venderlo en Estados Unidos, que a eso había ido en el viaje que hizo en avión, vestido de saco traslapado, corbata floreada, sombrero borsalino y zapatos combinados, a negociar la imagen sagrada con pastores protestantes de allá que sólo la querían para hacerla leña porque no creen los protestantes en imágenes de crucificados ni en ninguna otra, menos en imágenes negras. ¿Y qué querían? Querían que les devolviera al cristo verdadero, porque ese otro cristo, el que estaba ahora en el altar, el rosado, no era el mismo ni por sombras.

Y más preguntas que hacía el beduino. ¿Tenés idea de dónde puede encontrarse el padre Misael Lorenzano? ¿Estará, de verdad, dentro de la casa cural corriendo el peligro de que lo agarren y lo ultrajen? ¿Y qué hace Poncio Pilatos que no manda a sus soldados a sofrenar a esa multitud de amotinados? ¿Va a lavarse las manos como buen majadero después que quemen la casa cural? Pero ya no respondió tu tío Eulalio el clarinetista, hipnotizado por todo lo que veía y oía, el ruido de las voces de amenaza, los gritos chabacanos de los borrachos, las llamaradas rojo y naranja, la humazón que ascendía nublando las estrellas en el cielo ya despejado de lluvia. Hipnotizado, y melancólico, además, por la prohibición de no poderse acercar al tumulto.

Fue entonces otra voz, que susurraba al lado, la que dio las respuestas que pedía el beduino: el padre Misael Lorenzano está allá en mi casa, escondido, y ya se vino a mediar mi papá en el alboroto por encargo de Poncio Pilatos, va a hablar él con las hechiceras para que sosieguen a los indios, y con Eleuterio Malapalabra para que se pacifique y se vaya a acostar a su cama; y era aquélla la voz de Scarlett O'Hara, que había llegado atravesando el parque sin que nadie la sintiera, el sombrero de paja, ya desatada la cinta, colgando de su mano, sueltos los rizos de su pelo, embarrados los vuelos espumosos de su vestido de organdí rosicler.

Pero no había llegado sola. También estaba allí detrás de ella la cabeza de Ana Bolena decapitada que le sonreía al beduino, una cabeza sin tronco porque el negro de su traje se fundía en el negro de la noche, en su boca cerrada un rictus final de decepciones que ya nunca serían esperanzas, el tajo rojo del cuello atizado por los deslumbres del incendio. ¿Y qué andaba haciendo suelta la cabeza de Ana Bolena por las calles a ésas de la noche, si cuerpo y cabeza debieron haber regresado al encierro del aposento para que siguiera siendo un asunto de cuatro paredes, puerta bajo llave, una cama sin sábanas, una almohada mojada de lágrimas y un ejemplar manoseado de *Cumbres borrascosas*, la desgracia de su preñez?

Es que no puede estar encerrada porque el padre Misael Lorenzano ocupa su cuarto de prisionera y quien ahora se esconde de las miradas es él, iba a decir Scarlett O'Hara para responder así a los pensamientos que el beduino dejaba traslucir en su mirada no menos triste que la mirada triste de Ana Bolena. Pero ya no dijo, porque en eso se adelantó el mismo beduino a preguntarle:

—¿Y cómo fue a dar allá el padre Misael Lorenzano, si andan los indios desenfrenados buscándolo aquí?

—Disfrazado de la virgen Dolorosa de los Siete Puñales llegó —le aclaró Scarlett O'Hara.

Es que iniciaba apenas el padre Misael Lorenzano el primer misterio gozoso del santo rosario, subido al púlpito en forma de cáliz, cuando empezó a advertir, sin concederle mucha importancia, la inquietud de las beatas que se persignaban más de la cuenta mirando con ojos fijos al altar mayor donde no estaba en su camerino el cristo negro sino otro muy distinto, blanco sonrosado; y al quinto misterio, mientras seguía llevando el rosario con ojos entrecerrados, fue despertado de su sopor por la entrada de gente de Nimboja, muy malencarada, que rumoraba ya su inconformidad.

Al final del rezo se oía ya el reventar de cohetes y morteros del lado de Nimboja, alardes de pólvora de los que nada bueno se podía esperar. Volvió entonces, a toda prisa, a la sacristía; y cuando Camilo el campanero volador terminó de trancar las puertas, con mucho costo porque los díscolos no se querían salir, resolvieron ambos en el encierro, tras un parlamento muy sofocado, que era mejor para el padre Misael Lorenzano fugarse. Fugarse. Aunque, ¿de qué manera? Si la iglesia empezaba a ser rodeada, cada vez se oía llegar con más fuerza desde fuera el rumor de las voces y los pasos y se alzaban ya los primeros gritos de amenaza.

—Si todavía pudiera yo volar, tenga seguro que nos subíamos al campanario, y me lo llevaba a usted en brazos cruzando los aires, lo más alto posible para que no nos bajaran de una pedrada —le dijo Camilo el campanero volador.

—Acaso pudiera tal vez disfrazarme como que voy para el baile y así nadie se pondría en mi persecución —dijo entonces el padre Misael Lorenzano.

Poco rato después, en la iglesia cerrada y oscura, despojaban entre los dos de sus paños de luto a la virgen Dolorosa de los Siete Puñales, desnudándola sin voltear a verla, no fuera a ser pecado supremo poner la mirada en aquellas intimidades que, a decir la verdad, ni eran tales, porque debajo de sus terciopelos negros la señora era puro palo sin desbastar.

Y pudo al fin el padre Misael Lorenzano, así disfrazado con aquellos ropajes, salir de la iglesia por la puerta de la sacristía a buscar donde esconderse, una virgen dolorosa que huye mientras sufre e implora, crispadas las manos, la mirada al cielo, la almohadilla en forma de corazón, bordada de minardí, con los siete puñales de plata clavados, perdida en la carrera; porque se desprendió de sus alfileres el corazón apuñalado, y se lo llevó la corriente.

—Yo vi pasar corriendo a esa virgen dolorosa —dijo tu tío Eulalio el clarinetista, interrumpiendo a Scarlett O'Hara.

—No hay cosa que vos no hayas visto —le dijo el beduino—. ¿A qué horas la viste?

Cuando empezaron a decir que se había pegado el tiro en

la cabeza Macabeo Regidor el suicida, y tu tío Eulalio el clarinetista iba en carrera rumbo a la casa de las hechiceras, se encontró con la virgen dolorosa que venía corriendo en dirección opuesta; y tan rápido corría, suplicando al cielo con las manos juntas y los ojos en blanco, que por nada tropiezan, y ni se fijó en él.

—Por lo visto, las tres hechiceras nada más metieron al muerto en el ataúd, y se vinieron a dirigir el motín —dijo el beduino.

—No, no lo metieron en ningún ataúd —dijo tu tío Eulalio el clarinetista—; lo envolvieron en una colcha, y lo dejaron acostado en la mesa del comedor, diciéndole a Josías el carpintero: cuando traiga la caja, don Josías, métalo usted con ayuda de sus hijos, que nosotras tenemos mucho que hacer. Y salieron enseguida para la casa cural, acompañadas de un montón de indios furiosos que reventaban cohetes en cada esquina.

—No me digás que vos venías en esa procesión —le dijo el beduino.

—Ideay, porque caminábamos para el mismo lado, subiendo desde Nimboja —dijo tu tío Eulalio el clarinetista—; ellos a vengarse del padre Misael Lorenzano, y yo, a tocar en la fiesta de disfraces.

Ahora el padre Misael Lorenzano está donde está, encerrado en el aposento de Ana Bolena, fumando a cada rato, aún muy asustado y tembloroso, tal como asustado y tembloroso había llamado a la puerta. Fue a abrirle tu abuela Petrona, íngrima en la casa al cuidado de la Luisita chiquita que dormía, pues músicos y disfrazadas se habían ido al baile; y ante la visión que se le presentaba, cayó ella de hinojos soltando de inmediato el llanto, porque, ¿qué mujer creyente no hinca en el suelo las rodillas y no llora a mares si la visita en una noche de lluvia la virgen María enlutada que regresa acaso del Monte Calvario donde acaban de crucificar a su hijo?

Pero cuando oye la voz del padre Misael Lorenzano pidiéndole: déjeme pasar, doña Petrona, que soy yo; cuando lo ve entrar, quitarse sus vestimentas, destocarse del manto de terciopelo y prender el cigarrillo, diciéndole: estoy que me muero de nervios, hágame por vida suya un café, es de risa que tu abuela Petrona no se puede incorporar y sigue allí, de hinojos; primero lloraba a mares, transida de dolor por el dolor de la madre, y ahora, la embulla la risa; y cualquiera que no la viera y sólo la oyera no sabría distinguir si ríe o llora, porque son iguales al oído los espasmos y ruidos de risa que los del llanto.

Cuenta su historia de peligros mortales el padre Misael Lorenzano, y cuando ha terminado su café, recibe órdenes de tu abuela Petrona, en voz y talante que no admiten protestas ni discusiones, de encerrarse en el aposento de Ana Bolena; y ocupando ahora el lugar de la pecadora en su cárcel, cuidadoso de no alzar la voz para que nadie que pase por la calle vaya a descubrir su presencia, le suplica a su protectora a través del tabique: mande usted, doña Petrona, a buscar de inmediato al teniente Sócrates Chocano pretendiente de su hija Azucena para que ordene a sus soldados disolver por la fuerza a esa plebe de indios y así pueda yo regresar sin peligros a la casa cural.

Pero es tan alto aquel susurro, convertido en vozarrón, que de todos modos cualquiera que pasara por la calle podría saber que el padre Misael Lorenzano está escondido en la casa de su maestro de capilla; y al oírlo gritar en sordina, creyendo él que susurra, tu abuela Petrona vuelve a su ataque de risa; y cuando por fin se sosiega, viene y le responde: quédese quieto donde está que el teniente Sócrates Chocano no va a dar ninguna orden mientras no acabe el baile en que anda en figura de Poncio Pilatos acompañado de Juan Castil el ratero sin redención que le lleva el pichel y la pana para lavarse las manos, y pues le encantan las fiestas, las charangas y los disfraces a pesar de su oficio militar, no se va a salir de allí ni que le peguen fuego a su propio cuartel.

Después aparece Camilo el campanero volador, que él sólo conoce el escondite, y va y vuelve a cada rato con alarmas que da desde la calle a través de la ventana del aposento, ya se oye el tropel de más indios furiosos que vienen subiendo de Nimboja, ya se ve el deslumbre de más rajas de ocote que traen encendidas, ya no les queda sarta de cohetes ni carga de morteros de pólvora que reventar, ya quieren pegarle fuego a la casa cural por orden de las hechiceras, ya reparten las mismas hechiceras los garrafones de guaro, ya desenrollaron unos las sogas de apersogar reses, ya sacaron otros a relucir los machetes, ya gritan todos muy desaforados que usted qué se hizo y dónde está. ¿Y qué quieren conmigo?, pregunta entonces el padre Misael Lorenzano, pegado a la ventana, su elevado susurro, aquel que divierte a tu abuela Petrona, en un trémolo de temor. Y Camilo el campanero volador, muy ufano: por lo que se ve y oye, unos quieren amarrarlo no sé con qué intención, otros quieren colgarlo del guarumo más alto, y hay uno que anda con un cuchillo filoso en la mano y ése es el músico de la tuba y el trombón de vara Eleuterio Malapalabra que no para de gritar: ¡cura mamplora, amujerado, cochonete, tureca, con este cuchillo filoso te voy a capar!

Corre entonces el padre Misael Lorenzano al tabique y suplica: doña Petrona, oigame que se me ocurre otra solución, si el ingrato de Eleuterio Malapalabra está metido entre la turba armado de un cuchillo filoso quiere decir que ese baile de disfrazados ya terminó, mándele, pues, aviso al maestro Lisandro que vaya a parlamentar con las hechiceras, a él lo van a oír, estoy dispuesto a que el cristo vuelva a ser negro, que regrese a su color, y que hable también con Eleuterio Malapalabra para que entregue esa arma con la que me quiere agredir que no sé yo qué animal le ha picado para atreverse a amenazarme así. Y tu abuela Petrona, más cerrada que antes: nada sé yo si Eleuterio Malapalabra dejó abandonado el trombón de vara y anda en la calle armado de un cuchillo como el valiente de la chalupa, ni sé si ese baile terminó o no terminó, y lo más probable es que no, por ser todavía muy temprana la hora y ni se le ocurra que Lisandro va a dejar a la orquesta tocando sola, sin gobierno, espérese que acabe todo ese sainete de disfrazados, y ya vamos a ver.

Un ir y venir sin sosiego aquel, de la ventana al tabique, de las amenazas constantes que trae Camilo el campanero volador a las severidades de tu abuela Petrona, ya me despertó a la niña con tanto susurro que no es susurro y tanto vaivén atolondrado, y va ella a consolar a la Luisita chiquita mientras corre el padre Misael Lorenzano de vuelta a la ventana, ya no eran sólo de amotinados las noticias ni las traía sólo Camilo el campanero volador, sino otras voces que pasaban raudas, se suicidó de un tiro Macabeo Regidor, murió envuelta en llamas la Amantina Flores, se reventó la cabeza a topetazos furiosos contra la pared de la bartolina Ulises Barquero, doña Petrona, venga, acérquese a la ventana a oír tantas cosas extrañas que pasan diciendo por la calle, que según parece esta noche es una noche de calamidades de nunca acabar.

Regresaron, mucho después, los del baile, y de la entrevista que ya no hubo entre la momia egipcia y el beduino del desierto, del foxtrot convenido que no se llegó a tocar, ni a bailar, de tu tío Edelmiro el cellista desmayado, de la terquedad del teñidor de trapos por sacarle paso en un vals más bien funerario a la monja salesa, del viento de lluvia que se llevó volando las partituras, de la propuesta de matrimonio, sorpresiva y obscena, que oyó Ana Bolena, y aun del lobo de Gubbio envenenado, ya nada se dijo porque no tenía nadie el ánimo de enzarzarse en comentarios que no serían festivos como otras veces que se vuelve de una fiesta, sino de frustraciones sin fin.

Buscó una mecedora Scarlett O'Hara y se sentó, Poncio Pilatos, gordiflón y ojo gacho, en guardia a sus espaldas; se mecía, cansada y desvalida, el sombrero de paja en el regazo, y su mirada, distraída en las alfajías del techo, podría haber revelado el fracaso de tanto empeño mejor que cualquier otra señal, si no fuera por la cabeza de Ana Bolena que pasaba flotando hacia su aposento, dispuesta ya la prisionera, sin esperar a que nadie la obligara, a volverse a su prisión. Pero la detenía tu abuela Petrona, le hablaba al oído, llamaba por señas misteriosas a tu abuelo Lisandro, acudía Scarlett O'Hara, acudía Poncio Pilatos convocado al conciliábulo, una discusión acalorada, pero de nuevo en sordina, que el padre Misael Lorenzano, la oreja pegada al tabique, apenas alcanzaba a escuchar, insistiendo a cada rato en su ya consabido susurro: ¿qué resolvió, maestro Lisandro?, ¿va a ir a parlamentar?, ¿puede contarse con usted, teniente Sócrates Chocano?

Tu abuelo Lisandro, remiso a la propuesta, más bien se encrespaba contra el penitente, diciéndole: cállese ya, ¿no se lo advertí, que no cometiera ese sacrilegio? Y ahora, muy alegre, usted escondido a buen recaudo, y el peligro es para mí, que se desquite conmigo la indiada furiosa, y además, si se puede saber, ¿por qué tengo que ser yo? Porque usted es mi maestro de capilla, a usted lo respetan los indios, usted tiene poder sobre esas hechiceras y tiene poder sobre Eleuterio Malapalabra que es músico de su orquesta y anda con un cuchillo filoso que hay que quitarle cuanto antes de la mano, suplicaba entonces el padre Misael Lorenzano.

Y a más súplicas, mayores objeciones de tu abuelo Lisandro; y puesto que pedía también el padre Misael Lorenzano un pronunciamiento de Poncio Pilatos, vino y sentenció éste por su parte: si queman la casa cural yo no me meto ni se meten las fuerzas militares bajo mis órdenes pues tiene razón el maestro Lisandro. ¿Quién lo mandó, señor cura, sino su gusto y gana, a despintar al cristo negro y darle otro color? Y como escondido en un aposento de esta casa honorable no corre usted ningún peligro, me voy, ya que debo regresar de inmediato al cuartel porque se ha hecho presente otra vez en la sala de guardia la viuda Aurora Cabestrán y allá está, muy doliente, llorando y enjugándose las lágrimas con el manto de su cabello, y si no le puedo entregar el cadáver de su marido mientras no me lo ordenen de las alturas, por lo menos sus ruegos se los tengo que oír.

—Si no quiere ir Lisandro mi marido a convencer con sus mejores modos y palabras a la indiada en rebeldía, entonces que Poncio Pilatos mande a proteger con sus soldados esta casa —dijo en aquel punto tu abuela Petrona.

—¿Protegerla de qué, señora? —le preguntó entonces, lleno de cortesía, Poncio Pilatos.

—De la turbamulta insolentada, pues apenas se den cuenta los indios dónde se esconde el perseguido, van a venirse directo para acá a ponernos sitio —respondió tu abuela Petrona—. Y es ésta y no otra la casa que van a quemar.

—Tiene razón doña Petrona —dijo Poncio Pilatos, tras un momento de reflexión—. Vaya, maestro Lisandro, a parlamentar con las hechiceras, y cuente usted con mi más devoto respaldo.

Palabras, estas últimas, que tu abuelo Lisandro escuchó ya en la puerta, mientras se calaba el sombrero, la boca llena de denuestos que fue seguramente a escupir a la calle, en media oscuridad, siempre se salía con lo que quería tu abuela Petrona y bonito apoyo el de Poncio Pilatos, ya le había encontrado gusto a la costumbre de lavarse en todo las manos.

—Cosa que es una gran imprudencia —comenta la Mercedes Alborada al abrir la puerta, tras ratos de estar oyendo la conversación desde el otro lado.

—¿Qué cosa? —le pregunta asustado el beduino, porque al oír hablar de imprudencia, cree que se trata de alguna que ha cometido el doctor Macario Salamanca en su labor de partero.

—La gran imprudencia de doña Petrona al mandar a don Lisandro a exponerse delante de esa tropa de indios altaneros que la mayoría andan picados porque las hechiceras les han estado repartiendo garrafones de guaro en bendición —aclara la Mercedes Alborada.

—¿Nada, entonces? —la interrumpe el beduino.

—Todavía nada —se sonríe, de pronto, la Mercedes Alborada—. Pero dice el doctor Macario Salamanca que tengamos calma, que ya pronto va a ser.

—¿El doctor Macario Salamanca? —pregunta, muy alarmada, Ana Bolena—. ¿Y qué está haciendo aquí, si somos enemigos mortales?

—Ya se logró una tregua —dice entonces Scarlett O'Hara, con aire de suficiencia.

—¿Qué tregua es ésa? —otra vez, pregunta Ana Bolena.

Pues es que antes de que ocurriera el desmayo de tu tío Edelmiro el cellista se había acercado Poncio Pilatos al sitio de los músicos para decirle a tu tío Eulogio el violinista: a estas horas ya el doctor Macario Salamanca está en la casa de Pedro tu hermano dedicado a atender el alumbramiento de nuestra muy querida Luisa, pues lo fue a sacar del cine don Teófilo Mercado, y con justa razón, debido a que el doctor Santiago Mayor, el otro partero, se quedó en Masaya celebrando la resurrección de su esposa Priscila Lira; así que en tus manos queda ahora conceder una tregua de esa enemistad, para que salga ella con bien de su trance. Y tu tío Eulogio el violinista, tensando el arco del violín como si fuera un florete, callaba; pero al fin vino y le respondió: está bien, entramos en tregua. Hasta que nazca sano y salvo mi sobrino, dura la tregua. Después, dejo sabido que vuelve la enemistad a muerte.

—En todo se mete ese Poncio Pilatos que todo lo sabe porque sus espías andan por todas partes —dice tu tío Eulalio el clarinetista.

—De espías, mejor ni hablemos —le dice entonces, con triste encono, Ana Bolena.

Sobre eso de la tregua nada dijo el beduino, pero se alegró, de alguna manera. Y entrando, al fin, a su casa, tiró a un lado el alfanje de palo y se empezó a quitar, allí delante de todos, los atuendos de su disfraz, pues debajo de túnica y manto andaba su pantalón de casimir de la boda de la mañana, y la misma camisa manga larga de popelina con ligas en los antebrazos; y ya terminaba de desvestirse cuando oyó acercarse a sus espaldas los golpes del bastón cabeza de perro, muy seguros y pausados.

—Las once y treinta pasado meridiano —dijo tu abuelo Teófilo, consultando su reloj de bolsillo marca Ingersol, que luego se llevó al oído—. Ahora sí, parece que pronto va a ser.

—Ni cuenta me di, y ya casi nos agarró la medianoche —dijo entonces Pedro el tendero.

—¿Y por qué te veo tan triste cuando deberías estar más que alegre? —le preguntó entonces tu abuelo Teófilo.

Retrocedió Pedro el tendero y se llevó la mano al bolsillo de la camisa donde guardaba el telegrama, temeroso de que fuera el suegro a decirle: enséñame de una vez por todas ese telegrama cruel que tenés escondido allí. Pero ninguna sospecha de telegrama funesto había en la cabeza de tu abuelo Teófilo, que más bien comentó: es una lástima que mi religión bautista me lo prohíba, pero apenas nazca tu hijo, que ya no falta mucho, un brindis debería haber.

¿Un brindis?, claro que sí, hay que estar listos, respondió muy contento Pedro el tendero, y despachaba ya con gestos apresurados de las manos a Scarlett O'Hara y Ana Bolena, como quien espanta gallinas, a que fueran en busca de copas al aparador, que entre tan pocos muebles no faltaba para entonces un aparador con copas y vasos en esa casa.

Pero en aquel gesto se quedaron sus manos porque un grito, el grito consabido del niño que venía a este dolor adonde viene se oyó entonces, más fuerte que el grito de la Aurora Cabestrán envuelta en el manto de luto de su pelo, que seguía implorando en el cuartel, al otro lado del parque, que le devolvieran el cadáver de su marido; más fuerte que el grito de los indios amotinados frente a la casa cural que querían colgar al padre Misael Lorenzano del guarumo más alto; pero no más fuerte, tal vez, que el grito encerrado en el pecho de Ana Bolena como dentro de un aposento bajo llave, penando por escaparse; o es que no se quería escapar de su pecho ese grito, y se le entretenía adentro, desolándole pecho y entrañas, porque era un grito de desconsuelo que por mucho que le dieran salidas, ya no tenía adonde ir.

Sacó, entonces, en aquel momento, la cabeza por la puerta del aposento el doctor Macario Salamanca, y dijo, con su vozarrón, y su modo estrambótico de decir: ya está todo, buena vela y viento en calma. Es varón.

A lo que los ojos de Pedro el tendero se nublaron de lágrimas, aunque al mismo tiempo empezara a reírse, al verse a sí mismo llorar. Se le acercaron corriendo Ana Bolena y Scarlett O'Hara, dejando el oficio de las copas que limpiaban, y cada una lo abrazó; y al recibir el abrazo de Ana Bolena sintió palpitar aquella barriga preñada, y no hubo modo, pensó en el pecado, y se cubrió de rubor. Y después, casi al mismo tiempo, pensó en la humillación del engaño, y se enardeció.

Pero entendió que no eran esos, momentos de cóleras ni de rubores, sino de recibir y agradecer felicitaciones. Se acercó entonces tu abuelo Teófilo, y en lugar de abrazarlo le extendió la mano, así era su modo, qué le vamos a hacer. Y luego de aquel saludo, apoyándose en su bastón cabeza de perro, le preguntó: ¿ya pensaste en un nombre?, ¿lo tenés listo ya?

Y asintió Pedro el tendero, porque aquel nombre lo tenía decidido desde sus tiempos de vigilante del depósito fiscal de Diriamba, aquellos tiempos en que el padre Melico Bellorino le disputaba a la muchacha que servía la mesa a los comensales de la pensión, y le ponía a él dentro de la sopa un huevo de más.

Sentado estaba en el umbral del portón del depósito un atardecer de viento frío, dedicado a pelar en espiral con su navaja una naranja, cuando advirtió que salía corriendo de una casa vecina un niño, pantalones chingos y gorrita de marinero; atravesó el niño la calle, lleno de susto, y vino hacia él, quedándose a su lado, al acecho. Apareció entonces la madre, varejón en mano, llamándolo a grito partido, algo había hecho porque huía y por el calibre de los gritos; y ya no se diga el varejón, mala señal. Se le prendió el niño por el cuello, en demanda de protección; y de pronto empezó la madre a requerir al hijo con voz dulce, dejando su enojo y ya sonriente:

—¡Sergio, vení, si no te voy a castigar!

El niño, que iba perdiendo el susto, miró de pronto a Pedro el vigilante, suspiró aliviado, le quitó los brazos del cuello, y le sonrió. Era un niño bizco, no se olvida; y que le regaló la naranja recién pelada, de eso tampoco se va a olvidar.

Pero tal vez, otro día, años más tarde, en sus recuerdos, crea que eran tres niños los que corrieron aquel atardecer cruzando la calle: una niña, la mayor, morena y zancona, de trenzas amarradas con lazos de organdí, que ríe con una boca en la que faltan dientes, y otro, el más pequeño, de colochos largos, que arruga el entrecejo porque lo ofende el sol, además del bizcoreto de la gorrita de marinero, claro está, que se lleva a la boca la naranja pelada y antes de morderla, le vuelve a sonreír. Pero no dejemos a Pedro el tendero atenerse a recuerdos, por ser muy de ellos, así de engañosa es su sustancia, disfrazarse de fantasmas de la imaginación.

—¡Luisita, Rogelio, vengan, si tampoco nada les voy a hacer! —¿dijo también la madre, mientras tiraba a la calle el varejón?

Fantasmas de la imaginación, o recuerdos equivocados, figuras a la deriva, fotografías errantes, quién lo puede ya saber. No sea que se trate de sus propios hijos agregados luego, al paso de los años, a aquella imagen primera del niño bizco que corría; y averígüese por qué azar van a quedar también, corriendo los otros dos, retratados en su cabeza por igual. ¿O no será que es falso aun el niño de la naranja? Pero a qué detenerse más. Lo que es aquella noche, aquél era el niño, aquél era el recuerdo y aquél iba a ser el nombre.

—Se va a llamar Sergio —dijo Pedro el tendero.

Y entonces tu abuelo Teófilo volvió a extenderle la mano: está muy bien pensado que no le pongás Pedro, como vos, a este niño que es tu primer varón, pues uno no debe repetir en los hijos su propio nombre porque después cualquier cosa pasa, alguna desgracia, y resulta doble el dolor. Y Pedro el tendero miró con pesar a tu abuelo Teófilo; y luego, ya camino del aposento, pensó: cuánta razón tiene, si no será acaso sajurín, adivinador o profeta este señor.

—Ya está todo arreglado —se oyó a tu abuelo Lisandro que venía entrando.

—¿Cómo hizo al fin para apaciguar a los amotinados? —le preguntó Pedro el tendero, deteniendo su paso.

Los había convencido que se trataba de la misma imagen, pero primero tuvo que parlamentar duro con las tres hermanas hechiceras. El trato era que el cristo le quedaba a ellas en custodia, se lo llevaban en procesión para su casa en Nimboja, y mañana mismo se comenzaría el trabajo de volverlo a pintar. Todo, pues, transado sin más novedad. Sólo Eleuterio Malapalabra se le había declarado en franca rebeldía, pero cuando lo amenazó con sacarlo de la orquesta se le evaporó de la cabeza el guaro, se le arrodilló implorante, le entregó el cuchillo filoso y le pidió perdón.

—Buenas noches, don Lisandro —se oyó al doctor Macario Salamanca que salía del aposento valijín en mano—. Le notifico que tiene un nieto varón.

—Buenas noches, doctor —dijo tu abuelo Lisandro, antes tan locuaz contando su hazaña mediadora, y ahora confundido y cortado.

—No veo qué buen trato sea admitir el sacrilegio de que esas hechiceras velen el cadáver de Macabeo Regidor el suicida junto a la imagen sagrada del Cristo de la Santísima Trinidad —dijo la Mercedes Alborada que iba al patio a botar el agua ensangrentada de una jofaina.

Y ahora, pasando de su confusión y cortedad de poco antes a una dichosa y desbarajustada retahíla, que era ésta su oportunidad de no aparentar hostilidad frente al doctor Macario Salamanca, le decía tu abuelo Lisandro a la Mercedes Alborada que si no le parecía el trato, que fuera ella a deshacerlo y componerlo de otro modo, pero que se apurara, porque al Señor Crucificado se lo estaban llevando ya las hechiceras para el barrio de Nimboja en procesión, y si no, que le pusiera el oído a las campanas que tocaba su antiguo enamorado Camilo el campanero volador, aquel que sólo por verla desnuda había aprendido a volar y que si se salvó de los fragores de la tempestad no se salvó del rigio constante de las hermanas Clotilde y Matilde Potosme, Las Gallinas Cluecas. Y la Mercedes Alborada, sin contestarle nada, pensó: esas campanas que ya nunca más van a volver a tocar para mí, y Camilo el campanero volador que nunca más volverá a alzarse por los aires, secuestrado como lo mantienen en la cama esas dos, sin fuerzas para dar paso, ya no se diga para volar.

¿Será que todavía alguna otra cosa podrá detener a Pedro el tendero, ahora que llega ya a la puerta del aposento? Ya nada puede detenerme, ni que estalle el volcán Santiago en llamas y corra la lava dorada por las calles como si fuera agua de lluvia encendida, iba diciéndose al tiempo que empujaba la puerta.

Temprano cantaba victoria. Porque oyó llantos de mujer, muy adoloridos, y se volvió, en la creencia de que era la Aurora Cabestrán la que entraba en su busca, arrastrando el negro manto de su cabellera tras los talones, para que fuera a ayudarla a recuperar el cadáver de su marido. Pero no era la Aurora Cabestrán la que entraba, sino tu tía Adelfa que bañada en lluvia y lágrimas, y todavía vestida de novia, se echaba ahora en los brazos de Ana Bolena y Scarlett O'Hara; y de manera tan escandalosa y atropellada le pedían explicaciones las hermanas, que no le daban lugar de sosegar sus sollozos, y de aquella forma, no acertaba a contestarles nada.

Vengo, dijo al fin, desde Niquinohomo, en un caballito barcino que me prestó don Gregorio Sandino, y me ha caído la lluvia y he sufrido miedo de andar sola en la oscurana porque el sirviente recomendado de acompañarme, en el primer estanco que halló a la salida del pueblo se quedó plantado alegando que como era sábado no podía dejar de echarse un trago lo cual no era cierto porque está visto que hoy no es sábado sino miércoles, razón por la cual agarré por mi cuenta el camino de herradura y me perdí varias veces hasta que creyéndome ya para siempre extraviada me encontré con Inocencio Nada el albino que volvía según me dijo de entregar el último ejemplar de *La Noticia* en Nandasmo, que a tan altas horas acaba siempre su oficio de repartidor del periódico, así llueva, truene o relampaguee, y me condujo él, poniéndose delante como si fuera una lumbre blanca, aunque una parte del cuerpo, según noté, se la había despintado la lluvia y eran sólo retazos suyos de fulgor los que me guiaban; y cuando arrimamos, por fin, a Masatepe, me dejó en la calle Ronda y allí me encontré a Juan Cubero el sastre heredero de Rafaela Herrera que iba hablando con el viento algo de un diablo y una diablesa, que no le entendí, y fue él quien al reconocerme montada a caballo vestida de novia remojada me notificó que no me aventurara a pasar por mi casa porque los indios insolentados podían sitiarla en cualquier momento para pegarle fuego debido a que allí estaba escondido el padre Misael Lorenzano en el aposento de la Leopoldina disfrazado de la virgen Dolorosa, y así mejor me vine de una vez para acá ya que de todas maneras a quien busco yo es a Pedro mi hermano.

¿Pero qué pasó? ¿Por qué fue que te volviste? ¿Y qué se hizo Cecilio Luna tu marido? ¿Y la luna de miel en qué quedó? ¿Y a Pedro para qué lo querés? Pues había pasado que en el mismo tren donde iban los novios, iba, sin saberlo ellos, Auristela la Sirena. Se había aprovechado, la muy matrera, de la confusión causada por la novedad de que Priscila Lira viajaba sentada como una pasajera normal, siendo en verdad cadáver, para subirse, a escondidas, a otro vagón; y apenas se apearon ellos en la estación de Niquinohomo los siguió, y llegados a la casa de don Gregorio Sandino, de donde debían partir a la finca de su luna de miel, se plantó a media calle, a llorar, hasta que tuvo que salirse Cecilio Luna a platicar con ella, y allí deben estar todavía platicando, rodeados otra vez de un mundo de gente aunque sea la medianoche porque ya se sabe en todo Niquinohomo el percance de los novios recién casados perseguidos por una rival que llora y más llora y no deja de llorar; y es por eso que mejor había decidido regresarse a Masatepe, cualquiera que fueran los peligros, a buscar a Pedro su hermano para que fuera por favor a convencer a Cecilio Luna una vez más.

—¿Yo? —dice Pedro el tendero desde la puerta del aposento—. ¡Ni loco que estuviera! ¡De aquí yo ya no salgo más!

—Nunca hay que decir yo no hago esto, o lo otro, porque la vida no es un decir, sino un hacer —sentenció tu abuelo Teófilo.

Y tu tía Adelfa, oída la negativa tan tajante de Pedro el tendero, empezó a llorar de nuevo a más no poder. Con lo que ya son dos, otra vez, las que están llorando; en Niquinohomo la despechada que no se resigna, y en Masatepe la recién casada, aún muy lejos de su luna de miel.

Ya se llevaban los indios al Santo Cristo de color cambiado, porque se oía, afuera, estallar los cohetes, el repique de campanas tocadas por Camilo el campanero volador y el rumor de las pisadas y las voces al pasar. Hasta que todo ruido, o rumor, o estallido, o repique, se fue desvaneciendo, y desapareció.

—No lleva música el santo —comentó Pedro el tendero, quien ya, por fin, parecía que iba a entrar al aposento.

—Qué música va a llevar, oí —vino y le respondió tu abuelo Lisandro.

Y se abrió entonces la puerta de la calle, y aparecieron en el vano tus tíos mayores tocando violín, flauta y cello, tu tío Eulalio el clarinete, y el trombón de vara Eleuterio Malapalabra que medio repuesto de su borrachera miraba a tu tía Leopoldina con ojos de chivo melancólico mientras soplaba y estiraba el brazo, tu abuelo Lisandro dirigiéndolos ya a todos, con amplios ademanes, como si más bien los apurara a entrar, y entraba de último Lucas Velero el amanuense y músico trompa de hule, que si no era aquello procesión ni entierro, entremetía por gusto de homenaje los resoplidos de la bombarda entre los acordes del vals.

Porque tocaban un vals, el vals *Trío de Luisas*, que ya se sabe que Luisas hay tres: una Luisa en la cama con su hijo que acaba de nacer. Otra Luisa chiquita al cuidado de tu abuela Petrona, para mientras vuelve todo este desbarajuste a la normalidad. Y otra Luisa más, tu abuela Luisa, que sale ahora del aposento de la parturienta a escuchar el vals; pues aunque es de sobra conocido que no suele ella abrir su oído a músicas profanas, ese vals sí es muy de su gusto y agrado por llevar en él su nombre, y desde los primeros compases, bien que lo reconoció.

Se enlazaron Ana Bolena y Scarlett O'Hara por el talle y empezaron a bailar abriendo luego una ronda a la que arrastraron a tu tía Adelfa vestida de novia remojada, que si se resistió entre muchos melindres al principio, al fin, sonriendo entre sus lágrimas, fue y las acompañó. Y la casa llena de música, sus hermanos tocando y sus hermanas bailando, entró Pedro el tendero, ya era hora, al aposento, a conocer a su hijo. Se acercó a la cama para admirarlo de cerca, cuidadoso de no hacer ruido, porque vio que Luisa la recién alumbrada dormía. Pero la verdad es que no dormía. Sabiendo que el marido se acercaba, no quería abrir los ojos y sonreírle sino teniéndolo ya muy cerca, junto a ella y junto al niño, que ése sí dormía de verdad. Como así fue, que abrió ella los ojos, miró al niño, miró luego al marido, y le sonrió.

Managua, diciembre de 1992-enero de 1994
San Juan del Sur, 30 de enero de 1994